目次

恋愛戦線離脱宣言

宣戦布告編

世間では、三十路《みそじ》になる娘が結婚の〝け〟の字も匂わせないでいると、親戚《しんせき》の目が厳しくなるらしい。

「お宅のお嬢さん、そろそろ結婚は？」なんてお節介《せっかい》なおばさんたちはどこにでもいるようで。そう訊かれるたびに言い訳を考えるこっちの苦労も考えろ！　と、母から理不尽な文句を言われたのも、記憶に新しい。

せめて交際相手がいれば、両親も少しは対応できるのだろうが、残念ながらそれもなし。娘が早くから一生独身を宣言している我が家では、周囲からふられる年頃の娘の話題を、終始苦笑いを貫《つらぬ》き通して乗り切っているそうだ。

そんなアラサー世代の私こと、朝霧樹里《あさぎりじゅり》は、先月の誕生日でめでたく二十代最後の年を迎えた。

誕生日を、家族と友人以外の特別な誰かと祝ったことなど、今まで一度もなし。だからと言って、それを悲観しているなんてことはまったくない。幼い頃から派手な恋愛劇を繰り広げていた兄二人と姉を見て育った私は、既に幼稚園の頃から「恋なんてするもんじゃねーな……」と、冷めた感想を抱いて育ったのだ。

そこそこ整った両親の容姿を受け継いだ兄姉《きょうだい》は、身内の欲目を除いても見目麗《うるわ》しく、恋人が絶えることがなかった。恋愛体質と言っていいほど、常に誰かと交際をしていた記憶がある。が、派手な交際を繰り広げる分トラブルも尽きなくて、いつも何かと厄介事に巻き込まれていた。

女の子大好きな上の兄は、大学卒業と同時に付き合っていた彼女の妊娠が発覚。いわゆるできちゃった結婚で責任を取らされる羽目になったのだが、姉曰《いわ》く「あれはやられたわね……」とのこと。当時中学生だった私は、心の中で彼に「ご愁傷様《しゅうしょうさま》」と祝いの言葉を贈った。

大手化粧品会社に就職した五歳上の姉は、略奪愛が大好きという困った人だった。普通に話す分には楽しくて面倒見のいい姉なのに、どうして恋が絡むとこんなに性質《たち》が悪くなっちゃうのか、妹の私にも理解できない。

そんな姉は二十六のときに、不倫関係にあった上司と結婚した。え、奥さん？　当然、離婚させた後で結婚したわよ。ちなみに奥さんも不倫していたらしく、上司の方から離婚に踏み切ったという話だけど、私だけは知っている。奥さんの浮気には姉が関与していたことを――

『でもお互い幸せな再婚生活を送っているんだから、終わりよければ全てよしよね！』なんて、ウェディングドレスを着て美しく微笑みながら私に告げた姉には、もはやため息しか出なかった。ようやく彼氏をとっかえひっかえしていた娘が落ち着いたことに、両親は素直に喜んでいたけれど。——勿論不倫うんぬんに関するこの事実を、両親は知らない。

そして二番目の兄は、パッと見スポーツが得意そうな好青年で、ジムのトレーナーをしている。この人だけはまともであってほしいと願ったが、どうやら告白されると断れないという、ある意味最低な優しさを持つ男だった。

ちなみに、現在彼女が五人いるらしい。そしてその彼女全員が、自分以外にも兄に交際相手がいることを了承済みなんだとか。『全員平等に愛しているんだよ』なんて笑顔で告げられても、到底理解できません。私と一番年が近いこの兄と同じ学校に行かなくて、本当によかったと思う。

この三人を見ていれば、必然的に恋愛する気も失せるだろう。

学生時代、女子生徒の憧れの的や、いわゆる学園のアイドルなんかがいても、私が周りの女子と一緒に騒ぐことはなかった。同級生からは、『美形な兄姉《きょうだい》に囲まれて目が肥えているんだよ！』なんて言われたけれど、それは違うと思う。

私はずっと、恋愛戦線からは一歩離れて、傍観者の立場を貫《つらぬ》いていた。だってイケメンにかかわると碌《ろく》なことがないって知っていたから。

それに私は上の三人のような、派手な容姿をしていない。昔も今も、度の入っていない眼鏡をかけて、地味《じみ》で目立たない格好をしている。顔の造りは一応似ているけれど、雰囲気に華やかさが欠け、そして何事にもドライだったため、正直ぱっとしない平凡な存在だった。

親しい友人はいても交友関係は広くはなくて、異性から告白されたこともない。まあ、それはそう望んでいたんだけども。

そして二十九になった現在。外資系の商社に就職して、目の前の仕事をがんばり続けていたら、いつの間にか部下を持つまで昇進していた。

身長は平均より少し上の百六十センチ前半。髪はダークブラウンに染めているけれど、巻いていないストレート。後ろに一つで束ねて、ブルーライトを遮断する眼鏡を愛用。化粧は一応するが、基本は地味で色味を抑えたナチュラルメイク。

この容姿に加えて、きびきびした性格なので、細かくて厳しい人だと思われがちだ。けれど、常に公平を心がけているからか、部下と上司からの信頼はそこそこ篤《あつ》い――はず。

恋愛には興味なし。結婚願望も勿論なし。老後の貯金も着実に貯まりつつあるし、三十代に入ったら、マンションでも購入しようかしらと思い始めている今日この頃。

恋愛しないからって不自由は感じないし、平和で充実した毎日を送っている。

が、そんな私にも、一つだけ人には知られたくない秘密があった。
それは――

プル、プルルル

「はい、海外事業部二課の朝霧です」

『お疲れ様です。経理の白鳥《しらとり》です』

「っ！」

嘘、めったに電話がかかってこない白鳥さん、来たー!?

内心の興奮を外に漏らさないよう、周囲に気を付けながら、冷静に会話を続ける。その後課長に繋いでほしいとお願いされたので、タイミングよく席に戻ってきたうちの課長に内線をまわした。

受話器を置いて時計を見れば、休憩時間に入っている。私はそそくさと化粧室へ向かった。

個室のトイレに入って、深呼吸を繰り返す。

ヤバい……、あの声の破壊力は、ヤバい。

ああもう、なんっっってスバラシイ美声なの、白鳥さん～！

めったにうちのフロアには立ち寄らない人なので、なかなか生の声は聞けない。でも、あの落ち着いていて、包容力溢れる美しいテノールの声は、絶大な破壊力を持っている。少し聞くだけで癒《いや》されるわ。

できることならあの声でもう一度「お疲れ様です」って囁《ささや》いてほしい……。それだけで、残業を二時間は余裕でこなせる自信がある。

だって彼の声が大好物なんだもの。

先ほどの白鳥さんの声を脳内再生させて悶《もだ》えていたら、若い女性社員の声が外から飛び込んで来た。どうやら何人かで話しながら、このトイレに来たらしい。何だか出るタイミングを逸してしまった。

「……で、今ハマってる海外ドラマの主人公が、もう超～かっこよくって！　特に吹き替えをしている声優さんの声がピッタリなんですよ～！」

「へえ、なんていうドラマなの？」

少し高めの声の若い女性に、化粧直しをしているであろうもう一人が尋ねた。

「Majority《マジョリティー》 People《ピープル》っていうドラマで、略してMPです。その主人公のジャックが見た目も渋くていい味出してるんですけど、吹き替えの声優もなんと声優界の大御所《おおごしょ》なんですよ！　超豪華！」

「ふ～ん、そんなにいい声なの？」

「大好物です！」

きっぱりと肯定した彼女に、もう一人が一言「落ち着け」と冷静に告げた。そしてDVDを貸すから見てほしいなんて話をして、彼女たちは去って行った。

私はといえば、静かに二人の会話を盗み聞きしながら、「話に混ざりたい！」と、心の中で叫んでいた。

知ってる、知ってるわよそのドラマ！　だって私も見ているもの。レンタルしてシーズンⅡまで連休潰してぶっ続けで見て、ようやく今テレビでやってるシーズンⅢに追いついたんだから！

「わかる、わかるわー。ジャックがかっこいいのは」

キャラクターも俳優の演技力も抜群にいいのは認める。だけどジャックの魅力はそれだけじゃない。

だって彼の声は七色の声を持つと言われている、あの春川伊吹《はるかわいぶき》が吹き替えしているのよ!?　本人はもう還暦《かんれき》間近なのに、いまだに声は衰《おとろ》えていない。そして渋みのあるダンディーなその声は、ジャックの役柄にピッタリはまっていた。

中年の役だけじゃなく、彼は青年から老人、さらには犬や鳥などの動物の声さえも違和感なく演じる。尾てい骨に響くようなエロボイスで、冷徹な魔王キャラを演じた話題作のアニメでは、それを見ながら悶《もだ》え死ぬかと思うほどだった。

「ヤバい、思い出しただけで鼻血出そう……」

悪役でもいいじゃないの、かっこよければ！　むしろ王子様的なヒーローより、悪役で美形の方がぐっと来るわよ。ポイント高いわよ！

アニメのイラストはいかにも敵役の黒々しい魔王なのに、声が春川さんってだけでDVDの予約販売前から購入を決意。実際見てみれば、彼の声は役柄と抜群にマッチしていて、女性視聴者の心を鷲掴《わしづか》みにしている。アニメの最終回を見た直後、勢いでゲームまで買っちゃおうかと真剣に悩んだほど、私のハマり具合はヤバかった。

「はあ、ここに誰もいなくてよかったわ……」

こんなにやけた顔をした女が、「いつもクールですね」と言われる朝霧樹里と同一人物だなんて思われたくない。せっかく作り上げた社内での私のイメージが崩壊する。いや、まあ、基本声がかかわらなければテンションも落ち着いているんだけど。

そう、だから絶対に秘密を守らなくては。

私が無類《むるい》の声フェチだということを――

別にアニメが好きなわけではない。ただ、好きな声優の声を聞くには、アニメをチェックするのが一番手っ取り早いわけで。

お気に入りの声優がアニメに出るとわかれば、即予約。深夜放送もできるだけリアルタイムで見たいところだけど、金曜日ならともかく、平日に夜中まで起きているのは辛いからね。

海外ドラマも当然チェック済み。洋画だってDVDを借りてきて、英語の字幕付き＋日本語吹き替えで見ているのだ。

ああ、でも本当に、声がいい男の人は最高ね！　見た目は普通でも、声がいいだけでどうして数倍かっこよく見えるのかしら。とはいえ、私は彼らを恋愛対象として見ているわけではない。

アニメやドラマの二次元と、三次元は別もの。現実世界で、声の素敵な男性を恋人に求めているわけではないのだ。

先ほどの電話の相手である白鳥さんだって、社内で一、二位を争うほどの美声と評判だが、決して恋愛対象ではない。そもそも彼は既婚者で、既に中学生のお子さんだっているのだが。もし彼が独身だったとしても、私は彼をそういう目で見ることはないだろう。

「あ、いけない。そろそろ戻らないと」

自分の席に戻りながら、先ほど彼女がはしゃいでいたドラマを再び思い出す。

やっぱりMPの中なら断然ジャックがいい。あの渋さに男気、そして声！　ご飯が進むこと間違いなしだ。

内心上機嫌でデスクに戻った私に、後ろから可憐な声がかけられた。それは私の夜の予定を尋ねるもので――

「飲み会？」

「はい、今夜うちと隣の課で合同でやらないかって誘われまして。たまには主任もどうですか？」

隣の課の海外事業部一課をちらりと盗み見る。話を持ってきたかわいこちゃんこと宮《みや》内遥《うちはるか》は、私より五歳下の二十四歳だ。緩《ゆる》く巻かれた髪に、フェミニンさを意識したビジネスカジュアル服。うちの部は私服なので、彼女は毎日かわいくかつ崩しすぎないオシャレをしている。我が社では、総務とか他所《よそ》に行けば制服を支給されるところもあるが。ああ、あと秘書課もそうね。ジャケット着用は秘書課の特徴かしら。

海外事業部の二つの課は、たまにこうやって飲みに行ったりしている。でも大抵私はパスしていた。都合が合わなかったり、残業があって無理だったりと、理由は様々だが。付き合いで行くときもあるけれど、家には早く帰りたいのが本音。だって録画している番組、早く見たいじゃないの。当然そんなこと、周りには言わないけど。

でもこの先急ぎの仕事が入ってこない限り、今日は珍しく定時で上がれそうではある。ならばたまにはいいか——そう思いはじめた私に、彼女は何を思ったのか、声をひそめて言ってきた。

「それとも、デート入ってますか？」

こっそりと、でもどことなくはずんだ調子で尋ねられた内容に、苦笑する。彼女は私が恋愛しない主義なことを知っていて、何故かそれに不満を抱いているらしい。

「金曜日だけどデートはないわねー。仕事が彼氏だから」

にこりと笑いかけたら、明らかに残念そうな顔をされてしまった。ここまで素直に感情を表に出してくれると、逆に慕《した》われていると思えて嬉しくなる。妹がいたらこんな感じなのかもしれない。

「まあ、いっか。今日は忙しくないし、ちゃんと定時で上がれそうだしね。あ、でも念のため参加メンバーを教えてくれる?」

パアッと明るい顔になった彼女は、「勿論です!」と頷いてくれた。

――だがここで教えられた情報が既に操作されていたことに、迂闊《うかつ》な私は気付かなかった。

◆◆◆

「――で? 何であんたまでここにいるわけ?」

「いちゃ悪いか。お前の部下から誘われて来たっていうのに、随分な言い草ですね?朝霧主任」

会社から徒歩十分の、会社メンバー行きつけの居酒屋。飲み始めて二十分が経過した頃、今私の隣に座っている男はやって来た。

どこにいても人目を引くこの男を見た瞬間、私のテンションは急降下した。他の女の子たちのテンションは一気に上がったが。

同期で入社した海外事業部一課の係長、鬼束八尋《おにづかやひろ》。空いていた私の隣に断りなく座ったこの男は、私に対してだけは、どこか嫌味な口調で話す。

真っ黒で烏《からす》のような髪は清潔感があり、いつも綺麗にセットされている。凛々《りり》しい眉、高い鼻梁《びりょう》の精悍《せいかん》な顔。真顔で睨《にら》むとその目に鋭さが宿るが、外面《そとづら》はよくて社内ではめったに怒らないから、鬼束のそんな目を見たことがある社員はあまりいないだろう。見た目と違い、比較的温和な性格だと周りから思われている。――そう〝思われている〟のだ。

だが、この手のタイプを怒らせると面倒だということを、私は経験上知っている。ちょっとムカついただけなら笑顔で怒り、本気のときは冷ややかに怒る。声を荒らげないからって優しいわけじゃないのよ、諸君。

正直言うと、あまり近寄りたくない。だって顔のいい男はトラブルの元だもの。

そう、こいつは我が社でもトップ三に入るイケメンで、女子社員の憧れの的でもある。

確かに見目はいい。兄たちのおかげでイケメンには耐性がついている私でさえ、そこそこかっこいいとは思う。優男《やさおとこ》風の兄たちとはまた違ったタイプのイケメンだ。ちょっと笑顔で話しかければ、大抵の女の子は見惚れるほどに。

けれど、ダメよ子羊ちゃんたち。ちゃんと本性を見抜いて近寄らないと、痛い目見るわよ。兄たちで男を見る目を養って来た私が言うんだから。

「あ、タバコは外でよ。ここで吸う気じゃないでしょうね？」

「まさか。吸うわけないだろ。あ、すみません。ビールもう二杯追加で」

呼び止められた店員の女の子は、こいつの営業用スマイルと低めの声にやられて、頬を赤く染めた。この男、認めたくないけれど、実は白鳥さんと並ぶほどの美声を持っている。

テノールの声が美しく穏やかな癒《いや》し系の白鳥さんと、耳元で囁《ささや》かれたら腰に響く、危険な色気を孕《はら》むバリトンの鬼束。「どっちも選べない～！」なんて女子の会話を耳にしたことがあった。

が、私は断然癒し系の白鳥さん推しだ。だってこいつは危険すぎる。君子危うきに近寄らず、よ。

そして同じ低音ボイスなら断然、声優の春川伊吹がいい。彼に比べたら鬼束なんて、渋みも声の深さもないじゃないの。――年齢も世代も違うけど。

すっかりでき上がっている課のメンバーを、ビールを飲みながら眺める。圧倒的に女性よりも男性が多いうちの一課と二課で、今宵《こよい》集まったメンバーは十名ちょっと。遥ちゃんの他に女性は、私を含めて三人だ。

「主任〜飲んでますか？」

「ええ、飲んでるし食べてるわよ。遥ちゃんは……ああ、あなた結構いける口だったわね」

酔っている口調に見せているのは演技だ。そういえばこの子は、一課の新入社員を狙っているって噂があったわね……。マジだったのか、あれ。

小さく意味深な微笑みを見せられて、私は何も知らないフリを貫《つらぬ》くと目線のみで答えた。

隣に座る男が相変わらず興味深そうに私を眺めてくる。こいつは暇さえあれば何かと私に突っかかって来るからめんどくさい。いや、からかって遊んでいるのか、この私で。

「言いたいことがあるならはっきり言いなさいよ、鬱陶《うっとう》しい」

「いや？　部下から慕《した》われてていいじゃないですか」

「そのニヤニヤ笑いと口調、何とかならないの」と言ったところで、一課《うち》の男性社員が、

「主任、質問が！」と挙手した。

「一生独身宣言をしているって本当ですか!?」

ぶふ、っと口に含んだものを噴き出しそうになったのは、私ではなくて周りの男性陣だ。周囲の目が一斉に私に向けられる。

そんな彼に、私は余裕のある笑顔を返した。

「ええ、恋愛する気も、結婚願望もないけれど。それがどうかした？」

空気が静まった直後――、私の二歳下の女子社員が、素朴な疑問を口にした。

「でも、子供は欲しくなったりしません？　その場合はどうするんです？」

「子供は好きだけど、別に自分で生まなくてもいいかと思ってる。それに子供が欲しくなったら、養子でももらうから問題ないわ」

既に兄と姉に子供はいるんだから、両親も文句は言わないだろう。

そう言ったら、「えええ～!?」と非難なのか残念なのか、なんともいえないトーンの声が上がった。一体何故。

ふと隣で黙り込んでいる男から視線を感じた。真顔で黙られると、何だか居心地が悪い。ちょっと移動しようかしら。

腰を浮かしたところで、ぐいっと手首を引っ張られる。

「何か？　鬼束係長」

「どこに行く気だ？　ここにいろ」

ちょっと、どこの俺様よ。いきなり何でそんな不機嫌モードになってるのよ、めんどくさいわね。人当たりのいいキャラはどうした。

何だか微妙な空気を肌で感じながらも、しょうがないので私は再度腰を下ろした。そしてひたすら杯を重ね箸《はし》を動かし、飲み食いに走った。帰ったら録画しておいたアニメとドラマを見るのだと、この先に楽しみを見出《みいだ》して。

散々飲んで食べて、ようやく帰ることになったのだが——

何で私はこいつと二人でタクシーに乗っているんだ。いや、何故タクシーに押し込められたんだ。ふざけるなよ、鬼束。

遥ちゃんが「送ってあげてくださいね」なんて余計なことを言わなければ、こんな展開にはならなかっただろう。ビール二杯で酔うわけないのに、彼女も何を考えているんだか。

鬼束は、しばらく窓の外を眺めていたが、ふいに私に話を振った。

「お前、明日は暇だよな？」

「はい？」

ちょっと待ちなさいよ。ふつうはそう断言しないでしょう。確信を持って言えるのは、私の行動をよく把握している両親と、兄姉《きょうだい》&限られた友人だけ。つまり、私の生活を知っている数少ない人間のみだ。なのにいきなりの俺様口調は一体何なの。

「……暇じゃないけれど」

「そうか暇か。それなら俺の用事に付き合ってもらおうか」

「ちょっと、私は暇じゃないと言ってるでしょ」

じろりと眼鏡の奥から睨《にら》みつけてやれば、鬼束は不遜《ふそん》な笑みを浮かべた。何だか嫌《いや》な予感がする。

「ああ、そういえば……、この間お前の部下がやらかした仕事のミスを一課《こっち》でフォローしたことがあったっけなぁ？　あれで貸しが一つできたはずだったな。まだ返してもらっていないんだが」

「あ、あれは……！」

「俺の頼みを一つ聞いてくれるなら、チャラにしてやってもいいぜ？」

うぐっ！

……何故仕事の借りを、プライベートで私が返さないといけないの。確かにあのときは助けられたけども。

沸々とわきあがって来る怒りを宥《なだ》めて、私は深く息を吐いた。こうなったら仕方がない。腹の底から出すような低い声で尋ねる。

「頼みって、何」

そんな私の態度を面白がるように見つめてから、鬼束は「大したことじゃないけどな」と前置きした。

「明日指定した場所に来てくれるだけでいい。一応服装には気を抜くなよ」

「は？」

それから奴は「後でメールする」とだけ告げた。ほどなくしてタクシーは私の自宅のマンション前に到着した。

　そして数十分後。本当にメールが届いた。読み進めていくうちに、顔が引きつる。

『可憐で清楚《せいそ》な控えめ女子にはまず見えないだろうから、お前が一番自分に似合ってて魅力的だと思える鎧《ふく》を纏《まと》え。化粧もしっかりやれよ。女の闘いに挑む覚悟で来い』

　確かにさっき服装には気を付けろと言われたが、細かく指定されたこの余計な項目は何なの。

「何これ、まさかこの通りの格好をしろだなんて言わないわよね？」

　その勝手すぎる内容と意味不明さ加減に、もはや嫌な予感しかない。そのせいで、私は楽しみにしていたドラマを見るどころではなくなってしまった。

◆◆◆

　早朝八時。週末のこの時間は、いつも余裕でベッドの住人になっている私だったが、今日はけたたましく鳴り響くドアのチャイムによって起こされた。

　すぐに鳴りやむかと思いきや、相手はしつこい。五回目の「ピンポーン」を聞いた後、私はついにベッドから起き上がった。

　まったく、休日のこんな朝から、非常識にも程がある！

　犯人は間違いなく、いつも通り迷惑な二人のうちどちらかだろう。兄――一番上の――

か姉、今回はどっちだ。

くだらない夫婦喧嘩をしたとか、匿《かくま》ってほしいとか。そんな用件で頻繁《ひんぱん》にやってくるのだ、彼らは。ちなみに二番目の兄はこういった点、まだ比較的常識人である。

寝起きでぼさぼさな髪とパジャマ姿のまま、私は勢いよくドアを開けた。

「うっさいわよ今度は何やらかしたの！　ここは駆け込み寺じゃないって……」

最初に視界に飛び込んできたのは、長兄のものにしては少し大きめな靴。次に色の濃いジーンズと、長い足。徐々に視線を上げて、私は固まった。

その相手——昨日私に無理やり借りを返せと要求した男——が、呆れたため息を吐《つ》いた。

「お前……、誰が来たか確認もせずに扉を開けるな。無用心にも程がある」

「おはよう」、でもなく、「早くから来て悪いな」でもない。開口一番に怒られて、私の頬は引きつった。

あんた、何でここにいる！

寒いからさっさと上がらせろという奴の言い分を渋々呑んで、リビングに通す。ちなみに今は十一月の中旬である。

昨日はあれから散々DVDを見続けていたため、ソファ周りは若干散らかっていた。でも、こいつは別に気にしないだろう。私もどう思われたって構わない。

「朝っぱらから何しに来たのよ……。とんだ安眠妨害よ」

眠りについたのは、夜中の三時すぎ。それまでに、お気に入りの映画を二本鑑賞した。素敵な美声で癒《いや》されるため――すなわち精神安定剤代わりにだ。一応癒されはしたが、同時に興奮もしたので、なかなか寝つけなかった。

「もう八時だろ。お前なら起きてると思ったんだよ。朝は強いんじゃなかったのか」

「それは平日だけ。休み前は夜中まで映画鑑賞するのよ、私は。日頃のストレスを発散させないと」

とりあえずインスタントのコーヒーを淹《い》れてあげたのだが、鬼束はちらりと私を見て、眉を顰《ひそ》めた。

休日だからか、彼は前髪を下ろしている。同期で同い年のこの男は、いつもは実年齢より年上に見えるのに、今日は私服と髪型で一応年相応の二十代後半に見える。が、コーヒーのお礼を言うには、その苦い表情はマッチしていないわよ。

「とりあえず、お前はさっさと着替えて来い。目のやり場に困る」

「はあ？」

そう言われて、ようやく自分がまだパジャマ姿だったことに気付いた。

シルクのお気に入りのパジャマは、着心地も寝心地も抜群だけど、身体のラインが出るもので……

た、確かにこれは、身内以外に見られるのは恥ずかしいかも。

そそくさと寝室へ戻った後、ブーツカットのジーンズとカットソーに着替えて、洗面所で顔を洗った。メイクは……別にもういいや、すっぴんで。どうせいつも地味《じみ》メイクしかしていないんだし、それに寝起き姿を見られているんだから今さらだわ。

髪を梳《と》かして、簡単に身だしなみを整えてから、再びリビングへ戻った。

「お前さっき誰と勘違いしたんだ？」

コーヒーを飲み終わり、ソファにゆったりと座る男は、長い足を組み替えて尋ねてきた。身内以外の若い男が家にいる違和感、半端ない。

「ああ、姉と兄よ。いつも駆け込み寺のように人の家に来るからね。アポなしで」

納得顔をした鬼束は、時計を確認して立ち上がる。っていうか、あんた本当に何しに来たのよ？　と訝《いぶか》る私に、奴は言った。

「お前のクローゼットを見せてみろ」と。

「ちょっと！　人の寝室に勝手に入るな！」

この男にはデリカシーってものがないのか。

レディの部屋に突然来たかと思えば寝室にまで入るって、どういう神経しているのよ。

私はあんたの彼女でも何でもないぞ！

これが兄たちなら遠慮なく蹴っ飛ばしている。いや、もういっそのこと、こいつにもやっちゃっていいよね?

寝起きのままの状態のベッドをチラ見した鬼束は、これ見よがしにため息を吐《つ》いた。

ちょっとマジで感じ悪いわよ……

「色気のない部屋だな……。何この殺風景さ。仮にも女なら、どこかに華やかさを付け加えた方がいいぞ。風水的にも」

「あんたはいつから風水師に転職したんだ!」

確かに必要最低限のものしか置かない主義だし、色味がほとんどないこともわかっている。いつも姉からダメ出しされるので、女の子らしい部屋じゃないことはとっくに自覚していた。

カーテンでもいいから、ピンクや花柄とかに変えろと言われて、早一カ月が経過。姉が来る前に模様替えをしようと思っていたところだった。が、何故こいつに言われねばならん。

さらに勝手にクローゼットを開けて私のワードローブを物色し始めた奴は、深々とため息を吐いてダメ出しした。「やっぱり使えねぇ……」と。失礼な。

「昨日メールを送った後に気付いたんだよ。お前にきちんとした鎧《ふく》を着て来いだなんて言ったら、いつも通りの地味《じみ》で冴えないグレーのスーツで現れるんじゃないかってな」

「げっ、何でそれを……」

ってゆーか地味で冴えないはよけいじゃ。

まあ確かに、仕事着でいいかと思っていた。そもそも今日の目的がわかっていないいんだから。

「仕方ねえ。さっき予約入れておいてよかったぜ。これから外行くぞ。あ、メイクはすっぴんのままでいい。だが眼鏡はコンタクトにしておけよ」

予約って何？　外に行くって、今から？　一体どこに？

頭の中に疑問は多々浮かぶが、鬼束には一切教える気がないようだ。奴の態度から、それが伝わってくる。

でもここで反論したって、時間のロスになるだけだろう。こいつが私の言い分を聞くとも思えないし、渋々ではあるが、今日奴に付き合うことを私は了承したのだから。

脱力するのを堪《こら》えて、「コンタクトの必要はないわ。裸眼で十分見えるし」とだけ告げた。

眼鏡は私に必要不可欠なアイテムだ。ある種の防壁ともいえるから、ないと落ち着かない。だからいつもかけているけど、度はほとんど入っていないのだ。

片眉をぴくりと上げた鬼束の顔を横目に、私は秋用のコートを手に取った。

◆　◆　◆

連れていかれた場所は、私でも知っている人気ブランド店だった。鬼束は人当たりのいい笑みで店員にあれこれ指示を出し、私は試着室の住人となっている。これで一体何着目よ……

「まあ、それでいっか」とようやくお許しがもらえたとき、時刻は十一時近くになっていた。お会計は全て彼持ちだ。当然と言えば当然か。

急げと言われて次に拉致《らち》られた場所は、美容院だった。オシャレな美容師さんがたくさんいるこの店は、雑誌の有名モデルが来ることでも有名。って、え、ここでメイクまでしてもらえるの？　ちょっと嬉しいけど、でも一体何故。

「あら～八尋じゃない！　久しぶりね～」

「お久しぶりです。相変わらずお綺麗ですね」

「うふ、本当のこと言われても嬉しくないわよ～！」

なんて言いながら、笑顔で鬼束の肩を力の加減なしに叩くゴージャス美女、推定年齢三十代後半。なんと彼女がこの店のオーナーなんだとか。って、若くない？

が、「この人、あれでもう五十近いんだぞ。でもって、性別は男だ」とぼそりと囁《ささや》かれて、唖然《あぜん》とした。何の黒魔術を使っているんですか、あなたは。

「さあさ、座って～！　何だかやりがいのある子ね～。あ、それが服？　うん、どれどれ」

私を置いてけぼりにして二人であーだこーだと話している。やがて一通り案が纏《まと》まったのか、彼女？　が私の髪を軽く整え始めた。

「毛先はちょっと切るわね。前髪は横に流す感じで……カラーリングはこのままでも問題なさそうね。最近美容院行ったのかしら？」

「ええ、二週間前に」

それなら問題ないわね～と呟《つぶや》いた彼女に、トリートメントをされて髪をちょこちょこいじられた。その後に手早くメイクをされる。私が普段化粧にかける時間とそう変わらないのに、その完成度は雲泥の差。

だがじっくりと鏡の自分を見る暇もなく、試着用のブースに連れていかれる。そして手渡されたのは先ほど購入したAラインのワンピース。シャンパンゴールド色のそれは、膝がギリギリ隠れる位の長さだ。品のある光沢《こうたく》が、シンプルなデザインながらオシャレ感をアップさせている。その上に黒のボレロを羽織った。

一見パーティードレスっぽいけど、ボレロのおかげで、うまい具合にカジュアルに落ち着いている。

いつの間にか靴まで用意されていて、至れり尽くせりすぎないか？　と疑問を抱きつつも、トータルコーディネートはこれで完璧。扉を開くと、私を見た鬼束の目が見開かれた。相当驚いたみたいだ。

「まあー綺麗なお嬢様に変身ね～！　さっすが私～！」

自画自賛しながら仕上げに髪を整えてくれるオーナーさん。巻くか巻かないかで悩んでいたけれど、ストレートで正解だったと彼女は言った。

背中の真ん中まであるまっすぐな私の髪は、ありえないくらいさらさらヘアになっている。前髪をサイドに流して、最後に控えめなラインストーンがかわいいカチューシャがつけられる。大人可愛いという形容詞がぴったりのそれは、どこのお嬢様仕様だよって思ったけど、オーナーさんの褒め具合からきっと似合っているのだろう。

可愛さの中にどこか大人のクールさが混じったこの服装は、いつもの私じゃないみたいで、微妙に恥ずかしい。

カツンとヒールを鳴らして、目の前の姿見に近づく。改めてじっくり確認して、びっくりした。

「うわ、お姉ちゃんそっくり……」

数年前の姉が目の前にいる！　と言われても、信じてしまいそうだ。もともと顔の造りは似ているのだけど、あえて私が地味《じみ》路線だったから、気付かなかっただけか。若干胸のボリュームが足りない気もするが……悲しくなるからそこには触れまい。

鬼束はしばらく私を見つめたあと「上出来だ」と微笑んで告げ、満足そうに頷いている。って、私まだこの先のこと聞かされていないんだけど？

それに、そういえばこいつもいつの間に着替えたんだろう。さっきまでカジュアルな服装だったのに、今はスーツを着ている。髪もきちんとセットされて、いつもの老《ふ》け顔に見えるわよ。あの若さは何処《どこ》へ。そもそも休日なのに何故スーツなの。

着ていた服は自宅へ送ってくれることになり、支払いは全て鬼束がカードで済ませた。

「がんばりなさいね～」と笑って見送ってくれたオーナーにお礼を言って、私たちはタクシーに乗り込んだ。


「で？　私は何をやらされるのかしら。いい加減知りたいんだけど」

じとりとした目で睨《にら》めば、爽《さわ》やかさとは無縁の黒い笑みを貼り付けて、奴は言った。

「今から見合いをぶち壊しに行くぞ」

「はあ!?　冗談はよしこちゃんよ！　何で私が人様のお見合いをぶち壊しに行かないといけないわけ？」

「お前、それ古すぎだろ……」

鬼束は呆れ気味に呟《つぶや》いて、ため息を吐《つ》いた。母親の口癖が咄嗟《とっさ》に出るほど驚いたのよ、察しなさい。

見ず知らずの人の縁談を台無しにするほど、私は人でなしじゃない。姉なら嬉々として参加しそうだが……法外な報酬つきで。

「安心しろ。お前が壊すのは俺の見合いだ。見ず知らずの他人のじゃない」

普段よりテンションが下がった低い声音で不機嫌そうに呟かれて、私は耳を疑った。

「……つまり。あんたのお見合いに私が乱入して、縁談を壊せってこと？」

「まあ、簡単に言えばそうだな」

さらりと言われて、頬がこれでもかってくらい引きつった。

そんなの、冗談じゃない。いきなり悪者にさせられてたまるか。

だがその後告げられた追加設定に、顎《あご》を落としそうになった。

「お前は俺の〝結婚を前提とした〟交際相手として、それ相応に振る舞ってもらうからな。余計なことは喋るなよ」

さーっと血の気が引いていく音が聞こえた気がした。

「できるわけないでしょう!?　そもそもあんたとは付き合ってもいない、ただの同僚――」

「なら俺と付き合うか」

更なる爆弾を投下されて、もはや開いた口が塞《ふさ》がらない。

「嫌《いや》よ。私は恋愛戦線には参戦しないって昔から決めているんだから。社内でも人気のあんたと付き合うだなんて、嫌でも厄介事に巻き込まれるじゃないの！　トラブルに自ら飛び込むほど愚《おろ》かじゃないのよ。後方支援に回るか、高みの見物を決め込んで傍観者に徹するか、火の粉が飛ばない場所で我関せずを通すか。危ない前線はイケメン争奪戦に嬉々として参戦する狩人《かわいこちゃん》に譲《ゆず》ります」

「……お前は何から逃れようとしてるんだよ？」

呆れたような声が降って来た。そんなの、嫉妬《しっと》に狂う同性に決まってるじゃないの。万年モテ期で、常に厄介事の渦中にいた兄姉《きょうだい》を見ていれば、嫌でもそう思う。

節操なしで女の子に手を出しまくっていた優男《やさおとこ》風の一番上の兄は、「あんたを殺して私も死ぬー！」なんて昼ドラでしか見たことのないシーンを、白昼堂々繰り広げていた。周りの人間に止められて無事だったけど、それを見た小学生だった私の衝撃は、一言では語れない。

姉はその美貌と色気を使って、数多《あまた》の男のハートをゲット。略奪はしても、友達の彼氏には手を出さない常識《ポリシー》は一応あったらしい。が、それでも褒められたものではない。たまに別れさせてほしいという妙な依頼を受けて、お小遣い稼ぎもしていたのだから。

爽《さわ》やかスポーツマン系の次兄だってそう。博愛主義だかなんだか知らないけれど、彼女は一人だけに絞った方が絶対にいいと思う。二歳上の彼はまだ独身だ。だが、先日彼は私にカミングアウトした。「実は両刀《バイ》なんだよね」と。聞きたくなかったけどね！

実は彼氏もいるかもしれないなんて事実、どう受け止めたらいいの。

「――迷惑な兄姉のおかげで、私は早々に悟《さと》ったのよ。恋愛なんてしなくても人間生きていける。そんなトラブルに巻き込まれて人生終えるのはごめんだってね。恋人がいなくても、結婚しなくても、充実した毎日が送れるならそれでいいじゃない」

たまに街中ですれ違う人の声が美声だったり、店員さんの声が好きな声優さんに似ていたり。そんな些細なことに気付くだけで胸がときめく。

そう、私は「美声」という萌え要素があれば楽しく生きていけるんだから。テレビとネットがあれば一人だって寂しくない。

「……本気でそう思っているのか？」

どこか不機嫌さを帯びた声で尋ねられたと同時に、タクシーが停まった。

無言で車から降ろされて、居心地の悪い空気が流れる。

到着した先はいかにも……な感じの、高級料亭。ここ、ランチでも一体いくらすることやら。訊くのも怖い。

ビビる私をよそに、鬼束は逃がさないとばかりに私の手首をぎゅっと握り、さっさと進んで行った。私はというと、いきなり手首をつかまれて思いっきり動揺していた。だが奴は、そんな私を完全無視だ。

老舗《しにせ》旅館の女将《おかみ》風の貫禄《かんろく》ある和服姿の女性が、「お待ちしておりました、鬼束様」と出迎える。そして彼女の案内を当然のように受け入れて進むこの男……やけに慣れているる。まさか常連さん？　こんな高級そうなお店で顔を覚えられるほど、通い慣れているのか。

「ちょ、待ちなさいよ！　私、全然準備できていないんだけど？　女優になる覚悟はまだ無理だから、せめて台本をよこせっ」

ずんずん進む奴の後ろ姿を見て、冷や汗が流れる。

まずいまずい、まずいわよこのままじゃ！　ぶっつけ本番でがんばれって、どんな鬼畜なの。

「台本なんてあるわけないだろう。適当に話を合わせていればいい。だが、忘れるなよ。お前は俺の婚約者ってことを」

「……はあ!?　あんたさっきは結婚を前提とした彼女だって……」

いつの間に婚約者になったのよ！

結婚を前提としたお付き合いと、婚約者の正式な違いはわからんが、なんとなく、後者はもう後戻りできない気がする。結婚するかもしれない交際中と、結婚というゴールに向けて歩み中のカップル。逃げる隙があるのは明らかに前者だ。

しかし、そんな私の抗議は、案内してくれた女将《おかみ》さん（風）によって遮《さえぎ》られてしまった。

「こちらで皆様お待ちです」

襖《ふすま》を開けた先には、既に主役を待つ状態で両家が集まっている。振袖姿の若いお嬢さんは、これまた清楚《せいそ》な大和撫子《やまとなでしこ》で……いささか若すぎるのが気になるんだけど。

ねえ、あんたどんだけ若い子とお見合い予定だったの。彼女どう見ても、ハタチ前後って感じよ？　まさかいいとこのお嬢さんで、花嫁修業中なのかしら。

鬼束の見合い相手に気が向いていた私は、奴の身内と思しき人物の声が、全く耳に入っていなかった。

「おや、本当に連れて来たのか」

「まさかあの話が嘘だとでも？　言っただろ父さん。俺には既に結婚を約束した女性がいるって」

きゅっと手を握られ、はっと気を引き締めた。隣を見上げれば、キラキラした外面《そとづら》スマイルを向けられる。私は咄嗟《とっさ》に悲鳴を呑み込んだ。鳥肌が立ちそうな腕をさすることもできず硬直する。

奴の目がすっと細められ「笑え」、と訴えて来た。無茶な。

だけど意地と根性で、私も会社で培《つちか》ってきたスキルを総動員させて笑みを浮かべた。

興味津々な鬼束父と見合い相手のご家族に向かってお辞儀をする。

顔を上げた瞬間にかけられた声を聞いて、私の身体は再び石化した。

「まさか本当に愚息に婚約者がいたとはね……お名前を伺ってもよろしいかな？」

ダンディーで渋みがあり、艶《つや》のある美声はまさか――

瞬《まばた》きを忘れて目の前の人物を食い入るように見つめる。タレ目がちで、目尻の皺《しわ》を深めて微笑む五十代後半の男性は――私が敬愛してやまない声の持ち主、春川伊吹だった。

って、えぇーー!?

「おい、どうした？」

隣からぼそりと小さく尋ねられて、我に返った。軽く三秒くらい気を失っていたかもしれない。表情はそのまま笑顔で、私は何とか「はじめまして」と告げた。

「このような場に突然お邪魔して申し訳ありません。朝霧樹里と申します……」

この後は通常、〝○○さんとお付き合いさせて頂いております〟的なことでも言うのだろう（嘘だけど）。そしてこの場合、相手の名前を正しく呼ばないとまずい。

しかし困った。こいつの下の名前って何だったっけ？

「てめえ、まさか俺の名前忘れたか」なんて、空気だけで訴えかけてくる同僚の器用さが憎い。

だが、出てこないものはしょうがない。私はいつも通りの呼び方でいくことに決めた。

「鬼束係長にはいつもお世話になっております」

「おや、同じ職場の方だったのか。もしかして八尋の部下なのかな？」

！　そうか、八尋だったたか。

私は営業用の笑みを貼り付けたまま、「隣の課で、八尋さんとは同期なのです」と答えた。

今回のお見合いは伊吹さんの知り合いのお嬢さんと、簡単に食事会でもという、顔合わせ程度のものだったそうな。相手のご家族はそれはそれはいい人たちで、突然現れた私に嫌悪や敵意を向けることなく、笑ってこちらの無礼を許してくれた。「だから言ったではありませんか。八尋さんは素敵な方ですから、既に恋人がいらっしゃるはずよって」なんてことまで言って。

お嬢さんもまだ結婚は考えていないそうで、「どうぞお気になさらず。お幸せに」と、無邪気に祝われてしまった。騙《だま》している分、心苦しい……

そんなご家族に、私は曖昧な微笑を向けるしかない。平然としている隣の男に、呪いでもかけてやりたいわ。

そんないたたまれない空気はすぐに終わりを迎えた。料理が運び込まれてくる前に先方のご家族が退散したのだ。どうやらもともと、こいつが本当に恋人を連れてきたら退席する予定だったらしい。ぽかんと呆気にとられた私に、夢にまで見た美声が届く。

「いろいろとすまないね、朝霧さん。迷惑でなければ、私とご一緒してくれないだろうか？」

「はい、よろこんで……♡」

一瞬でぽわん、と蕩《とろ》けそうな目になっている自覚はある。私は勧められた席に座った。

隣に座る鬼束が訝《いぶか》しげな顔をしているが、そんなの視界に入ってこない。

だって目の前には憧れの伊吹様が……！　海外ドラマや洋画の吹き替え、アニメにナレーション、そして舞台までと、引っ張りだこの声優界の大御所《おおごしょ》が！　まさか、こいつのお父さんだったなんて、知るはずないじゃないの。

「ねえ、あんたのお父さんって、声優の春川伊吹様だったのね」

「よく気付いたな。テレビには滅多に出ないのに」

にやけそうになるのを必死に堪《こら》えて、私は心の底から鬼束に感謝した。

まさか半ば脅された形でこいつの偽《にせ》婚約者にさせられた後に、こんな特典がついてくるとは。役に入っていない地声も素敵です。

偽物なのに束の間の娘気分を味わえて、幸せだ。ああ、その美声で「樹里さん」って呼んでほしい……。できることなら録音したい。

やっぱり録音はダメかしら？　私の個人的な楽しみのためだけに使うんであって、どっかに流すなんて絶対にしないと誓うけれど。

「おや、もしかして苦手なものでもあったかな？　箸《はし》が進んでいないようだが」

「そんなことは！　とってもおいしいですわ」

やばい、妄想トリップしてて一瞬意識が遠のいていた。

ダンディーな伊吹様は目尻を下げて、「遠慮せずに好きなものを食べてね」と言った。

ああ、息子と違ってそのタレ目がちな目もセクシーで素敵です。

脳内では、どこまでも響くエコーがかかっている。もうその声だけでお腹いっぱいだ。食後のお茶を飲んでいる間も伊吹様は私に声をかけ続けてくれて、私はうっとりと夢見心地になりながら相槌《あいづち》に徹した。訊かれた内容はほとんど覚えていないが、理性だけはかろうじて残して、何とか自分の暴走を食い止めている。頭の中はもう手遅れだけど。

「八尋がこんな愛らしい女性を連れてくるとは……。私があと三十年若ければ、立候補していただろうに」

「まあ、光栄ですわ。ありがとうございます」

と、控えめな微笑付きで口では言っているが、心の中では「今でも十分素敵なおじさまですよ！　むしろ今の美声がいいのに若僧に戻ったら渋みと艶《つや》、声の深みが失われてしまいます。若かりし頃のお声も勿論素敵でしたが！」なんて叫んでいた。

ヤバい。一生独身宣言をしているが、この人に求婚されたらぐらつきそう……。既婚者だけどね。

なんて意志薄弱なのかしら。

「で、式はいつ頃上げるつもりなんだ？」

「さあ、まだそこまでは。お互い忙しいから」

「樹里さんのウェディングドレス姿はさぞかし美しいだろうねえ。母さんを思い出すよ」

そんな結構綱渡り気味の会話が繰り広げられていても、脳内お花畑状態の私は相槌《あいづち》をうつだけで、内容なんてまったく頭に入ってこなかった。

よく聞けば、鬼束も親子だとわかるくらい近い声質だけど、こいつの声に聞き惚れたことは一度もない。まだまだ伊吹様にはほど遠い。修業しなさい、修業！


すっかり伊吹様と打ち解けた頃、名残惜しいが帰る時間になってしまった。

「実はこれから収録でね……大変申し訳ないが、先に失礼させてもらうよ。でも今度は是非、我が家に遊びに来てくださいね」

「はい……よろこんで……♡」

タクシーに乗るその後ろ姿すら、素敵……

伊吹様はロマンスグレーが似合う素敵なおじいちゃんになるだろう。衰《おとろ》えない美声は神の領域。身も心も、ごちそうさまです。

「――い、おい、朝霧！」

「っ!? 何、呼んだ？」

はっと我に返って、後ろから呼びかけていたらしき男に振り向いた。顔のデレは当然引き締めてから、会社仕様のクール顔を貼り付けて。

髪を下ろした鬼束がじろりと私を睨《にら》む。明らかに不満を抱いている顔だ。何かまずいことをしでかしたかと、思わず冷や汗が流れそうになった。でも、見合いはぶち壊せたんだから、私はもうお役御免よね？

「えーと、じゃ、そろそろ帰ろうかな～……」

一歩後ろに下がったと同時に間合いを詰められて、腕を取られる。驚く暇もなく、間近に奴の精悍《せいかん》な顔が近づいてきた。眉間の皺《しわ》が深い。

「てめえ、どういうつもりだ」

地を這うような低い怒声がかけられる。

「は？　何が？」

「何が？　じゃねー。ずっとオヤジのことを蕩《とろ》けそうな目で見つめて、しおらしい姿晒《さら》しやがって。そんな態度、今まで一度も見たことないぞ。普段のクールで冷静な朝霧主任とは大違いじゃねーか」

「げっ、私が伊吹様のファンだってわかっちゃった？」

はあ、と大きくため息を吐《つ》いた鬼束は、「やっぱりそうかよ……」と脱力気味にぼやいた。

「お前、オヤジの声が好きなのか」

「大好物よ！」

直球で訊かれ、私は珍しく素直さを見せた。今の私、間違いなく目が輝いているだろう。もうバレてるんなら、隠す必要はない。

が、奴は面白くないと言いたげに、「ふ〜ん」と呟《つぶや》いて——人の悪い笑みをニヤリと浮かべた。

「……そうか。それなら見合いを破談にした成功報酬として、オヤジに頼んで好きな台詞《セリフ》を録音してきてやろうか？　大サービスだ」

「きゃーッ!?　マジですか鬼束様！」

あんたいいところあるじゃないの！

頷く同僚を見て、早速私を妄想の嵐がおそった。

どうしよう、MPのジャック声で「お疲れ様。今日も大変だったね」と、仕事の疲れを癒《いや》す言葉をかけてもらう？

それとも、「おはよう樹里。朝だよ」なんて朝の目覚まし用の台詞とか。ああ、朝からあの美声が聞けるならそれは最高すぎるわ。名前呼びとかもうキュン死によ！　一日中ウキウキ気分間違いなしだ！

あとは話題作になったアニメの敵役、カイン声で、冷徹さを感じさせる美声を披露してもらいたいかも。それもいい。魔王の冷たい声で、「樹里。さっさと起きろ。私の手を煩《わずら》わせるな」とか、言ってもらいたい〜！　甘さと辛さを含んだおはようバージョンを二パターン。これ最高。

「依頼料払うから、是非！　ジャックとカイン様のおはようコール、名前呼びでお願いします！」

アホな私は、先ほど感じた警戒心をすっかり忘れて、この男に自ら近寄った。

すると、ぐいっと腕が引っ張られて、腰が抱き寄せられる。驚く私に、鬼束は唇を耳元に寄せて、低いバリトンボイスで囁《ささや》いた。

「いいぜ？　ただし、この先もお前には、俺の婚約者でいてもらうがな」

「ちょ、それはもう終わったんじゃ……!?」

顔を上げた私に、意地の悪いこの男は目を細めて薄《うっす》らと笑う。そのとき初めて気がついた。こいつの機嫌が最高に悪いということに。

ヤバいと思ったが時すでに遅し。逃げる隙も間も与えられず、奴は父親に似せた声で「樹里」と呼びかけた。いきなりの名前呼びに驚くが、耳朶《じだ》に直接吹き込まれた息と、その尾てい骨に響くようなエロボイスに、私の顔が瞬時に赤く染まる。

普段鬼束の声を気に留めたことなんてなかったけれど、この低いバリトン！　なんてエロいの……！

もう一度名前を囁いた直後。真っ赤になって腰が抜けそうになった私を片腕で支えた奴は、私の顔にそっと唇を寄せてきた。

唇に触れた柔らかい感触――

瞬《まばた》きをするのと同じ位、時間で言ったらほんの一瞬の出来事。

だが、はっきりと伝わってきたそれは、夢だと思いこむにはリアルすぎて——私の思考は停止した。脳が考えることを放棄したらしい。

呆然と突っ立って、明らかに真っ白になっている私を、鬼束は目を細めて見つめてくる。女子社員たちがはしゃぐ整った容姿をしているその男は、声も出ないほど驚いている私をほぼ片腕一本で支えた。多分支えがなかったら、へたり込んでいただろう。

「な、ななな……？」

ようやく出て来た声は、文章にもなっていない言葉の羅列《られつ》。

その後再現VTRのように、脳内で先ほどの光景がリプレイされた。

唇に合わさった柔らかな感触を思い出して、ここでようやくキスをされたと認識した。

漆黒の髪をくしゃくしゃと下ろした鬼束は、私を腕の中に拘束したまま、いまだ至近距離で見つめてくる。

そして私を見て、「間抜け面」と笑ったこいつの顔を殴りたいっ！

「なっ……なんのつも……!?」

「宣戦布告のキスだ」

は？　宣戦布告って、何。誰に向かってよ。——私にか？

「……っざけんじゃねーわよ」

食事の後ですっかり口紅が落ちてしまった唇を、荒々しく手の甲で拭う。唇に残った感触を消し去るように。そしてもう片手で奴との距離をつくろうともがいた。

近い近い！　何で抱きしめられてんのよ！

顔に熱が集まるのは怒りからだ。決して恥ずかしいからじゃない。

注意深く、面白そうに私を眺めるこの男が心底憎い……。恋愛に慣れていない初心《うぶ》な反応と誤解されたらムカつくわ。事実だけど、それを他人に指摘されるのは許せないし、赤面しているのはそういう意味じゃない。

別に今のがファーストキスじゃないけれど、だからといって簡単に唇を許せるわけがない。

ちなみに初めてのキスは幼稚園のときだ。それ以降、色恋を徹底的に避け続けてきた私に、恋愛経験もスキルもあるわけない。傍《はた》迷惑な身近の人間のおかげで、早くから耳年増《どしま》にはなっていたが。

「帰る！　もう私の役目は終わったんでしょ？」

私はなんとか、強気で言った。

ああ、でも、奴の声を直接耳元で囁《ささや》かれた所為《せい》で、そして不意打ちのキスをされた所為で――認めたくないけれど、足に力が入らない。

こいつの支えを失ったらこの場から動けないのを承知の上で、それでも離せとあがく。

いつまで人を抱きしめている気だお前は。そんなの許した覚えはない！

しかし、逆効果かな。もがけばもがくほど、力強さがまして抱き込まれてしまった。ってゆーか今さらだけど、ここは一応、外。人気《ひとけ》のない路地だけど、まったく人が来ないわけではない。誰か来たらどうする気なのっ。

人の悪い笑みを貼り付けた鬼束は、ゆっくりと愉悦を含んだ声で告げた。

「終わり？　誰が終わりだと言った。オヤジは本気で俺たちが結婚するものだと思っているし、そもそも好きでもない女をこんな面倒事に巻き込むか。どうでもいい女に勘違いさせる真似はしねーよ、俺は」

「………は？」

ぽかんと口を開けて鬼束の顔を眺める。眉を寄せたまま同時に微笑んでいるようにも見える様は、あんた器用ねと言わざるを得ない。

怒っているの、笑っているの。どっちなの。

「あの、今なんて……？」

頭の中で警報が鳴り響く。この体勢のままこの問いをするのはまずいとわかっているのに、白黒はっきりさせたい性格はときに厄介だ。本能は間違いなく、〝逃げろ〟と言っている。

すっと目を細めて艶然《えんぜん》と微笑んだ鬼束は、色気が滲《にじ》む声を出した。それは伊吹様が演じたカイン様の声にそっくりだった。

「一生独身宣言？　はっ、冗談じゃない。俺がお前を娶《めと》るから、覚悟しておけ」

「へ……？」

覚悟の使い方、違くない？

じゃなくって。魔王様ボイスで、今なんって台詞《セリフ》を━!?

ぞぞぞとした悪寒《おかん》に身体が支配される。背筋に冷たい汗が流れて、全身が総毛立った。と同時に脳内で奴の台詞がリプレイされる。

いや、いやいやいやいや、ないでしょう。ありえないでしょう！　だって私だよ？　姉と違って色気もない、地味《じみ》でつまらない、華やかさもない女だよ？　あんた一応社内でも有名なイケメンでしょうが。

「けけけ、結構、結構です！　間に合ってます遠慮します」

顔を青ざめさせてぶるぶると首を振る私に、鬼束は社内で見かける外面《そとづら》笑みを潜《ひそ》めて、うっそりと笑った。

ひぃっ！　こ、怖い……

「そんなに拒否られると、逆に意地でも落としたくなるよなぁ？」

喉の奥でくつくつ笑い始めた鬼束が、本気で恐ろしい。カイン様真っ青の黒さだ。

「ったく、オヤジがライバルとか冗談じゃねえ」

唸《うな》るような呟《つぶや》きが、顔面蒼白の私に届いた。ん？　ラ、ライバル……？

ようやく恐怖から立ち直った私は、今ここで反論しないとまずいと思い至る。奴に流されるなんて冗談じゃない。

至近距離のイケメンを睨《にら》みつけるように見上げる。ヒールを履いているから普段よりは顔が近いが……こいつ背高いのよね。これでも、身長は頭一個分違う。首が痛い。

「ちょっと待ちなさいよ。私は誰とも結婚する気も、付き合う気もないって前から言っているはずよね？　愛だの恋だのには興味がないの。だから、たとえ伊吹様であっても、結婚とかまったくありえないから。伊吹様とでさえそうなんだから、息子のあんたが相手とか論外よ。それにそもそも私はイケメン争奪戦には参戦しない主義なの。あんたと恋仲になっただなんて噂が社内で流れたら、女子社員からどう思われるかっ。平穏無事な生活に恋愛は邪魔なのよ。断固拒否する」

「お前が何に怯《おび》えているのかは知らないが、いいから前線に出てこい。正面からやりあってやるよ」

「は？　戦うのはあんたとなのか！」

一体いつの間に、そんな話になった？　この流れだと、まさか私はこいつとさしで戦い、つまり、敗者が相手の言いなりになる、という展開？

つまり、私が負ければ即この男の嫁に……ひ、ひぃぃぃ！

「い、いやよ！　外面《そとづら》だけはいい癖に中身は俺様自己中男となんて、冗談じゃない」

「敵前逃亡は負けとみなすぞ」

　──勝負を受けない場合も同じく。

　いや待て、応戦表明なんて出していないはず。確かに私は負けず嫌いで白黒はっきりさせたい性質《たち》だ。そして、売られたケンカは買う主義でもある。だが、これは流石《さすが》に即答できない。

　あまりの急展開に、頭の中がパニックだ。もう脳が思考を拒否している。この場を逃げ切る案を練る暇もなく、鬼束は私を抱きしめたまま耳元に口を寄せた。

「難攻不落のお姫様を全力で陥落させてやるよ。いつまで抗《あらが》えるか、見物《みもの》だな？」

　ニヤリと笑ったこいつは、名前の通り鬼だと思った。

「わわわ私は、あんたの声は好みじゃない」

「でもオヤジの声はタイプなんだろ？　なら問題はない。電話じゃよく間違われるしな」

　な、何ですって？

　そういえば、こいつの電話を受けたことはほとんどなかった。電話越しの声なんて聞いたことないかもしれない。長い付き合いだが、同じ課にいたこともないし。

　一瞬、私を伊吹様の声で口説《くど》きにかかる鬼束を想像した。そんなことになったら、私は瞬時に醜態を晒《さら》すことになるだろう。嫌《いや》だ、それだけは絶対に。こいつの声で悶《もだ》えて喚《わめ》く自分なんて、考えたくもない。

「楽しみだな？　樹里」

「っ⁉」

私は楽しくなんてないわよ。

一体いつの間に私に興味を持ったのか謎のまま、私はなけなしのプライドを総動員させて毅然《きぜん》と立ち、奴の腕を振り払った。鬼束の声によってダメージを受けた足も腰も、何とか回復している。

「私はそう簡単に落ちないんだから。あんたこそ、他の社員に本性がバレないように気をつけなさいよ。温厚で優しい鬼束係長は、名前の通り鬼で俺様でした――なんて知られたら、女子社員からの人気が落ちるわよ」

「んなものどうでもいいけど。ま、それはそれで楽しそうじゃないか」

「だから、私は全然楽しくなんてない」

勝負を受けようとしない私に、鬼束は止《とど》めを刺す。

「埒《らち》が明かねえ。それなら、今すぐこのまま俺の女になるか、正面からやりあって潔《いさぎよ》く負けるか。選べ」

「は？　どっちにしろ私の負けが前提だなんてふざけてるの？」

「応戦表明を出さなければ負けだぞ」

続けざまに言われ、言葉に詰まった。何だかこいつの掌《てのひら》で踊らされている気分だが、この男はなかなかしつこい。今すぐ帰りたい私は、渋々頷いた。もう嫌《いや》だ、帰りたい。帰ってぐだぐだしながら、お気に入りのＤＶＤとドラマを見まくって癒《いや》されたい。

その後、駅まで送ると言われた私は、その申し出を断固拒否をし続けた。しかし、奴は父親に似せたバリトンボイスで攻めまくった。

「あまり騒ぐと注目を浴びるが、いいのか？」

耳朶《じだ》に吹き込むように囁《ささや》くのは嫌がらせか。騒がしくさせているのは一体どこの誰だと言えない分、睨《にら》みつけるしかない。

身体は離れたはずなのにすかさず手を取られて、半ば引きずられるように駅に向かう。羞恥《しゅうち》から真っ赤に染まった顔で睨むが、鬼束の余裕の笑みは崩れない。叫び出したいのをぐっと堪《こら》えて、拷問のような時間を耐え続けたのだった。

朝霧樹里、二十九歳独身。彼氏いない歴＝年齢を更新中。

憧れの声優に出会い、生の美声を堪能《たんのう》できて悶《もだ》え狂ったその日――

今後も恋人などつくる予定のない私に、何故か偽《にせ》の婚約者ができてしまったらしい。

望んでいない戦いの渦中に無理やり放り込まれ、開戦を告げるゴングが打ち鳴らされた。

終わりの見えない戦いは、食うか食われるかの弱肉強食。私の明日は、一体どっちだ。

◆◆◆

『行けー！　野郎ども、槍《やり》を持て、火を放てー！』

『第一部隊、矢の準備を。飛び道具を使え！』

――勇猛果敢な兵士たちにそう命令したところで、思考がゆっくりと浮上し、現実世界に引き戻された。

目が覚めた私は、今までいた戦場が夢だったと気付く。あまりにもリアルな光景を思い出しながら先ほどの自分の台詞《セリフ》を反芻《はんすう》した。

土曜日曜の二日間、私は悪夢に襲われていた。むさ苦しい男共と一緒《なかま》に戦場を駆け巡るのだ。戦う敵は当然あの男……。安眠妨害とはいい度胸じゃないの、鬼束。

けれど、今の夢で何かいいヒントをもらえた気がする。そう、武器を用意すればいいのよ。

私の弱点が伊吹様に似せたあいつの声ならば、対策は簡単。奴の声を直接聞かなければいいだけの話じゃないの。

朝から黒い笑みを浮かべた私は、鬼退治に挑む桃太郎の気分でベッドから這い上がった。

まったく、今思い返してもとんでもない週末を過ごしてしまったものだ。

土曜日、何とか無事に自宅まで帰った私が一番にしたことは、スマホの電源をオフにして、現実逃避に耽《ふけ》ることだった。

ラフな部屋着に着替えてリラックスモードになり、アニメの中のカインに癒《いや》しを求め、ジャックに男気を学んだ。どちらの伊吹様もかっこよすぎて甲乙つけがたい。

渋くて温かみのあるダンディーな声のジャックに、冷徹さが滲《にじ》み出る孤高の魔王カイン。とても同一人物が演じているとは思えない。まさしく神ボイス！

一通り声を堪能《たんのう》した後は、買ったまま読む暇がなかったライトノベルを漁《あさ》った。

このライトノベルは昨年アニメ化もされていて、伊吹様も出演したのだ。若手からベテランまで、豪華声優陣が声をあてたことで、私みたいな声フェチからの支持も集めた。

アニメのシーズンⅠが終わっても、原作はまだ続いている。声目当てでアニメを見ていたけれど、ストーリーの続きも気になってしまい、つい原作を手にとってしまった。

物語の世界を脳内アテレコしながら没頭する。アニメで聞いていた声と美麗なイラストで、十分リアルに声が再現できるわよ。キャラの台詞の一つ一つがその声を演じていた声優さんと重なって、私は声なくソファに突っ伏した。

ああ、楽しい……！

本を読んでいても声が自動で脳内再生できるって、私のこの特技、ある意味最高。このアニメ、シーズンⅡもやってくれないかしら……。私がスポンサーになれるくらい金持ちだったら、声優さんたちがもっと活躍できる機会を与えられるのに。なんて、今の自分じゃどうしようもないことを考えてしまう。

その後、ゆっくりお風呂に浸《つ》かった。ちなみにBGMはネットで買った伊吹様のドラマCD。欲しいものが家にいながらにして手に入れられるネットショッピングは本当に楽だ。いい時代になったわ〜、なんて思いつつ、私は徹底的に現実逃避に走っていた。が、そんなことをしたって、心の安定は保てても、現実が変わるわけではない。当然だけど、時間は止まってくれないのだ。

そして迎えた月曜日の午前六時。

出勤用の服に着替えながら、ふとハンガーにかかっているワンピースを見やる。シャンパンゴールドのそれが、あの見合いが現実だったと証明していた。

さて、奴の声を聞かないためにはどうするべきか——

うーんと唸《うな》りながら朝食を口にして、身だしなみを整えた後、駅に向かった。

恋だの愛だのは身を破滅に導く。そう教えを自分に説《と》いてきたのに、まさかこんな厄介事に巻き込まれてしまうとは。なんて災難なの。これじゃ何のために、地味《じみ》で目立たないよう振る舞って、独身宣言をしているんだかわからない。

あんなふうに取り乱したり、蕩《とろ》けるような目で誰かを見つめたり、自分の秘密をバラしたりなんて失態を、まさかあいつの前でやってしまうとは……

油断大敵、鬼束鬼門。あら、語呂《ごろ》いいかも。

「そう、鬼門よ、あいつは。伊吹様の息子だなんて詐欺《さぎ》だ……」

確かに声質はちょっと似ているけれど。

いつも通り朝早く出勤してデスクについた私に、珍しく早く来ていた遥ちゃんが近づいてくる。

「おはようございます、朝霧主任」

「おはよう、遥ちゃん。何だか朝からご機嫌ね？」

月曜だっていうのに、若い子は元気でいいわね～なんて、おばさんくさい感想を抱いてしまう。たかが五歳、されど五歳。五歳の差は案外でかい。四捨五入すれば彼女はまだ二十歳なんだもの。

今日も完璧な巻き髪をなびかせて、遥ちゃんは目をにんまりさせた。何だか悪企《わるだく》みでもしていそうな笑顔。何故？

「ええ、週末に面白い光景を見ちゃって！　主任に早く伝えたくて仕方がなかったんです」

「面白い光景？」

疑問符を浮かべる私に、遥ちゃんは声を潜《ひそ》めた。心配しなくても、周りのデスクはまだ空席だ。

「実は、土曜日に鬼束係長を駅前で見かけまして。し・か・も、デート中だったんですよ！」

「えっ」

……土曜日に駅前でデート中。

その単語から連想されるのは……

「もう彼女がすっごい美女で！　いや～鬼束係長ってば、面食いだったんですねぇ。私目を疑っちゃいましたよ。仲良さそうに堂々と手を握って、人目を憚《はばか》らずに歩く美男美女。それはもう思わず写真に撮りたいほどで……」

「っ！　撮ったの⁉」

反射的に聞き返したら、ちょっと驚いたらしい遥ちゃんは「いえ、まさか！」と慌てて首を振った。

「流石《さすが》に盗撮はまずいですよ！　こっそり遠くから観察……いえ、眺めていただけです」

ああ、一応良識のある子でよかった……。それにこの言い方からすると、あれが私だったとは気付かれていないらしい。

ほっと安堵のため息を吐《つ》きたいところを、ぐっと我慢する。そんなことをしたら不審がられるじゃないか。でもまさか見られていたなんて……。キスのダメージがでかすぎて、油断していたわ。迂闊《うかつ》だった。

あれは手を握っていたんじゃなくて、連行されていただけ。そう誤解を解きたいのを何とか堪《こら》えて、無関心を装う。

不穏な空気を察したのか、遥ちゃんは躊躇《ためら》いがちな口調で、だが突拍子もないことを言ってきた。

「大丈夫ですよ、主任！　係長は主任のことをよく見てますから。きっと本命の彼女ではないんだと思いますよ！」

「はい？」

え、何その励ましている感は。

そしてどうしてそこで〝大丈夫〟が出てくるんだ。何が大丈夫なの。というか、そもそも奴が私をよく見ているとはどういう意味だ。見る暇あるなら仕事に集中しろよと、どつきたい。

「えっと、何かこの間から誤解されている気がするんだけど。私、結婚願望どころか、彼氏つくる気もないって散々言ってるわよね？」

「はい。存じておりますよ？」

じゃあ、何でそんな余計な情報をくれるのかしら。

可憐な顔をして一体何を企《たくら》んでいるのやら。一度全てを吐かせたい。

「でも、それは主任がそう決めているだけですよね。人の気持ちは変わりますし。誰かを好きになっちゃったら、その宣言は撤回せざるを得ませんよね！　恋とはいつも突然やってくるものですもの」

「は、はあ？」

うんうん、と一人で頷いている彼女は、次の瞬間私にとびっきりのスマイルを向けた。

何故か小悪魔に見えてくる。

「私は応援してますよ、朝霧主任」

そう意味深に告げてデスクに戻って行った彼女を、唖然《あぜん》とするあまり私は深く追及することができなかった。

何だか妙な誤解をしていないかしら。

月曜の朝から疲れることはしないで頂きたいと、人知れず心の中で重いため息を吐《つ》いた。


魔のお昼休みがやってきた。

もし会社で鬼束が私に接触するなら、今だろう。私は会議のおかげでお昼時間が少しずれたことに、机の下で小さくガッツポーズをした。

会議資料を片付けて、退室し始めるメンバーを眺めながら思案する。このままこっそり、誰にも気付かれずに外に出るのが一番だ。そのためには——さて、どうするべきか。

この会議室から会社の外に出るには、おおざっぱに言ってルートが二つ。

一つ目は右に曲がってすぐ近くのエレベーターに乗り込む方法。誰かと一緒に乗り込んで、そっと一階のロビーまで行ってしまえばいい。

二つ目はこの部屋を左に出て、少し先にある非常階段を使う方法。うちの社員は滅多に非常階段を使わないから、誰かに気付かれることなく、ある意味安心して下まで行ける。

常に誰かと行動している方が安全な気もするけど、仕事上の接点がある私には、鬼束は誰がいようと堂々と近づいてくるだろう。「ちょっといいかな」なんて言われたら、周りも不審がらずにすぐ譲《ゆず》ってくれる。それは困る。

「左に行って、女子トイレで少し時間を潰してから時間差で階段を使うとか……。うちが会議していたのってきっとバレているわよね。絶対安全区域がトイレって微妙だけど……」

私が非常階段を利用するとは、奴も思わないだろう。

無事外に逃げられたら、今日は穴場スポットの定食屋でお昼を食べよう。それくらいの楽しみがなくては。

そう意気込んで、誰もいなくなった会議室に残った私は、ポケットに仕舞っておいた秘密道具を取り出した。万が一、外でばったり遭遇した場合に備えて。

「声がダメなら聞かなければいいのよ」

自分の弱点を封じるために、キュッと耳の穴を塞《ふさ》いだのだ。

◆◆◆

まったく、人生とはつくづく思惑通りに進まないものらしい。

会議室を出たはずの私は今、再び元の部屋に捕らわれている。そう、目の前で余裕の笑みを浮かべる男の手によって……。

慎重に非常階段まで辿り着き、よし、誰もいない！　と内心勝利の笑みを刻んでいたら――ドアの真横に立っていたらしい男に、手首を拘束されてしまったのだ。

「っ!?」

いきなり飛び出してきた腕にギョッとする間もなく、鬼束は開けたドアの陰から現れた。

「やっぱりな」

そう呟《つぶや》いた鬼束は、髪をすっきりセットしていて、だが社内で見かけるいつもの笑みは脱いでいる。そして次の瞬間、彼は端整な顔にとびっきりの笑みを貼り付けた。

ひいっ……!?

有無を言わさず力ずくで連れ込まれたのが、さきほどまでいた会議室――。激しく身の危険を感じた直後、カチャリと扉を施錠する音が響いた。

って、後ろ手に鍵をかけるな！

会議室の薄いカーペットに、奴の靴音が吸収される。威圧感を背負いながら私の方に近寄って来る男が、怖くないはずがない。

満面の営業スマイルが般若《はんにゃ》に見える。

「てめえ、土日、あれからずっとスマホの電源切ってやがったな……」

私との距離を五歩ほどあけて、奴は歩みを止めた。

私は表面的には冷静を保ち、目の前の男をじっと見据える。取り乱したら付け込まれるから、とにかく動揺を見せないようにしなければ。

「別に、私が週末をどう過ごそうと、私の勝手でしょ」

腕を組んで偉そうに言ってやったら。数秒沈黙が流れた後、鬼束は「いい態度だな」と言った。そして「まあ、いい。さっさとお前のスマホをよこせ」なんて突拍子もないことを続けざまに言う。

「嫌《いや》よ。何に使われるかわからないのに、貸せるわけないでしょう」

「せっかくの人の厚意を無駄にする気か？　ごちゃごちゃ言ってねーで、さっさとよこせ」

鬼束は、会議机に何やらノートパソコンを置いて、いきなり起動させ始めた。そして、再度私のスマホを寄越せと要求する。

これ以上ごねると何だかめんどくさ……いや、不利な状況になりそうだと判断した私は、「変なことしたら承知しないからね」と釘をさして、渋々手渡した。厚意と言うからには、悪用されないだろう……。多分。

最近になって携帯からスマホに変えたため、私にはぶっちゃけ使い勝手がいいんだか悪いんだかわからない。だが、鬼束は難なくいじり始める。

何やらいろいろと操作して、奴はパソコンとスマホを繋げた。無言で画面に集中している。何をしているのかさっぱりだ。

が、しばらくしてから「完了」と告げた。

そしてスマホを私に見せる。そこから微《かす》かに拾えた音は、「おはよう」と、私の名前の「樹里」の単語――。って、嘘、もしかしてそれって……

「っ！　ま、まさかあの約束守っ……」

驚愕《きょうがく》する私を見て鬼束は椅子から立ち上がり、悪戯《いたずら》が成功した子供のように笑った。

「わざわざスマホに入れてくれたわけ？　伊吹様の声を!?」

いいとこあるじゃないの！

先ほどまでの警戒はどこへやら。私は自ら自分のスマホを返してもらいに、鬼束に近づいた。

「あ、ありが――」

「礼なら口より態度で示してもらおうか」

……人がせっかく素直にお礼を言っているのに、途中で遮《さえぎ》るとは何様だ。

ってゆーか、今何て言った？

スマホを構わず取り返そうとしたら、ひょいっと頭の上に持ち上げられた。飛び上がっても簡単には届かない位置だ。奴は実に楽しげな黒い笑みで私を見下ろしている。――子供かっ！

私の宝物と化したスマホを取り返すためには、こいつを一撃必殺で仕留めて膝をつかせるか、それとも奴の言いなりになるか。

自慢じゃないが、学生時代からインドア生活を送ってきた私が鬼束を倒すのは至難の業《わざ》だ。だってこいつ、確か空手の段位を持っているのよ。前者を選択した場合、間違いなく返り討ちに遭うだろう。

残されたふざけた選択――お礼は態度で示せ――なんて、嫌《いや》な予感しか浮かばない。

先ほどまで感じたハッピーな気分は消え去り、私は唇を戦慄《わなな》かせて抗議した。

「あんた、何子供じみた真似するのよ？　さっさと人のスマホ返しなさいよ」

「返さないなんて言ってねーだろ。ちゃんと約束を守ってオヤジの声を録音してきてやった俺に、感謝を態度で示せって言っただけだ」

——望む通りにできたら返してやるよ。

口角をあげて笑う鬼束に、唖然《あぜん》とする。開いた口が塞《ふさ》がらないとはこういう状況なのかもしれない。

言いなりになるのは悔しい。が、確かに約束を守ってくれたことは事実。奥歯をギリっと噛みしめて、唸《うな》るような低い怒声で、奴を睨《にら》みながら尋ねた。

「——何を、すればいいの」

そんな私をまっすぐに見つめる鬼束は、「大したことじゃない」と言う。

「ああ、そうだな。まずは、俺と二人きりのときは、その眼鏡を外せ」

「は？」

疑問符を浮かべる私に、奴はお構いなしに続ける。眼鏡から私の耳に視線を移した奴の目を見て、内心ドキっとした。まさか、勘付いて……

「それと。その耳に詰めてるもん、出せ」

「っ！」

反射で耳を押さえた私を見て、鬼束は呆れたようなため息を吐《つ》いた。

「やっぱりそうか。ったく、無駄な悪あがきを……」

「なっ」

今、人のこと鼻で笑ったわね？

抗議しようと思ったが、射殺されるんじゃないかと思うほど鋭い眼差しで、鬼束は無言の圧力をかけてくる。それに耐えきれず、私は渋々耳栓を外すことにした。

ああ、嫌《いや》だ。何だかいつの間にか、力関係ができ上がっている気が……。

両方の耳から耳栓を取ると、鬼束は顔を顰《しか》める。

「お前、いつの間に読唇術《どくしんじゅつ》なんか身に付けたんだ」

そう。実は今日一日、社内を移動するときはずっと耳栓をはめていたのだ。つまりこの会議室に連れ込まれてから、私はずっと鬼束の唇の動きを読んで会話を成立させていたのよ。まあ、かろうじて声は聞こえるので、伊吹様の声も微《かす》かだけど、拾えたのだ。

「必要にせまられて、仕方なく身に付けたのよ」

いがみ合う女の子に囲まれて、遠くにいた私に口パクで兄はよく伝言を頼んできた。『今日は遅くなりそうだから、母さんに伝えて――』と。なんてバカで迷惑な兄貴なの。でもその兄のおかげで、自然と人の口の動きを読めるようになったんだから、ある意味感謝かしら。

すると奴がふと、私のスマホに目を落とした。同時に小さな電子音が響く。あれは確か、メッセージの受信音……。

このメッセージのやりとりをしているアプリには、ロックを解除することなく誰から来たのかがわかり、初めの数行だけ読めるという機能がある。

すると、私のスマホに視線を落とした鬼束の顔が、みるみる無表情になった。こ、怖い……！

「ちょ、ちょっと勝手に読まないでよね」

正確には読んだというよりも、見えたという方が正しいかもしれないが――

不機嫌、なんて可愛いものじゃない、怒りを滲《にじ》ませた低い声で、鬼束は告げる。

「……恋愛にまったく興味がないはずのお前に、何故男から『家に泊めてくれ』なんて連絡が来るんだろうなぁ？　……わかりやすく説明しろ、樹里」

え、嘘。まさかそんなのが届いたの？　何故今このタイミングで。

恐らく送ったのは兄のどちらかだろう。が、表示された名前で奴には男からとしかわからない。

「それは……、っ!?」

私が言いかけた直後。

聞きたくないとばかりに、鬼束はまるで噛みつくように荒々しく、私の唇を己《おのれ》のそれで塞《ふさ》いだ。

ああ、矛盾しているこの男……誰か、どうにかして……！

抗議の声を上げようと口を開ければ、舌が侵入してきて、口内を攻められた。

鬼束は逃げ惑う私の舌を執拗《しつよう》に追い回し、絡めとる。言葉通り、食べられてしまうんじゃないかと思うほどの初心者には濃厚すぎるキスを、奴は一切手加減なしでお見舞いしてくるのだ。

まさかキスの世界も弱肉強食、逃げるか攻めるかの攻防戦だったとは……

ここで敗北宣言をしたら何かが終わる！　と、頭の片隅で悟《さと》る。

恋愛経験がほぼ皆無……というか、全力で恋愛を拒否っていた私は、当然だけどディープキスなんて初めてだ。酸素不足で朦朧《もうろう》としそうになる意識を、何とか繋ぎ止める。

ダメ、ダメよ樹里。ここが正念場なんだから。まずは両腕をがっちりとホールドされて、抱きしめられているこの体勢を何とかしないと……

そう思い何とか少し身じろぎした私に、奴は後頭部に手を回して、頭を固定した。

ちょっと、動けないじゃないのよ！

「ふっ……んんッ！」

漏れる息が淫靡《いんび》に感じてクラクラする。

唾液が口から零《こぼ》れようがお構いなしの鬼束に、ペチペチと手で奴の胸板をたたいて抗議した。そろそろマジで酸欠になる。反撃できるだけの経験がない自分がここまで無力だとは思わなかった。情けない。

彼の舌先に翻弄《ほんろう》されて、濁流に呑み込まれるような時間を必死でやり過ごす。体感時間では数十分の攻防後、満足げに鬼束は顔を離した。

精神的にも肉体的にも、疲労困憊《こんぱい》で肩で息をする私に対し、鬼束は息も上がっていない。涼しげな顔でぺろりと唇についた唾液を舐《な》めとった男が、心底憎らしい……。そして思いっきり酸素が吸えるって素晴らしい。

へたり込みそうになる足を叱咤《しった》して、一拍後。私は奴の鳩尾《みぞおち》を狙って渾身《こんしん》の一撃をお見舞いした。

「ごほっ……てめえ、いきなり何しやがる……」

小さく呻《うめ》きをもらした鬼束を、私は数歩下がって間合いを取ってから眺める。

ああ、悔しい。文系で非力な私じゃ、空手の有段者であるあいつに膝をつかせることはできなかった。無駄に頑丈な身体をしてやがるわ。

じろりと睨《にら》まれた私は、手の甲で唇を拭いながら睨み返した。

「それはこっちの台詞《セリフ》よ！　一度ならず二度までも人の唇を奪いやがって……。いい度胸ね、鬼束……歯、食いしばりなさいよ……」

拳《こぶし》を固く握り、温めるように息を吹きかける。

まだ唇にも、口の中にも奴がいた感触が残っていて、羞恥《しゅうち》から顔が火照《ほて》りそうだ。

ううう、何で世の中のカップルは、あんなふうに他人の舌を絡められるの？　わからない、ディープキスのどこが気持ちいいのかが。

「気持ち悪い……早く歯磨いて消毒しなきゃ」

私の独り言を耳ざとく拾った鬼束は、こめかみを引きつらせた。

「ほう……慣れてないとは思っていたが、なるほど。まともなキスもしたことなかったのか。そうか、それなら簡単だ。数こなして慣れろ」

「は、はあ!?」

長い足で一瞬で間合いを詰められて、私は思わず壁際まで後ずさった。せっかく距離をたもっていたのに、これじゃ追い詰められているみたいじゃないの！

黒いオーラを纏《まと》わせながら迫り来る鬼束は、私の顔の両脇に両手をついた。後ろは壁、前は鬼束、左右は奴の腕。所謂《いわゆる》壁ドン状態。至近距離で顔を覗《のぞ》かれて、思考回路はパンク寸前だ。

このまま耳元で囁《ささや》かれたらまずい。

奴の声は私の好みではないけれど、それでもあの低音ボイスには無駄な色気が含まれていて危険だ。毒性がある。特に伊吹様に似せた声は要注意よ。

咄嗟《とっさ》に両手で耳をカバーした。だがそんな私に構うことなく、鬼束は私の顎《あご》をくいっと指で持ち上げて、目線を合わせてくる。視線を逸らすことなど許さないと言いたげな、傲慢さが滲《にじ》み出る強い眼差しに、一瞬で捕らわれた。

低く地を這うような声で、鬼束は尋ねた。

「一樹《かずき》って誰だ」

「は？」

いきなり投げかけられたのは、こいつの怒りの原因になったメッセージについての質問だった。

「兄、兄よ、一番上の！　傍《はた》迷惑な兄の一人でうちによく遊びに来るの。あんたが変な誤解をしていようがいまいがどうでもいいけれど、とにかくあんたには関係ないからさっさと離して。っつーか離れろ顔近いっ」

顔を背《そむ》けようと動かせば、すかさず正面を向けさせられる。

すっと親指で下唇をなぞられ、背筋がぞくりと粟立《あわだ》った。この悪寒《おかん》に似た感覚は何。

「兄貴、ねえ……。ふん、まあいいだろう」

不機嫌さが多少は軽減されたのか、空気が若干軽くなる。私は小さく息を吐《つ》いた。

余裕を少しだけ取り戻すと、顔の違和感にようやく気付いた。そういえば、私の眼鏡はどこいった？

視線を彷徨《さまよ》わせると、私の眼鏡が奴の手の中に収まっていたことに気付く。いつの間に人の眼鏡を取ったの。どんだけ手癖が悪いのよ。

ドンっと突っぱねれば、意外にもあっさり鬼束の拘束が緩んだ。その瞬間を狙い、奴の手からお目当ての眼鏡をさっと抜き取り、今度こそ捕まらないようにドアの付近まで猛ダッシュ。そしてくるりと振り返った私は、キッと敵を睨《にら》みつけた。

「寄るな触るな近寄るな！　今なら寛大な心で謝罪を受け入れてやってもいいわ。さっさと謝れキス泥棒」

「謝罪？　何故。俺は別に悪いことしたなんて思っていない」

「……はあ？」

な、何言ってやがるの、この男。

女性の唇を奪うのは、罪だ。だって恋人でも何でもないただの同僚よ？　いやまあ、偽《にせ》の婚約者にはさせられたが、それはあのときだけで、今は関係ない。

開いた口が塞《ふさ》がらない私に向かって、鬼束は平然と言い放った。

「エロい顔して煽《あお》ってきたのはどっちだ。キスの二つや三つは仕方がないだろう。あんな表情を見せつけられても、身体を撫《な》で回さなかっただけありがたいと思え。……ったく、むしろ理性を失わなかったことに礼を言われるべきだ」

「な、撫で……!?」

眉を寄せて嘆息した奴は、呆れた眼差しで私を見つめてくる。

キスをされている間、身体は確かに抱きしめられていた。そりゃあもう、がっちりと隙間もないほどに。確かにそのとき、鬼束の手が不埒《ふらち》な動きをしていた覚えはない。

ってか、何故私がこいつに礼を言わねばならん。おかしいでしょ、「理性的でいてくれてありがとう」と言うなんて。

言葉が通じない宇宙人と話している気分に数秒浸《ひた》った後、私は「ふざけんなよこの性犯罪者予備軍が！」と叫んでいた。

まだデスクの上に乗ったままの鞄《かばん》をすかさず手に取る。が、そういえばスマホがまだ奴の手に渡ったままだ。

それに気付いたのか、鬼束は背広のポケットから私のスマホを取り出して、私から数歩離れた場所からぽいっと軽く投げた。

「わっ⁉」

距離がそんなに離れていないからって、投げるかこのバカ。カバーはついてるから落としても壊れることはないが。

伊吹様の神ボイスがダウンロードされた宝物《スマホ》を胸に抱いて、会議室の扉に手をかけたと同時に、背後から鬼束に声をかけられる。

「諦めろ、樹里。もうお前は、俺の声からは逃げられねーよ」

断言するようにきっぱりと宣言されて、反射的に振り返った。

「ば、ばっかじゃないの？　そんなこと、あるわけないでしょう」

――あんたの声は私のタイプじゃないもの。

ほぼ言い逃げのように会議室から飛び出した私を、鬼束は喉の奥でくつくつと笑いを零《こぼ》しながら見送っていた。

戦い初日にして、敵の前から姿を消した私は、尻尾を巻いて逃げだしたことになるのかしら……

そんなことを考えながら、やたら疲れた一日を終えた。

帰宅してお風呂で凝った肩や足をもみほぐす。そして二十三時には寝る準備が整った。

ちなみに本日のトラブルの元凶である兄には、「今日は無理」とだけ書いてメールを返信した。子供もいて家庭もあるのに、あの男はいつまで私に甘えるんだ。

「あ、そうだ。伊吹様の声！」

本日ゲットしたばかりの癒《いや》しアイテムを思い出して、ドキドキしながらスマホを操作する。ご丁寧にもタイトルがつけられたそれらは、「おやすみなさい」と「おはよう」の二つのカテゴリーに分けられていた。

「まずは、おやすみなさいバージョンかしら」

丁度寝る前だしね。おはようバージョンは、朝のモーニングコールにセットしよう。

朝から伊吹様の声でお目覚めなんて、贅沢《ぜいたく》すぎてテンション上がるわ！

「いけない、今テンション上げてどうすんだ……。眠れなくなるじゃないの」

そうは思いつつも、おやすみなさいを聞きたい。伊吹様の声で是非聞きたい……！

恋なんてしたことないけれど、まるで恋する乙女のような気持ちで、震える指を動かした。再生ボタンを押した数秒後。スマホから待ち望んだ声が流れる。

『今日も一日お疲れ様。いい夢見るんだよ――』

「…………っ！」

たっぷり十秒間、脳内でエコーがかけられた後、私はたまらず悲鳴をあげて布団に突っ伏した。

伊吹様、最高です……！

逆に眠れなくなるような刺激を受けたけど、もう眠気なんてどうでもいいっ。

それから私は飽きることなく、再生ボタンを繰り返し押したのだった。

◆　◆　◆

天敵の偽《にせ》婚約者にさせられて、最初に唇を奪われたあの悪夢の日から早二週間。

夢の中で戦場を駆け巡り、鬼《き》束《て》に果敢に挑む男共《なかま》の雄叫びと共に朝を迎えることも、最近じゃすっかりなくなっていた。目覚めすっきり、快適な朝を気持ちよく迎えられるのも、きっと寝る前の環境が整っているからだろう。

うっとり気分で寝入ったあの夜から、私は実に良質な睡眠を得られている。

そう、全ては憧れの声優、伊吹様の美声のおかげで——

『樹里、起きろ。朝だぞ』

土曜日の午前八時。背筋が凍るような冷たい美声が、ヘッドホンから流れる。

夜は毎晩高性能のヘッドホンをつけて、ジャックのダンディーボイスを聞きながら寝ることが習慣になっている。そのため、寝相に問題ない私は、朝はそのままカイン様のおはようコールを耳元で堪能できるのだ。ああ、ほんと、なんて快適な安眠生活！　興奮して眠れなかったのは最初の二日だけ。徐々に伊吹様の渋いバリトンを聞くだけで、睡魔に襲われるようになった。

その晩から、あのバカげた悪夢は見ていない。素晴らしい効能です、伊吹様。悪夢まで退《しりぞ》けるとは、まさに神の領域。

意識を浮上させて、くふふと笑いながら神ボイスを思い出す。男気溢れるジャックのおやすみなさいメッセージと、たった今聞かされたカイン様のおはようボイス。どっちも甲乙つけがたいほど素晴らしい。

夜のジャックは二パターンしかないけれど、朝のおはようアラームはなんと四パターンも録音されている。

朝のカイン様は、ある程度の間隔をあけて違うものが流れる。クールな魔王が、なかなか起きない私を「起きろ」と追い詰めてくるのだ。

『貴様、いつまで寝ているつもりだ……さっさと起きろ』

「あと五分〜……」

段々とイライラが募っていくカイン様ボイスを存分に堪能《たんのう》したくて、つい毎朝ベッドでごろごろしてしまう。目は覚めているけど、まだ心は夢見心地。傍にあった抱き枕を抱き寄せて、ヘッドホンがズレないように気を付けた。

『朝から私の手を煩《わずら》わせるな。あと十秒で起きなければ……覚悟はいいな？』

うふふ、と声を漏らしながら目を閉じて十秒数える。ちなみに自分でも今の私は気持ち悪い顔をしていると自覚しているから、あえて突っ込まないように。絶対に他の人には見せられない。

きっちり十秒後。再びカイン様の冷徹な声が響いた。

『……なるほど。今朝は随分強情なようだ。よほど命が惜しくないと思える。氷漬けにされて永遠の眠りを得るか、私との愛を深めるか……選べ』

「キャー♡　起きますわカイン様ー！」

がばりと起き上がった私はにやけた笑いを浮かべ、スマホを操作した。ああ、今朝もおいしい美声をいただきました。朝からご馳走様です。

冷徹で冷酷、おまけに残酷なカイン様は、敵役だけど見た目も声もマジ美形。王道ヒーローなんかより断然魅力的で好みな声を持つ彼とだったら、愛を深めてもいいなんて、やばい妄想を朝っぱらからしてしまう。

正直、休日なのに朝八時に起きるのは、奇跡としか思えない。珍しく早起きした私は朝シャンするために浴室へこもった。そして寝室へ戻ったとき、メールが届いていることに気付く。

送り主は十日ほど出張に出ていて音信不通だった、鬼束だ。奴が国外に出奔《しゅっぽん》したため一時休戦中だったのに、平穏だった私の日常をまたもやぶち壊しに来たのか、こいつは。

『十一時に迎えに行く。出かける用意をしておけ。

P.S.居留守を使った場合、ただで済むと思うなよ』

「………………」

脅し？　最後のは脅しなの？

メールでも俺様で命令口調のこの男、ほんと誰かどうにかしてくれ……！

予告通りきっかり十一時に、奴は私の家に現れた。ぶっちゃけ途中まで、このまま気付かないフリして外に出ちゃおうとか本気で考えてたけど、何だか面倒になってしまったのだ。

何せ、休日の私の行動範囲は狭すぎる。駅前の大型書店に行くか、日用品を買いにスーパーまで行くか、ビデオ屋さんに伊吹様吹き替えの洋画をチェックしに行くか。家にいない場合、大抵このルート上のどこかに私はいる。

出かける準備をしておけと言われた通り、私は普段着に毛が生えた程度の服を着ている。ジーンズにちょっと長めの白のニット。髪はさっき洗って梳《と》かしたままのストレートヘア。化粧だって簡単にファンデとマスカラをつけただけで、ほぼすっぴん。手には一応ジャケットを。

正直言って女子会や友達と遊びに行くときの方がよっぽどオシャレしている。

私は玄関扉を開けて、現れた鬼束を仁王立ちで出迎えた。

「準備はできているようだな」

鬼束は、視線を上から下へ動かして私を確認した。カジュアルな服装のくせにイケメン度が増していて、ムカつく……。髪を下ろしているからか、やはりスーツのときよりも若く見える。

濃いめのジーンズ、薄手の黒いセーター。ちらりと覗《のぞ》いて見える鎖骨が妙に艶《なま》めかしい……って、こいつの観察なんてどうでもいい。

「行くぞ」と告げて私を外に連れ出した鬼束は、自分の愛車に私を乗せた。外車じゃないところが嫌味じゃないと思っていいのかどうか……。まあ、ハイブリッド車に乗っているのは評価できる。

「で？　どこに連れ込む気なの」

「日本食が食いたい」

不機嫌声で尋ねた私に、奴は脈絡《みゃくらく》ない返事をした。

「はあ？　んなの一人で食べに行きなさいよ」

まあ、確かに和食が恋しくなるのはわかる。鬼束は昨日帰国したばかりなのだ。海外事業部一課はヨーロッパを担当している。私の二課は北米だ。一週間以上も日本を離れていたら、日本食が恋しくなるのも仕方がないだろう。確かこいつが行ってた場所ってドイツだったかしら？　それなら余計和食が食べたくなるのもわかる。ドイツ料理はおいしいことはおいしいけど、私は少し苦手だ。たまにだからいいのであって、連続で食べると飽きる。お米が好きな私に、毎日じゃがいもやソーセージ料理は厳しい。

「うまいところを知ってるから、連れて行ってやる。俺に感謝しろ」

「頼んでないんだけどね？」

そんな応酬をしつつ、車は目的地へ到着した。

辿り着いた場所は、大きめの家が並ぶ住宅街。静かで治安もよさそうな場所に佇《たたず》む一軒家の前に、私たちは立っている。

立派な門構えと、ちらりと見えた日本庭園にも驚くが、私の関心はそこじゃない。はっきりと彫《ほ》られた表札に書かれているのは、どう見ても「鬼束」の二文字。

堂々と門をぐぐる彼を眺めて焦《あせ》った。――ちょ、ちょっと待って！

「ねえ！　ま、まさかここって……」

くるりと振り返った鬼束は、真顔で一言、「俺の実家」と言った。

顔がさーっと青ざめていくのがわかる。

構わず前に行こうとする鬼束の腕を、咄嗟《とっさ》にがしっと両手で掴んで引き留めた。待て待て待て、待ちなさいよあんた。

「日本食が食べたいんじゃなかったのか！」

「だから日本食を食いに来たんだろうが。オヤジの手料理を食べられる機会なんてあまりないぞ。よかったな、樹里。俺に感謝しろ」

その瞬間、私は叫び出しそうになった。ご近所迷惑を考えて、なんとか悲鳴を堪《こら》えた私に感謝してほしい。

今度は両手で奴の肩を掴む。

「そ、そういう大事なことをどうして先に言ってくれないの!?　やだ、どうしよう！　こんな適当な服で来ちゃったじゃないの。せっかく伊吹様にお会いできるのに……あ、服もだけどメイクも適当だわ。今からコンビニでも寄ってテカリ防止の脂取り紙と化粧直し用の綿棒とアイブローと、パンダにならないようにウォータープルーフのマスカラにしておけばよかった！」

「おい、普段から持ち歩いていないのか」

呆れた呟《つぶや》きが届いたが無視だ。あんたと一緒に出かけるからって、んなもの持ち歩くわけないじゃないの。

「必要ないでしょ。別にあんたからどう思われようが私は気にしないし」

周りの目はもっと気にならないし。すれ違うだけの他人にどう思われようがどうでもいい。

が、伊吹様は別だ。憧れの人にはよく思われたい乙女心。それをこの男は……許せん、鬼束。

「てめぇ……俺よりオヤジにいい顔しやがって……」

「当たり前でしょう！　あんたなんか伊吹様の足元にも及ばないんだから、精進《しょうじん》しなさいよ。あ、ってか伊吹様の手料理が食べられるの？　嘘、こうしちゃいられないわ。私も早速お手伝いを……って、手土産《てみやげ》何も持ってきてない！」

手ぶらでごちそうになるなんて非常識すぎる。

「んなもんどーでもいいんだよ！　ったく、さっさと行くぞ。メシが冷める」

超絶不機嫌顔で私の手首を掴んだ鬼束は、心の準備がまだできていない私を無理やり引っ張って行った。この鬼……！

◆　◆　◆

「やあ、待ってたよ樹里さん。いらっしゃい」

「お、お久しぶりです、伊吹様……♡」

出迎えてくれたのは、超絶美声の持ち主、伊吹様。私が敬愛してやまないこのお方の声は、なんて心地いいの……。一瞬で眼と耳が蕩《とろ》けそうになる。

そんな私に反し、鬼束の周りの空気は瞬時に冷たくなった。あらやだ、風邪ひいたらどうしてくれるのかしら。近寄らない方がよさそうね。

「私に様なんていらないよ。でも、そうだな……じゃ、代わりにパパとでも呼んでもらおうかねえ。うちには可愛げのない息子しかいないもんでね、娘になる可愛い女の子からそう呼ばれたら、おじさんは嬉しいなあ」

そ、そんなことを言われたら、調子に乗って何度でも〝パパ〟と呼ばせて頂きますわ！　照れるあまり、頬を染めて、恥じらいながら「そ、それでは遠慮なく……パ」と呼びかけたところで、タイミング悪く横から邪魔が入った。鬼束だ。

「オヤジ、さっさと上がりたいんだけど」

「ん？　おお、そうだな。すまないね、樹里さん。スリッパを用意しているから、よかったらどうぞ。ほとんど準備はできてるんだよ。そろそろ茶碗蒸《ちゃわんむ》しができる頃だな」

ちゃ、茶碗蒸し？　料理が趣味ってマジなの。

スリッパを履いて、ご自宅を案内してくれる伊吹様の声に耳を傾けまくった。

仏頂面でさらに周りの温度を低くさせている鬼束を、どこか興味深そうに笑みを押し殺しながら眺めていた伊吹様に、終始舞い上がっていた私が気付くことはなかった。

まっすぐにキッチン、またはダイニングテーブルに案内されると思っていたが、その予想は外れた。まさか最初に案内された場所がお風呂場だなんて、一体誰が想像できただろう。

「この家で一番の私の自慢は、この檜《ひのき》風呂でねぇ。私がデザインして、かなりこだわったんだよ」

「まあ、素敵ですわ……♡」

ええ、あなたの美声が！

風呂場で声が反響して、余計耳においしい状況になっております。

しかし何だこの天国のようなご褒美は。最後にどっか突き落とすんじゃないでしょうね、鬼束。

「オヤジ、茶碗蒸しは大丈夫なのか」と割って入って来た鬼束に、伊吹様は大丈夫だと返す。通いの家政婦さんが見てくれているそうなのだ。実はちょっとだけ気になっていたから安心した。

一通りお風呂探検が終わった後、ようやくダイニングルームに案内された。

並べられた料理の数に驚きを隠せない。

純和食のそれらは、筑前煮《ちくぜんに》やらお吸いものやら、揚げだし豆腐やら。お昼ご飯の時間なのに、全てが手作りで手が込んでいるものばっかりだ。だし巻き玉子ものすごくおいしそう。これらをほぼ全部、伊吹様が作ったんだとか。引き出し多すぎませんか、伊吹様。

でも、お料理ができる男性は素晴らしいです！　と、声を大にして叫びたい。私も自炊はするけれど、流石《さすが》にここまでは作れない。

「さあ、遠慮なくたくさん食べてね」

満面の笑みで言われて、「いただきます」と告げると、私はいんげんの胡麻和《ごまあ》えを最初に食べた。お、おいしい……！

茶碗蒸《ちゃわんむ》しも筑前煮も、お刺身も！　実家を思い出す……おいしい。

隣では鬼束が無言のまま箸《はし》を進めている。奴が静かなのをいいことに、私は思う存分伊吹様の手料理を堪能《たんのう》したのだった。

「――おや、それじゃ樹里さんは私のファンなのかい？」

「はい。いつも応援してます」

食後のお茶の時間、私が伊吹様のファンだということを、鬼束があっさり暴露した。

いきなり何を言い出すんだこいつは！　なんて一瞬思ったけれど、伊吹様は目尻の皺《しわ》を深めて「嬉しいねぇ」と言ってくれる。

ああ、もうそのお言葉だけで、こちらが嬉しい。

「私のサインだったらいつでもあげるよ」

「是非！」

冗談まじりに告げられた言葉に、私は勢い込んで答えた。

「ああ、でも色紙を持ってきていない……」

その現実に気づき、私は思いっきり落ち込んだ。ところがお茶を淹《い》れてくれた家政婦の方が「それでしたら」とそっと手渡してくれたのは――なんと、この家には色紙が常備されているのか。

さらさらっとサインを書いてくれて、ちなみに名前まで入れてくれちゃって、私は感無量だ。涙が出そうな位感激した。

「家宝にします！」

「あはは、そんな大げさな。未来の娘のお願いなら、お安い御用だよ」

「っ……あ、ありがとうございます……」

うっ！　それを言われると心苦しい……

私がここにいるのは、こいつと結婚すると思われているからか。「婚約は嘘で、偽物なんです」とは、言い出しにくい……

曖昧な笑みで相槌《あいづち》を打った私は、はっと思い出した。

嫌《いや》だ私ったら！　肝心のあのお礼を言い忘れていた。

「あの、遅くなりましたが。わざわざ私のために台詞《セリフ》を録音してくださり、大変感謝しております。ありがとうございました」

お茶を啜《すす》った伊吹様は、私ににっこりと笑った。

「喜んでもらえたのなら、よかったよ」

プロの声を録音なんてさせてもらったのだから、ちゃんとお礼を支払うと鬼束に言ったが、それは断られた。本当に善意でやってくれたのだ。

「毎朝毎晩、伊吹様のジャックのおやすみなさいで寝て、カインのおはようで起きてます。今まで夢見が悪かったんですが、素敵なお声で毎晩癒《いや》されるおかげかそんなこともなくなって。それにカイン様の時間差攻撃の声で起こされるのがもう楽しみで、いつも朝が来るのが待ち遠しいんですよ」

これでもかというくらい、思いの丈を伝える。すると、伊吹様は僅《わず》かに、おやっというような顔をした。

けれど、すぐに笑顔で「私の声で癒されてくれるのならば、声優としても嬉しいねえ。こちらこそありがとう」なんて、実に優しい言葉をかけてくれた。

若干暴走した気がして恥ずかしい気分になった私は、はにかんだ笑顔を向けた後、そそくさっとお手洗いを借りにこの場を退席したのだった。

◆◆◆

「——で？　お前はずっとさっきから黙ってるけど。彼女、本当は婚約者でも恋人でもないんだろう？」

鋭い父親の指摘に驚くこともせず、八尋はあっさりと認めた。

「ああ、だが問題はない。嘘になんてさせねーよ」

今はまだ父親である伊吹への憧れが強く、自分のことにはさっぱり興味を抱いていないが。

「お前な……。彼女に渡したアレ。カインって何のことだろうなあ？　俺はジャックの声でおやすみなさいの台詞は確かに言ったが、カインの声に覚えはないぞ」

視線のみで「お前だろ」と訴えてくる伊吹に、八尋は「別に嘘は言っていないだろ」と返す。

「オヤジの声しか録音していないとも、俺の声を入れていないとも。勝手に全部オヤジの声だと勘違いしているのはあいつだ」

「先入観を植え付けて、わざわざ俺の声真似までする奴がよく言うぜ……。お前、最近ますます俺の声に似てきたしなぁ。この前なんか、音響監督にすら電話で間違われたっけか」

そんなこともあったかと思い出し、八尋はふっと不敵な笑みを浮かべた。

「俺の声は好みじゃないらしいからな。だから今はじわじわ洗脳中だ」

悪企《わるだく》みをしているのがバレバレな笑みで父親を見やれば、彼は呆れたような眼差しを自分に向ける。その目が「一体誰に似たんだろうか」と憂いているように感じた。

今の彼女は、録音されたものが全て伊吹の声だと信じ込んでいる。

嬉しそうな顔をしてはしゃいでいた彼女が、自分の声に陥落されるのも、時間の問題だ。

——もっともっと俺の声に聞き惚れろ、樹里。全面降伏させてやるから覚悟しろよ。

鬼束がそんな不穏な宣言を胸中でしていたことなんて、読唇術《どくしんじゅつ》は使えても読心術は使えない私には知る由《よし》もなくて。その場にいなかった私は、のんきにトイレで鼻歌なんぞを歌っていた。

どうやら奴との恋愛戦線は、まだまだ始まったばかりらしい。

恋愛戦線編

パンパン、と両手で柏手《かしわで》を打つ。

視線の先には、白い壁にかかっている額縁がある。それはそう、伊吹様の直筆サイン。見ているだけで心が落ち着く魔法のアイテム。

「伊吹様、今日も私に、平穏で安全な一日をよろしくお願いいたします」

気分は神頼みならぬ伊吹様頼みだ。さて、スマホの待ち受けも伊吹様のサインにしたし。これでよし。

衝撃的な伊吹様との再会から三日。仕事が始まった昨日、一昨日も、伊吹様の魔除けのおかげでトラブル発生には至っていない。そう、私の心の平穏を乱す元凶である鬼束に絡まれないで、四日目を迎えているのだ。

「この調子でどうか、今日も面倒事には巻き込まれませんように」

しっかりスマホに保存したサインをお守り代わりに持って、私は気合いをいれて自宅を後にした。

◆◆◆

「あれ～？　主任、何かいいことありました？」

出社早々、遥ちゃんに声をかけられた。仕事に真面目に取り組む彼女には、なかなか好印象を持っている。人の心の機微に敏感で、よく気が付くところは彼女のいいところだ。でもたまに鋭すぎるときもあって、どうしたらいいかわからなくなる。

そう、今日の私は、確かにいいことがあった。

遥ちゃんに問われたから思わず「実は今朝行ったカフェで……」なんて話し始めてしまったが、私は咄嗟《とっさ》に続きの言葉を呑み込んだ。そして緩《ゆる》みそうになる頬を瞬時に引き締める。

いけない、なんて説明する気だったのよ。

実は店員の声が、カイン様のライバル役、王道ヒーローを地で行く美少年の声にそっくりだったなんて。もう、兄弟？　って訊いてしまいたくなる衝動をどれだけ抑えたことか！

ああ、いい癒《いや》しスポットを見つけたわ～なんて思っていたら、流石《さすが》遥ちゃん。私のこんな些細な変化にも敏感に気付くとは。

でも、それをそのまま言うわけにはいかない。私は笑顔で「コーヒーがおいしかったのよ」なんて無難に繋げた。

「え～、本当にそれだけですか？　実は対応してくれた店員がかっこよかったとかじゃなくて？」

「容姿がどうだったかは覚えていないわね」

店員の声はよかったけれど。顔は覚えていません。

遥ちゃんは何となく腑《ふ》に落ちない顔をしたが、すぐに笑顔になった。

「そうですよね。主任はそう簡単に見知らぬ男性にはなびきませんものね！　いい男なら身近にいますし」

「さあ、それはどうかわからないけど。……そういえば、あの飲み会の後どうだったの？」

仕事開始前だからつい関係ないことまで訊いてしまう。ぽつぽつと社員は集まり始めているが、始業時間までに余裕はある。

「こっちはまだ進展ないですけど……今は、私じゃなくて主任の方ですよ！　主任こそあの後どうだったんですか？」

また遥ちゃんのお尻に小悪魔のしっぽが見える気がする。

あの後とは少し前の合同飲み会後、鬼束と同じタクシーで帰ったときのことだろう。

どうって、色っぽい話なんてあるわけないのに、何を期待しているんだ。

「特に何もなかったわよ。それに遥ちゃんが言ってたじゃない。鬼束係長には彼女がいるって」

私がその彼女役だとはバレていないし。このまま知らぬふりをしてしまおう。

「え〜そうですけど……。やっぱりその件に関しては、本人に直接訊いてみないとダメですね」

「え？　……ちょ、直接はどうかと……」

頼むから。それはやめてほしい。

あの男が面白がって何かを含む物言いをしたらどうするんだ。それで私にまで被害が……！　とばっちりはごめんだわ。

「でも女子社員の噂の的ですからね、鬼束係長は。あ、噂をすれば影ですよ！　おはようございます、係長」

たたたっと小走りで入って来たばかりの鬼束に挨拶《あいさつ》をする遥ちゃんは、子リスのように可愛らしい。それに対してあの男は、完璧な外面笑顔《そとづら》で「おはよう」と挨拶をしている。

ああ、胡散臭《うさんくさ》い薄っぺらな笑顔。どうして皆あの外面に騙《だま》されるのかしら。中身はとんでもない俺様鬼畜自己中男だっていうのに。

遠目から眺めていると、奴は何か紙袋を彼女に渡した。

嬉しそうにお礼を告げた遥ちゃんは私のデスクまで来て、「お土産《みやげ》頂きました〜！」

なんて満面の笑みで袋の中身を取り出す。中には出張先で買ったのであろう有名店のチョコが入っていた。奴は昨日おとといと終日外出していたため、お土産を渡す機会がなかったらしい。

「鬼束係長って優しいですよね～！　ファンが増えるのも納得です」

「自分の課だけじゃなくて二課にまでって、律儀な男ね」

甘いものは嫌いじゃないけれど、あの男からもらったものを食べるのは何となく抵抗がある。たとえそれが課の全員用にあてたお土産でもだ。

遥ちゃんはお土産を共有スペースに置いて、二課のメンバー全員にメールを送った。

その様子から、質問はしないままチョコだけもらったらしい。

ちらりとお土産を眺めた先で、鬼束とタイミング悪く視線が合った。僅《わず》かにニヤリと口角をあげた奴に腹立たしさがわきあがるのは、もう条件反射だろう。

それでも伊吹様のお守りのおかげか、二人で会話をすることも、半径五メートル以内に接近することもなく、私は無事お昼ご飯の時間を迎えた。

◆　◆　◆

「朝霧さん、ちょっとお昼付き合ってくれる？」

社食でランチを食べようと席を立った直後、私に声をかけてきた人物がいた。私の上司であり、海外事業部二課の浅沼陵介《あさぬまりょうすけ》課長、三十六歳。

グレーのスーツをすらりと着こなせる長身で、パッと見神経質そうに見える男。若干色素が薄めの髪は、染めているわけではなくて天然ものなんだとか。彼の母方の祖母がイギリス人らしく、瞳の色も日本人には珍しい灰色だ。銀縁眼鏡をかけてインテリ風の課長様は、こう見えてかなり気さくに喋る。

特に誰かと一緒に食べる予定を入れていなかったので、即ＯＫの返事を出した。仕事の話でもあるのかしら。

会社から徒歩五分にある蕎麦屋《そばや》で席に座った私は、課長が珍しく私をお昼に誘った理由を考える。特に現段階でトラブルは起きていないはずだが……なんて思っていたのだけれど。

「ごめんね急に。あのさ、最近一樹が『樹里に男ができたか確認しろ！』ってうるさいんだけど。あいつにそう思われるようなこと、なんかしたの？」

「……はい？」

寒いのに天ざる蕎麦を頼んだ浅沼課長は、訝《いぶか》る顔で私の表情を窺《うかが》っている。

山菜《さんさい》うどんを食べる箸《はし》がつい止まってしまった。

「この間一樹のバカが、家に泊めてって言ったらしいじゃん。けど、珍しく『無理』なんて言われて、あいつ、君に男ができたんじゃないかって騒ぎ始めてるんだけど」

「ちょ、ちょっと待ってください。ふつう兄妹でも急に泊めてって言われて、二つ返事で『いいよ』なんてあっさり頷くわけないでしょう。しかも家庭持ちが何を言う。私が独身宣言しているのは、あのバカ兄も浅沼課長もご存知のはずですけど？」

「今は社外だから課長なんて言わなくていいよ」

そう軽い口調で言った彼は、内心面白がっているのだろう。

この男、実は兄の中学時代からの友人だ。まさか入社した会社が同じで、しかも上司になるとは思っていなかったけど。世間って狭すぎだと思う。

彼は七歳上の長兄の親友をやってくれている奇特な人物で、昔は私もよく遊んでもらっていた。一樹兄さんと仲良くなったきっかけは、単純に席順でいつも隣同士だったから、自然に喋る機会が増えたんだとか。

昔から私以上にバカ兄に振り回されているはずなのに、今でもこうやって迷惑な兄にかかわってくれているとは……申し訳なさすぎる。

「どこで誰が聞いてるかわからないから、却下です。で、うちの一樹がまたご迷惑を？」

「迷惑ってほどじゃないけどね。でも、なんだか最近周りが賑やかになってきているらしいじゃない？　あ、隠したって無駄だよ。ちょっと前の休日、俺も見たしね」

ずずっと蕎麦をすすった課長は、目を細めて意味深な笑みを私に向けた。

平常心を装いながら、「何をです？」と訊き返す。勿論、食べることは止めない。

「愛里《あいり》ちゃんにそっくりな、可愛く着飾った女の子を連れた、隣の課の鬼束係長を」

「っ！」

あ、危ない、一瞬むせそうになった！

私の動揺を、目ざとい課長は見逃してはいなかったらしい。

「やーっぱりね。あれは樹里ちゃんの方だったか」

「ちょ、ちょっと課長！　名前呼びは禁止……！」

「誰も聞いてないって」なんて笑いながら言うけれど、そんなのわからないじゃないの。

ちなみに愛里というのが、私の姉だ。

課長は、昔から私を「樹里ちゃん」と呼んでくれていた。私たち姉妹をちゃん付けで呼ぶ年上のお兄さんを、私も名前で「陵兄《りょうにい》ちゃん」って呼んでいたけれど。流石《さすが》にこの歳でそれは無理だ。ってゆーか、上司と部下ではありえない。

「何だか面白いことになってるからさ、訊きたくてむずむずしてたんだよね、俺も。まあ、まだ鬼束君がアプローチ中って感じかな？　強引そうに見えて、実は慎重なのかね、あいつは」

「面白いって……冗談きついですよ」

「冗談って言うけどさ、俺の観察眼は警察並だよ？　じいちゃんは警察官だったし、勘は鋭い方だと思うけど」

確かにこの人は侮《あなど》れないお方だ。兄がらみのトラブル対応能力を見て、何で刑事にならなかったんだと何度思ったことか。今から転職しても遅くないんじゃないの？

渋面《じゅうめん》の私に苦笑した課長は、ぐしゃぐしゃっと私の頭を撫《な》でた。

「まあ、周りがとやかく言うことじゃないから、大人しく傍観させてもらいますが。一樹には連絡しておいた方がいいんじゃないか？　あのドがつくシスコンは、最愛の妹に冷たくされて何をするか、わからないからね」

「……めんどくさいんですけど、それって……」

想像するだけで憂鬱《ゆううつ》になると訴えれば、よく兄の性格を理解している課長は渇いた笑いを零《こぼ》した。私はため息を吐《つ》いて、渋々ながら頷く。後でメールでも入れておくか。

――けれどこのとき自宅に帰ってからでもいーか、なんて呑気に思っていた私は、数時間後に心底後悔することになる。

一時間ほど残業をこなした後。すっかり暗くなった空を見上げながら会社を出たところで、私は突然音もなく現れた不審者に抱きしめられた。

「樹里ー！　全然連絡来ないから心配したじゃないか～！」

人の頭頂部に頬擦りする男は、公衆の面前で堂々と私を抱きしめてくる。

何でメールを無視するんだ、どうしてお兄ちゃんと会ってくれないんだと喚《わめ》くのは、未だに血の繋がりを疑いたくなるほどテンションの高い、実の兄。頭一個分は身長の低い妹を年甲斐もなく力いっぱい抱きしめてくる。おかげで呼吸が苦しい。

「突然やめろバカ」と声を割って私を救ったのは、浅沼課長だ。そして隣には何故か、静かに佇《たたず》む見知った男が。

この瞬間、私は伊吹様の魔除け効果もここまでか、と軽く遠い目になった。

営業用スマイルを貼り付けて浅沼課長と兄のやり取りを眺める鬼束は、一瞬だけ鋭い視線を兄に投げた。何だか面倒事が増えてしまった……と、私が重いため息を吐《つ》いてしまったのは仕方ないと思う。

「はい、お兄ちゃんがよそってあげるからね。あ、野菜もたくさん食べなきゃ。好き嫌いはいけないぞ」

「……」

甲斐甲斐しく三十路《みそじ》直前の妹の世話をやく長兄の一樹。

極寒の真冬が一足早く訪れた空気を纏《まと》い、眉間の皺《しわ》を深く刻む妹。

そんな二人のやり取りを、笑いを堪《こら》えながら平常心を装い観察する浅沼課長。

目の前で繰り広げられる光景に、外面《そとづら》笑みを貼り付けて黙りこんでいる鬼束。

……何だこの図は。

何でこの面子《メンツ》で、すき焼きなんぞを囲んでいるんだ。

偶然なのか意図的なのか、このバカ兄が人目を引く行動をしたことで、どうやら余計な人物まで釣れてしまったらしい。

浅沼課長は兄を私から引き離して、「場所を考えろ」とお小言を言ってくれた頼もしい人だけど、何でこの男まで一緒にいたんですか。退社前にばったり出会ったって？　……何だか裏がある気がしてならない。

「せっかくだから夕飯を食べに行こう！」と半ば強制的に兄に連れられて、駅前のお店ですき焼きを食べることになったのだ。

鬼束も誘われたので、断れ～断れ～なんて念を送ったのに……奴はあっさり無視して、「いいですね。ご一緒させて頂きます」と営業スマイルつきでほざきやがって！

「樹里？　眉間の皺がすごいことになってるよ？」

上目遣いで下から見つめてくるな！

妹相手でもキラキラを抑えない兄に、私は遠慮なくため息を吐いた。

そんな私を見ても、嬉しそうに笑いかけてくる兄がわからない。数多《あまた》の女性のハートを撃ち抜いてきたその笑顔を、妹にも向けるな鬱陶《うっとう》しい。

「一樹。お前そのシスコンはどうにかならないのか？」

呆れ気味というか、もう諦めたふうに課長が尋ねる。もっと言ってやって。

「どうにもする気がないからね。僕が妹至上主義なのは今に始まったことじゃないさ」

兄は笑顔付きで、さらりと傍《はた》迷惑な答えを述べた。

妹至上主義のわりには、昔から結構ひどい場面を目撃させていた気がするんだけど。ときには女性と別れるときに、私を理由に使ったりしたわよね？　妹大事なら巻き込むな。

私は普段より数段低い声で抑揚もなく言い放つ。

「黙れこの妻帯者が」

結婚しているのならば、妹よりも家族を優先するのが当然。妻や中学生になった息子に悪いと思わないのか。

「勿論、愛する妻と息子だって忘れていないよ。でもどっちかを優先なんてできない。だって愛里も樹里も大事だもん」

「三十六にもなって〝もん〟はやめろ。それに直兄《なおにい》が抜けてるわよ」

直樹《なおき》というのが私の二個上の次兄。五股をしている、爽《さわ》やか系の人タラシ。

「直樹も大事だよ？」

にっこり微笑む兄に、近くに座る女性陣の視線が一瞬で集まった。絶世の美少年という名を欲しいままにしていた、小・中・高のアイドル時代を思い出させてくれる。ああ、食事に集中できない。

熱い同性の視線を脳内で追い払った後、私は「あ、そ」とそっけない返事を返して、肉を頬張った。

ちなみに、キラキラ族と呼べるほど華がある兄は、驚くことに弁護士をやっている。しかも、この若さで誰でも知っている会社の顧問弁護士なんてものをしているのだ。ある意味その会社大丈夫か、と心配したが、彼は仕事中はちゃんと真面目らしい（次兄情報）。

顔よし、頭よし、彼女は常にアリって、どんだけ神様はえこ贔屓《ひいき》するんだ！　と、同年代の男の子たちが嘆いていたのを、幼かった私も覚えている。学校で有名な可愛い子は、大抵兄の彼女だったから。

そのくせ今ではエリート弁護士って、身内から見ても嫌味な男よね。

昔は「一日一恋」とかふざけた座右の銘を言っていたっけ。

そんな私の心の声に気付いているのかいないのか。意図的に空気を読まない兄は、何がそんなに嬉しいのかわからないデレっとした表情で、私を見つめてくる。

対照的に私の視線には冷ややかさが増した。別に兄が嫌いなわけじゃないが、正直鬱《うっ》陶《とう》しい……。

「そう、これだよ！　樹里のこの冷たい視線。堪《たま》らないよね、陵介」

「うん、俺を巻き込むなよ変態」

笑顔でさらりと毒を吐いた浅沼課長は、通りかかった店員の女の子にビールを追加注文した。

その後兄は鬼束に声をかける。営業用スマイルを保ちながら、鬼束は他愛ない談笑を始めた。今さらだけど、こいつ何で兄の誘いにのったんだろう。

この兄のテンションにドン引いているんじゃないかと気になったが、まあ別に迷惑をかけようがどっちでもいっか。伊吹様に会わせてくれたっていう恩は忘れないけど、この男と同僚以上の関係を築く気は、さらさらないんだから。

なんて、耳半分で隣の会話を聞きながら、ごくごくと遠慮なくビールを飲む。この場のお代は当然兄持ちだし、好きなだけ飲んでやるわ。明日も平日だけど。

「でさ、鬼束君。今彼女いなかったら、うちの樹里なんてお嫁にどう？」

「いただきます」

「ごふっ!?」

げほげほと咳き込む私に、浅沼課長はそっと水を差しだした。隣に座る兄が「大丈夫？」と背中をさすってきたが、誰の所為《せい》だと思っているんだ！

突拍子もない問いかけに驚愕《きょうがく》するどころか、あろうことか鬼束は頭を下げて即答しやがったのだ。何とか咽《むせ》るだけで、ビールを噴き出す真似はしないで済んだからよかった。だって被害をこうむるのは私の前に座る自分の上司になってしまうじゃない。あぶねえ……

ちなみにその上司。態度では一応私を気遣っているが、必死で笑いを堪《こら》えてやがる。口許がプルプルしているし、眼鏡の奥でグレーの目が笑ってますよ、完全に。

復活した私は、ようやく抗議の声をあげた。

「何いきなり変な質問してるのよ！」

胸倉をつかんで揺さぶれば、兄は「え～だってー」と、三十をとっくにすぎた男がやっても可愛くないぶりっこをする。

「母さんたちが心配してるのは事実だしね。もう二十代最後の年だし、いい加減将来を考えてもらわないとって。恋愛に興味ないからこのまま一生独身で過ごすって豪語してるし、あげくそのうち養子をとるなんて言われたらさ、お兄ちゃんもちょーっと妹の未来が不安になるんだよ」

「だからって、何でこの男にそんなこと訊くのよ……！」

面倒事を余計に大きくする気かこのバカ！　ただでさえ伊吹様には婚約者だと誤解されてて、心苦しい状況だっていうのに。

「あはは！　戸惑うどころか即答されるとはね。気に入ったよ、鬼束君。うん、樹里は素直じゃないけれど、慣れればわかりやすい子だから。警戒心の強い子猫ちゃんを気長に手懐《てなず》けるようなもんだとでも思って、末永く付き合ってあげて」

「ええ、お任せください」

「だから！　人を無視して進めるな……！」

子猫ちゃんって何だ、任せろって何をだ。

射殺しそうなほど鋭い視線で鬼束を睨《にら》みつける。怯《ひる》むどころか面白がる顔でニヤリと笑った奴は、次の瞬間、人当たりのいい社内用の笑みで「調教しがいのある猫ですね」なんて言いやがった。

「前言撤回しなさいよ。私がいつあんたの飼い猫になるって言った」

「猫は比喩《ひゆ》だろ。妻になるのはちゃんと人間じゃないと困る」

そりゃそうだろうが、何であんたが言うと裏があるようにしか聞こえないのかしら。

「そう。なら探せばいいじゃないの。我が社のイケメンランキング上位の常連、鬼束係長なら、その薄っぺらい笑顔の一つや二つでコロッと女の子は落ちるでしょうし？」

「そんなランキングがあるのか？　女子校のノリを会社にまで持ち込むなよ。……まあ、俺は相手の弱点をついて落とす方が確実だと思うがな」

……弱点って、絶対声のことを言っているな、こいつは。

こめかみがぴくりと引きつったが、根性でにっこりと笑ってやる。すっかり傍観を決め込んだ悪友同士の二人は、示し合わせたように黙っていた。

ああ、そのにやけた表情、マジでムカつく。

私はガタンと立ち上がり、「どこに行くの？」と問いかける兄に一言「お手洗い」と言ってこの場から立ち去った。

敵前逃亡のようで悔しいけれど、仕方がない。今はトイレで今後の作戦を練らなければ。

苛立つ自分を何とか宥《なだ》めながら、私は深々とため息を吐《つ》いたのだった。

◆◆◆

「やっぱり僕の妹は可愛いなあ～。ね、そう思わない？」

にっこりと他人を魅了する笑みを投げかけられて、八尋は無難に肯定の意を示した。が、同時に一樹の真意を用心深く探る。

人懐っこい笑顔と柔和な空気にだまされそうになるが、なかなかの切れ者とみた。人を掌《てのひら》の上で転がすことが好きなタイプだ。

こうやって向かい合って座って、改めて思う。なんて煌《きら》びやかな男だろうと。

人目を引きつける端整な顔立ちとオーラに、甘い笑顔。精悍《せいかん》と言われる自分とは違う、優男《やさおとこ》とも言える美形で、舞台にでも出れば彼は必ず主役の座に抜擢《ばってき》されるタイプだ。

纏《まと》う空気は似ていないが、よく見れば顔の造作は似ているか……？

樹里の素顔と見比べれば、おそらく皆血縁者だと気付くだろう。

「あまり樹里ちゃんに構いすぎると嫌われるんじゃないか？　まあ、もう手遅れ感があるが」

「え～ひどい言い草だね、陵介」

二人が旧知の仲だというのも本当らしい。軽口を叩く会話を聞きながら、二課の浅沼課長が既婚者でよかったたな、と思った。

「でも、さっきの話。あれ、君は本気でしょう？」

変わらぬ笑顔のまま一樹が斬りこんできた。八尋も同じく笑顔で肯定する。

だが「それはよかった」と告げる一樹の真意がやはりわからない。

会ってまだ数時間やそこらで、溺愛する妹に自分を推す理由は何だ。

シスコンならばふつうは妹に釣りあう人物かどうか、時間をかけて見極めそうなものを。

「不思議そうにしてるね－。あ、ちなみに僕に対して営業用スマイルは必要ないよ。できれば素の君に戻って楽に話してほしいから」

ちらりと隣の浅沼課長を見やる。一応社の人間がいるところで、本性をさらけ出すつもりはないのだが……

「君の印象を落とす真似はしないよ」と苦笑した課長に、八尋は一言「そうですか、では……」と返す。

「遠慮なく訊かせてもらいますが、何故いきなり俺に大事な妹をあげようと？　知り合って間もないのに、まだそこまでの評価はできていないでしょう」

「気が早いね。あげるとまでは言ってないよ？　樹里をお嫁さんにどう？　とは訊いたけどね」

「もらえるものは遠慮なくもらう主義なんで。ちなみに返品はしません」

「当然返品不可だよ」

やはり一樹の思考が読めない。

「まあ、理由は、君が妹を好きだと一目で気付いたから、かな。僕たちが熱い兄妹の抱《ほう》擁《よう》を交わしているとき、少し離れた場所から殺気《さっき》を感じたよ。その後すぐに陵介が君を引きつれて僕の前に現れた。表向きは平静を装ってても、君、相当不機嫌だったよね。職業柄人を見る目はあるつもりだし、それに昔から僕、その類《たぐい》の目を向けられることが多かったんだよね〜。だから、人の視線には結構敏感なんだよ」

あんな一瞬のうちに、この男は気付いたというのか。

「申し訳ありません。あのときはまさかあなたが兄だとは知らなかったので。まあ、好きな女が別の男に抱きしめられている光景を目のあたりにして、苛立たない男はいないと思いますが」

「あはは！　潔《いさぎよ》いほどあっさりと認めたねー！　それに、あの子も君を意識していたからね。樹里は自分の関心がないことには結構冷めてて、こだわりを見せないのにさ。あの子、歩いていても隙がないでしょう？　前しか見ないで、自分では無自覚のバリアを張って。無意識のうちに付け込ませる隙を作らせない。興味のない男にいくら言い寄られても、気付かないフリしてスルーするか、多少顔見知りなら冷静に断りを入れて対処するか」

一樹は樹里が去った方向に視線を投げた。彼女が帰って来る気配はまだない。

「あの子が恋に臆病になったのは、僕たちが原因でもあるから余計に心配で。樹里はクールに見えるけど、中身は寂しがり屋で繊細なんだよ。恋愛ごとのいざこざで傷つくことを恐れている。逆にもうひとりの妹の愛里は、同性同士の争いに参戦しても必ず勝利をもぎ取っていたから、別の意味で心配したけど」

「ああ、愛里ちゃんね。見た目も目立つけど中身も豪快だったっけ。確かに、あれはあれで心配になるな」

苦笑気味で昔を思い出すように、浅沼が呟《つぶや》いた。どうやら、何とも似ていない姉妹らしい。

「でも、君とは随分仲がいいなって思ったんだよね。久しぶりに会った妹の変化にちょっと驚いたよ。同期だってこともあるけど、怒って反応を返すくらいには意識している。それに、好きの反対は嫌いじゃないってよく言うでしょう？　嫌い嫌いも好きの裏返しってね」
茶目っ気たっぷりに言われても、まだ頷くことはできない。好きの裏返しだと思える
ほど自惚《うぬぼ》れることはできずにいる。しかし、実の兄が言うのだから勝算はあるのだろう。
「樹里は手強《てごわ》いけど、君は第一関門突破してるんじゃない？　あの子の弱点、知ってる
でしょ」
「ええ、まあ」
どうやら家族には声フェチだととっくに知られているらしい。
「それなら時間の問題かもね。がんばってその武器使って口説《くど》き落としてよ。見たとこ
ろ君は将来有望そうだし、遊びじゃないなら僕は反対しないよ。社内恋愛って別に禁止
されていないんだろ？」
尋ねられた浅沼は、「そうだな」と答えた。自身も社内の女性と結婚したのだから、
訊くまでもないだろうと言いたかったのが表情から見てとれた。
「ほんと、恋愛しないで生きるなんてもったいないよね～。あ、恋愛初心者を捕獲する
には根気と忍耐力が必要だと思うけど、本気で好きなら待てるよね？　樹里から君が好
きだと言わせることができたら、君の勝ちだ。でも好きって言わせる前に無理やり押し
倒すなんて真似は許さないから。そこんとこは肝に銘じておくように」
最後にしっかり釘をさすところは、兄貴らしい。思わず苦笑が漏れる。

「それなら早々に陥落させてやりますよ」

そんな強気の発言を聞いても笑みは崩さずエールを送る一樹を、やはり食わせ者認定から外すことはできないと思った。

「でもあれだよね。好きの反対が無関心だとすれば、あの心底冷たい眼差しで僕を見つめて毒を吐く樹里は、やっぱり僕が大好きってことになるよね！　そっけない態度も、鬱陶《うっとう》しそうな視線も、全部素直じゃない樹里の愛情表現って思えると余計に構いたくなるんだ～」

「お前のそのポジティブすぎる考えはある意味尊敬するよ」

そう浅沼がぼやいた直後――。敵陣に挑む気迫を纏《まと》わせながら、樹里が戻って来たのだった。

◆
◆
◆

思いがけないメンバーで食事をとった後、私は天敵に重い手枷《てかせ》をつけられている気分になっていた。どんなに振り払っても振りほどけない、頑丈な手錠を。

「家まで送る」

「断固拒否する」

「なに、遠慮するな」

「遠慮じゃない！」

この会話を一体何度繰り返しただろう。

手首をがっちりと握られて、引きずられるように駅まで歩かされた。そして鬼束は実に楽しげな顔で強引に私を自宅のマンションまで送り届けたのだ。

送り狼《おおかみ》になるつもりじゃないだろうな！　と睨《にら》みつけてやると、言いたいことがわかったのか、奴は不敵な笑みを浮かべて「誘惑は歓迎するが、今日は帰ってやるよ」なんてほざく。

「さっさと帰れ。あと冗談でも誘惑なんてしないから。一樹兄さんが言ってたことも全て忘れなさい」

「随分個性的な兄貴だな。二課の浅沼課長とお前の妙に親しげな仲には納得したが、予想外に味方ができたようだ。一応保護者の許可も頂いたし、これならもう遠慮する必要はねーよなぁ？」

「誰が保護者だ。ってか、遠慮なんてはじめからしてないじゃないの」

いきなり人の唇を奪った男のどこが、遠慮してるっていうのよ。

こいつの存在を無視して鍵を回したところで、身体の重心が後ろに傾いた。右ひじを引っ張られたらしい。

振り向きざまに見舞われたのは、掠《かす》めるような一瞬の口づけ。

驚きで眼を瞠《みは》った私から、奴はパッと離れて歩き出した。

「じゃあな、樹里。いい夢見ろよ？」

鬼束は悪戯《いたずら》が成功したみたいに笑い、そのまま姿を消した。

私は隙をつかれたことに憤《いきどお》りを感じつつも、がら空きだった奴の背中に飛び蹴り一発食らわせてやることもできなくて、その場でプルプルと拳《こぶし》を震わせる。自然と顔に熱も集まる。

羞恥《しゅうち》からじゃなくて、怒りから頬が真っ赤になっているのだ。

それは鬼束にというより、まんまとしてやられた自分に対して。

二度あることは三度ある。そんな言葉が頭にふっと浮かんで消えた。

「迂闊《うかつ》……、迂闊すぎだ私……。隙を見せたら背後から食われる可能性をすっかり忘れていたわ」

次にあいつが隙を見せた瞬間に、私から攻撃をしかける覚悟でいないと！

このままじゃいけない。大自然の中で生き残れるのは強者だけ。このままいけば私は確実に食われる。そして待ち受けているのは、自分では望んでいない展開だ。

シャワーを浴びて歯を磨いて、寝る準備を整える。

考えないと、本気で鬼束対策を考えないと！

追い詰められてきた私は必死に思考を巡らせて――単純なことに気が付いた。

「そうだ。勝負に勝つには、私を諦めさせるっていうのも有効だわ。逃げたことにはならないし、あいつの相手が私じゃなければいいのよ」

あの男がどうして私に興味を持っちゃったのか、正直言ってわからないし、理由を尋ねる気にはなれないけれど。その勘違いしている心の矛先をどこか違うところに向ければいい。

これなら私に対する戦意は失われて、私も負けたことにはならない。むしろ私の不戦勝だ。

「ふふ、ふふふ。会社の女の子たちをあてがうのはリスキーだからできないけれど、そういえば身近にいるじゃないの。老若男女を虜《とりこ》にする天然人タラシが」

ある意味最低なことをしでかそうとしている自覚はあるが、これも人助けだと思って引き受けてほしい。

そんな人でなしの鬼になる覚悟で、その夜久しく声を聞いていなかった相手に電話をかけた。

◆　◆　◆

「やあ、君が噂の鬼束君かな？　はじめまして、樹里の兄の直樹です」

「……はじめまして。鬼束八尋です」

ここは、とある隠れ家風のレストラン。

遥ちゃんから評判のお店を教えてもらって、適当なことを言いくるめて鬼束を連れて来たのだ。そして次兄には、早めに席についていてもらった。

すっかり二人きりで食事に行くものだと思っていたらしく、奴は空気だけで問いかけてくる。「てめえ、何を企《たくら》んでやがる」と。

この男の器用さはある意味尊敬するが、私はあえて気付かないふりをした。

鬼束は仕事柄人見知りしないし、誰とでもそつなく付き合えることを知っている。

そしてこの爽《さわ》やか風マッチョ——ムキムキではない——のイケメンは、恐らく一樹兄さんから鬼束のことを聞かされていたのだろう。ゆったりとした雰囲気で寛《くつろ》いでいる。

さて。和《なご》やかな自己紹介が終わったところで、私はそっと席から立ち上がる。もうお役御免だからね。

本当に今さっき来たばかりだけど、あとは若いお二人さんで～……なんて目論見《もくろみ》は、素早い行動で私の手首を掴んだ男によって遮《さえぎ》られた。

「どこに行く気だ？」

「あれ、樹里帰っちゃうの？　今来たばかりなのに？」

「やはり何か企んでいるだろう」と笑顔で訴えてくる鬼束。そして私の目的に気付いていない直樹兄さんは、不思議そうな顔で尋ねた。

「ごめんね直兄。ちょっと急用が入っちゃって。また今度ゆっくり……」

残念そうな感じの表情で笑った私に、直兄は長兄のキラキラ系スマイルとはまた違った微笑みを見せる。

「それは久しぶりに会えた俺よりも、優先しなきゃいけない用事なのかな？」

寂しそうでいて、それでいて何故か魅力的な微笑み。

この男が垂れ流す癒《いや》し系フェロモンは、長時間一緒にいると次第に虜《とりこ》にされるという類《たぐい》のもの。

居心地のいい空気、スポーツマン並に引き締まった体型、甘い中低音の声——

ああ、直兄がどうやって人を誑《たぶら》かすのか、ちょっと理解できてしまった。逆らいにくい、これは。

一瞬の躊躇《ためら》いの隙をつかれて、直兄は続ける。

「せっかく樹里の婚約者の鬼束君を紹介してくれるっていうから、楽しみにしてたんだけど」

私の頬が思いっきり引きつった。

「はあ!? 誰が誰の婚約者よ！　違うからね、一兄《かずにい》がただ勘違いしているだけ——」

「勘違いなのかな？　鬼束君」

人の台詞《セリフ》を最後まで聞かずに、直兄は奴に尋ねた。

「いえ、勘違いになる予定はありませんので。どうぞご安心を」

「はあ!?」

あんた、何笑顔で嘘をつきやがってるの。予定はないってどういう意味だ。

「何だ、それならよかった。兄さんがこの間君に会ったと聞いてね、俺も会ってみたかったんだよ。うちの頑《かたく》ななお姫さんを掻《か》っ攫《さら》ってくれる騎士様がようやくお出ましだって、母さんたちも喜んでて――」

「っ!?　ちょ、何それ！　ま、まさかあのバカ兄、母さんたちにまで余計なことを吹き込んだの？」

私は直兄を凝視した。あっさりと頷いた直兄は、「何か問題でもある？」と初冬には相応《ふさわ》しくない春風のような笑みで訊き返す。

問題は大有りよ！

思いがけない援護射撃だったのか、鬼束の外面《そとづら》笑顔は消え、堪《こら》え切れない心の底からの笑いに変わっていた。

あの顔は、自分が動かなくても勝手に外堀が埋まってきてラッキーとか、思っているんだろう。

スマイルはスマイルだが、黒さが隠し切れていない。

嫌《いや》だ、奴を私から引き離すために直樹兄さんと会わせたのに、とんだ誤算じゃないの。

「お決まりでしょうか？」とウェイトレスに尋ねられるまで、私は席に座り直すことができずにいた。


洗いざらいこの場で白状させて頂きます。

実は当初の予定では、博愛主義者である直兄を使い、鬼束を兄のフェロモンで虜《とりこ》にして、あわよくば交際相手の一人に加えてもらおうと思っていた。

直樹兄さんからは、老若男女に好かれるフェロモンが放出されているらしい。性別問わず、年齢問わず、直兄の傍にいるだけでその妙なフェロモンに癒《いや》されるそうで、自然と彼に魅了されてしまう――とは、兄&姉談だ。

実際そんな人たちを何十人と見てきた私は、彼のことを天然人タラシだと思っている。

つまり、厄介な天敵の鬼束も、兄の傍に長くいることで自然と彼に好意を抱くようになるのでは？　なんて考えていました、ハイ。愛とまではいかなくても、私への求婚を取り消す位まではいくんじゃないかと。

実兄を自分の安全のために使うことと、一人の男の性癖に影響を及ぼしてしまうかもしれないことに、罪悪感がなかったわけではない。ただ身近で一番頼りになりそうなのが、比較的まともで常識的な直樹兄さんだっただけで。

先日彼は両刀《バイ》だと判明したわけだし、もう交際相手が五人でも六人でも——一人くらい増えても、構わないだろー、と、そんなことを思っておりました。すみません。

「愛があれば性別なんて些細なことだよね」なんて笑顔で告げる直兄だから、少し会話をして誑《たら》し込んでくれれば鬼束もほだされるかと思っていたのだが、ノーマルな人間を両刀にさせるのは無謀だったらしい。この計画は早くも断念。やはりはじめから、同性じゃなくて異性を探すべきだった。

ちっ、こいつが異性相手ならどんな女性に欲情できるか、ちゃんと調べておかないとまずいわけね。狭い交友関係から彼氏ナシで奴の好みに合う子を見つけるのは、骨が折れるわよ。

だが、結果的にはそんな密かな目論見《もくろみ》に気付かれることなく、私も結局退席できないまま、休日のお昼ご飯を三人で食べている。

「樹里の同期なんでしょ？　へえ、その年で係長をやってるのか。すごいね」

「いえ、まだまだですよ」

あはは、と談笑しあう二人の輪に完全に入って行けない。帰っていいでしょうか。

これ以上ここにいたら聞きたくない会話まで聞こえてしまいそうで、精神的にじわじわと追い詰められる気分なんだけど。

「でも丁度よかったよ。俺も樹里には報告しないと、と思ってたことがあったから」

食後のコーヒーを頼んだ直兄は、ふっと小さく微笑んだ。

「今さら改まらなくたってもう驚かないわよ。何、今度は両刀《バイ》じゃなくてゲイになったとかそういうの？」

社交的な笑顔を貼り付けたまま「は？」と固まる鬼束は無視して、直兄は「あはは、そうじゃないんだけどね」と笑った。

「俺もそろそろ身を固めるべきだと思ってさ。全員平等に愛していたんだけどね、ようやく交際相手を一人に絞り込んだんだ」

――聞きようによっては最低な台詞《セリフ》だと思われるだろう。

だが、何故かそれが許されてしまうのが不思議だ。博愛主義で争いを嫌い、誰にでも好かれる人間タラシ。

そんな兄が交際相手を一人に絞った？　断れなくて全員と付き合っていた兄が……マジか。

「嘘、それって誰？　私の知ってる人？」

たくさんいる交際相手も、写真だけなら見たことがある。名前は覚えていないけど。

「実は近くまで来てて……あ、来たかな」

レストランの入り口から店員の「いらっしゃいませー」が聞こえてくる。そして現れたのは、背の高い金髪の美女……

「Naoki!」

え、パリコレモデル？　ハリウッド女優？

綺麗な金髪碧眼の女性が、兄の姿を認めた瞬間、顔を綻ばせた。

立ち上がった直兄は、駆け寄る美女の抱擁《ほうよう》を笑顔で受け止める。長身の美男美女カップルはそれだけで人目を引いた。

「紹介するね、樹里と鬼束君。この人が今お付き合いしているアンジェリカ」

「ハーイ！　コニチハ！　アンジェリカよ！　ナオキのフィアンセね」

フィアンセ？

苦笑する兄は、英語で『まだ内緒だって言っただろ？』なんて言った。

ちなみに私も鬼束も、これでも外資系で働いているから英語はできる。

「いずれ結婚するつもりでいるからね。国際結婚で何かと母さんたちは不安がると思うけど、最後の懸念材料だった樹里も身を固める決意をしてくれて、俺は嬉しいよ。鬼束君、妹をよろしくね」

「はい、お任せください」

言いたい放題言った兄は、来たばかりのパリコレ美女を連れて、そのまま店を後にした。

嵐が去った静けさを取り戻した店内で、私は力なくぐったりと椅子にもたれかかる。

「何から突っ込んでいいのか、わからない……」

ああ、もう、違うのに。こんなはずじゃなかったのに！

頭をぐしゃぐしゃっとさせて己《おのれ》の詰めの甘さを嘆いていた。いっそのこと、全ての思考を放棄しちゃいたい位だわ……。

だが、隣から聞こえてきた低いバリトンが、私を現実世界に呼び戻す。

「――で？　お前は今日、何企《たくら》んでやがったんだ。ただ兄貴に紹介したかった、とかじゃねーだろ？」

――嘘をついたら容赦《ようしゃ》しねーぞ。

そんな怒気を孕《はら》んだ脅し文句を言われて、私は最後のあがきを見せた。

じょ、冗談じゃない！　本当のことを白状させられてたまりますか！

先に兄が支払いを済ませてくれていたため、私は脱兎のごとく店から逃げ出した。

だけど……。

「――選べ。このまま誰に見られるかわからない公共の場で尋問されるか、人目を気にしないプライベート空間で尋問されるか」

……あっさり鬼ごっこに負けた私こと、朝霧樹里です。ただいま究極の二択を突きつけられております。

足の速さは人並みだと思っていたけれど、奴の速さは毎日部活で鍛えている学生並みだった。

三十路《みそじ》手前でそれって一体何の嫌味だ。お店から僅《わず》か三十メートルほどで捕まった己《おのれ》の鈍足と体力不足が恨めしい。

人通りの激しい大通りで手首をがっちりと握られれば、当然ながら人目を引く。通りすぎる人が不思議そうに「痴話《ちわ》げんか？」なんて視線を向けてくるのだ。ものすごく居たたまれない。

「そうか、だんまりか。別に俺はここで続けてもいいんだぜ？　もしかしたら、会社の人間に見られるかもな。まあ知られて俺は別に痛くもかゆくもないし。逆に牽制《けんせい》できて好都合だ」

あんたが痛くなくても私は絶対に嫌《いや》だ。

しかし、後者の選択肢は何なの。プライベート空間の意味を考えると寒気がする。

自宅に連れ込まれるのは断固拒否だ。

『男の家に無理やり連れ込まれそうになったら、急所を一発蹴り上げて逃げなさい』と、昔から姉に言われているが、実際にそんなことができるのか甚《はなは》だ疑問だ。そんな状況には間違ってもならないから大丈夫だなんて、笑って言っていた過去に戻りたい。

今までできる限り油断も隙も見せず、色恋を徹底的に避けておとなしくきたわけだから、こんな堂々と連れ込み宣言をされた経験は初めてだ。脳内の警告ランプが激しく点滅する。どうやら本能で危機を悟《さと》っているらしい。

不意にあげた視界に、とある看板が目に飛び込んできた。見慣れたカタカナ文字で、私が普段なら立ち寄らない場所。それを見てピンと閃《ひらめ》く。

そうよ、大学卒業して以来すっかり縁がきれたと思っていたけど、あそこに入ればいいんじゃない。お手軽なプライベート空間が借りられる場所。

不機嫌そうな顔でじろりと見つめてくる男を見上げて、私は逆に奴の手首を引いた。

「そう。それならあそこに入るわよ」と告げて、目的地へと誘ったのだった。

「ここなら人目も気にせず防音もＯＫ。遠慮なく喋れるでしょ」

何訊かれてもしらばっくれてやるけどね！　と内心で呟《つぶや》きながら、私は鬼束を連れてカラオケボックスに入った。時間は一時間、飲みものは適当に後でオーダーするとして、先に与えられた部屋に赴《おもむ》く。

ここ、喋る場所には最適じゃない。それにドアについている窓も大きめで、たとえ万が一何かあっても——考えたくはないけど——廊下の人に気付いてもらえるというわけだ。

とりあえず一時間潰せばいい。

逃げられないのならあえて逃げずにのらりくらりとかわすまで。そんな妙な覚悟を決めて、エレベーターで指定された三階に上がった。

が、ここで思わぬ人物と遭遇した。

「あれ？　八尋と樹里さんじゃないか。奇遇だね～」

「っ！　い、伊吹様……」

エレベーターを降りたところで出会ったのは、まさかのお人。鬼束の驚いている顔から、これは偶然なのだと知った。

まあ、当然か。私が行き先を決めたんだから。

でもこうやって出先でばったりと鉢合わせるなんて、ちょっと運命を感じませんか伊吹様！

「二人でデートかな？」

いつ聞いてもダンディーで渋いバリトンボイスに惚れ惚れしそうになるが、その台詞《セリフ》には反射的に「違います」と返答していた。

「え、違うのかい？」

軽く目を瞠《みは》った伊吹様に、しまったと臍《ほぞ》をかんだのは私。

この人には婚約者だと思われたままだったのを、忘れていた。

が、そんな私の動揺に気付いているのかいないのか、伊吹様は微笑みかけながら「それなら」と提案する。

「今丁度アニメの打ち上げで来ているんだよ。最終回の収録が今日終わったばかりで、若い人が多いからカラオケに行きたいと言われてねえ。よかったら二人も参加……」

「是非お願いします!!」

鬼束が却下と告げる前に、私は意気込んで伊吹様に頼み込んだ。奴の周囲の温度が下がろうが、知ったことではない。

だってこんな機会、二度とないかもしれないのよ？　現役声優の歌声が聞けるかもしれないなら、行かないなんて選択はないでしょう！

目を輝かせる私に、伊吹様は嬉しそうに笑った。「お前も来るだろう？」と背後にいる鬼束に尋ねれば、奴は声に不機嫌さを滲《にじ》ませつつ同意した。

ああ、でもまさかこんなチャンスが巡ってくるなんて。ひょっとしたら、伊吹様の生の歌声も聞けちゃうかもしれないわね！　何てラッキーなの。

頭の中が楽しいお花畑の妄想で埋め尽くされているとき、背後で伊吹様が「心の狭い男は器《うつわ》も小さいと思われるぞ？」と呟《つぶや》いて、余計鬼束を煽《あお》っていたことに私は気付かないでいた。

「あ、春川さんー！　もうすぐ出番ですよー？」

ドアを開けたと同時に聞こえてきたアニメ声に、私の心は一瞬でときめく。

「やあ、待たせてすまないね」と告げた伊吹様の陰から現れたのは、今人気急上昇中のアイドル声優、愛沢更紗《あいざわさらさ》。

まさか、彼女もいるとは！

うっとりしながら室内を見回し、そして私は内心で声にならない悲鳴をあげた。

う、嘘。カイン様のアニメの共演者の方々が来ているだなんてー！

不思議そうな顔で彼女が私たちを見つめているのに気付いたのか、伊吹様が紹介してくれた。

「さっきそこで偶然会ってね。私の愚息の八尋と、未来の娘になってくれる朝霧樹里さんだよ」

最後の台詞《セリフ》に内心ぎょっとする間もなく、この場にいる全員が大声で叫んだ。

「「「ええー!?」」」

ほ、本職の方々の声量、すさまじすぎる……

マイクなしでこれって、耳が痛くなりそうだ。

防音効果があっても、端っこの部屋にまで聞こえるんじゃ……マイクが壊れてもおかしくない。

この部屋にいるおよそ十名の目が一斉に向けられて、私の笑顔は固まった。

え、何。私どっか変？　そりゃ兄に会うだけだったから普段着をちょっとがんばった程度のオシャレしかしていませんが！

「嘘ー！　春川さんの息子さん!?　超イケメンですねー！」

「え、役者じゃないの？　……ふつうのサラリーマン!?　もったいない～」

「未来の娘って、まさか婚約者さんとかですか？　うっわ、すごいー！」

何がすごいのかわからないまま、何だか空いている席に座らされてしまった。

とりあえず拒否反応は起こされていないから、喜ぶべきか。それともいじられそうで警戒するべきか。後者なら伊吹様の息子のあいつに、全部押し付けてしまえばいい。

でも、この勢いとノリに唖然《あぜん》としていたのもそのときまで。流れ始めたイントロに、全員の視線が、一段上がった前方のステージへ注《そそ》がれた。

こ、これはまさか……！

「おや、懐かしい歌じゃないか」

のんびり告げた伊吹様にマイクが渡される。促されるまま、伊吹様は若干照れながらステージに立った。

流れる映像は、昔懐かしのアニメだ。私が子供の頃放送されていたこのアニメは、今でもリメイクされるほど愛されている。ここで、伊吹様はヒーローの親友役の青年を演じたのだ。

その色男っぷりに、ヒーローと同じかそれ以上の人気を誇っていた。ダダ漏れの色気、大好物です！　ただし二次元に限る。

何度か声を整えた後、伊吹様が歌い出した。

「……っ！」

リアルに、鳥肌が立った。

喋っているときとは違う美声。何年経っても衰《おとろ》えない声。当時のアニメのキャラを思い出させるその歌声に、私は圧倒された。

感動に浸《ひた》っているのは私だけではなくて、この場にいたほかの全員もうっとりしている。

ほんと、若手の声優からベテランの方まで、こんなに集まるとは驚きだ。声優だけじゃなくて、このアニメにかかわったスタッフの人もいるのだろうか。

拍手喝采で伊吹様は歌い終わり、近くの空いている席に座った。ああ、生の歌声をここで聞けるなんて……！　ご利益《りやく》ありそうだわ。拝んでおこう。

「おい、適当に時間潰したら出るぞ」

いつの間にか女性陣の輪から抜け出てきた鬼束が、私の耳元で囁《ささや》いた。って、は？　ここから出る？

「嫌《いや》よ。出たいなら一人で出なさい。こんなときめき空間を味わえる体験なんて、一般人の私には一生に一度かもしれないのよ？　素敵な美声を堪能《たんのう》できる絶好の機会を奪われてたまるか」

ぴきり、と奴のこめかみに青筋が浮かんだみたいだが、お構いなしだ。

「樹里さん、私とデュエットはどうかな？」

「はい、是非……♡」

きゃー！　と心の声では♡をいくつつけているのかわからない満面の笑みで、伊吹様の誘いに即答した。

ああ、何て夢のような時間なの。

低音の美声で懐メロを歌う伊吹様も素敵……

一緒に歌いながらもぽーっと聞き惚れそうになるのを、何とか堪《こら》える。

間抜け面を初対面の人たちに晒《さら》すのは遠慮したい。若干手遅れ感もあるが。

でも、あっという間に至福の時間は終わりを告げた。歌なんて緊張して歌えないかと思ったが、伊吹様が上手すぎて私まで上手くなったように感じて、気持ちよく歌えた。

多分ふつうに聞けるレベルだったと思う。

照れながらお礼を告げると、伊吹様に「こちらこそありがとうね」なんて言われてしまって、私はもう胸の鼓動が抑えられない。

たとえ今死んでも樹里は本望です！　まさに一片の悔いなし――。そんな言葉が脳裏を駆けた。

ちょっとしたステージから降りて、空いている席に座る。ちらりと視界に入ってきたのは、外面《そとづら》笑顔を貼り付けたまま会話をしている鬼束の姿。無難に受け答えをしている奴に、勇気ある女性たちがマイクを渡した。

「是非、八尋さんも歌ってください！」

「いや、俺は別にいいよ」

鬼束は笑顔でやんわり断ったが、彼女たちはへこたれない。

そして奴の声を近くで聞いていた人たちは、どこかうっとりとした表情で頷いている。

どうやらあいつの声はそこそこ〝いい声〟に属するらしい。

本職の人からそう思われるのって何気にすごくない？　まあ、伊吹様の息子だし、声質は似ていると思うが、まだまだ渋さと深みが足りん。もっと修業しろ。

「いいじゃないか、八尋。たまにはお前も歌ったら。あ、愛沢さん。こいつ、このアーティストなら一通り歌えるよ」

「えーいいですね！　じゃあ……あ、私これ好きー！　是非歌ってください！」

同じページを見ながら、伊吹様は隣に座る愛沢さんに告げた。

語尾に♡がつきそうなかわいらしい声と仕草でお願いされて、鬼束は苦笑いを浮かべ、なおも渋る。

ったく、可愛い女の子にお願いされているんだから、とっととマイクを受け取りなさいよ。

そんな奴を見かねて、私は一言声をかけた。

「歌ってくれば？　たとえ音痴《おんち》でも笑いやしないわよ」

内心では大爆笑してやるけどね！

ふふん、と上から目線で笑ってやると、一段と低い声で奴は「へえ？」と呟《つぶや》いた。

「そうか。お前がそう言うなら歌ってやる。――後悔したって遅いからな」

え、何あんた。まさか本当に、某ガキ大将のリサイタル並に音痴なわけ？

――だが、そんな懸念はすぐに消え去ることになった。

一昔前に流行《はや》った歌。

イントロが始まり、最初からロック感満載のメロディーが流れて、鬼束がマイクを口に近づける。

期待に満ちた顔で奴を眺める女性陣たちは、次の瞬間。声にならない悲鳴をあげた。

「……っ！」

一瞬で心臓を鷲掴《わしづか》みにされるような迫力と歌声に、この場にいた全員が奴の声に呑みこまれる。

さっき歌を選んだ彼女たちは、顔を真っ赤に染めて視線のみで囁《ささや》きあっていた。

すっかり鬼束の歌声に、魅了されている。

男性陣は呆けて圧倒されているし、伊吹様だけはいつも通り変わらない表情でありつつも、どこか満足そうに見えた。

昔兄たちとよく聞いていた、聞き慣れた歌。

奴の歌声が身体の奥にまで浸透していくようで、私は耳を塞《ふさ》ぎたい衝動に駆られる。

……何で。

ふつうの声なら何ともないのに。

どうしてバラードのしっとり系でもないのに、アップテンポのロックで、そんなにも色気ダダ漏れのエロい歌声になるのよ!?

サビが流れた直後。鬼束はちらりと流し目をくれてきた。

片側だけ上げた口角を見て、私は小さく息を呑む。

あげかけた悲鳴を何とかやり過ごした。

ロックはノリがいいのか、単に彼の歌がうまいのか。今じゃすごい盛り上がりを見せて、周りのテンションはひたすら上昇中。

そんな中、私は平常心を装い、そそくさとバッグを掴む。目配せで大丈夫？　と訊いてくる近くの人に、「お手洗いに」と告げて、この場から離れた。

頭の中で渦巻く言葉は、逃走の一言。

――逃げなきゃ。

違う、とにかくここから離れて、一人になりたい。

そんな強い衝動に駆られて、トイレに駆け込む。

冷静になれ、と自分に言い聞かせて、深呼吸を繰り返しながら個室にこもった。

BGMで流れるのは今流行《はや》っているシンガーソングライターの歌。心を落ち着かせるリラックス効果がある曲のはずなのに、私の心臓はなかなか落ち着かない。

耳から離れないのは、鬼束の歌声。

いつも自信満々で命令口調の俺様男は、我が社でトップランクの美声の持ち主だと言われているけど、私は特に意識したことなんてなかった。

そのはずなのに、繰り返し脳内で再生されるのは、先ほど鬼束が私に視線を投げる前に歌ったフレーズ。

「キス」という単語が含まれたその歌詞を耳にしただけで、今までさほど意識していなかった唇の感覚が蘇《よみがえ》り、途端に顔に熱が集まった。

何で今思い出すの……!?

不覚にも数回奪われた唇に、思わずそっと指を這わせてしまう。

冷静な表情のまま、堂々と熱唱したあいつの瞳には、どこか熱がこもっていた。

まるで投網《とあみ》に絡まって抜け出せないような、拘束力。強い眼差しに囚われて離れられない、抗《あらが》いがたい引力。

一瞬呼吸を忘れてしまいそうになる破壊力を垣間見て、私の心臓はドクンと跳ねた。

だから、逃げた。これ以上あの場にいたら危険だと察したから。

「違う、違う違う違う！　別に奴に対してドキドキしてるとか、絶対にないから」

ありえない……これは何かの間違いよ！

脳に、身体中に、まるで解毒剤の効かない毒が浸透するみたいに、あの男の声がじわじわと吸収されていく。そんな自分を認めたくなくて、私は必死に頭を振った。

おのれ鬼束ぁ……貴様、どんな洗脳系の毒を放った……

「思い出せ、樹里。今日堪能《たんのう》した美声の数々を……！」

大人気魔女っ子アニメの主題歌を、変身ポーズ付きで歌ってくれた、愛沢更紗さん。

カイン様のライバルのキャラソンを歌ってくれた、若松秀介《わかまつしゅうすけ》さん。

そして伊吹様と同年代でベテラン中のベテラン、七川皐《ななかわさつき》さんが熱唱した演歌！

「っ……」

やばい。思い出したら、テンションが妙な方向に上がって来た。

生の愛沢さんマジ可愛い！

少年っぽさが残る若松さんのテノール爽《さわ》やかー！

七川さんの演歌には思わず拳《こぶし》を振り回したくなりましたよ。

バンバン、と扉を思わず叩いて、はっと周りを見回す。よかった、まだ私以外誰もいない。

「よし、吹っ切れた」

気合いを入れ直して、個室から出る。

これで、戻ってももう大丈夫。別の方向で不安だけど、少なくとも奴の声にはもう惑わされない。これ以上鬼束が歌うことは断固反対だ。あいつにマイクが渡らないよう注意しておこう。渡っても奪ってしまえばいい。

顔の火照《ほて》りも全てなくなり、敵陣に挑む心づもりでお手洗いを出た直後、「おい」と聞き慣れた声がかけられた。今一番聞きたくなかった声だ。

「具合でも悪くなったのか？　大丈夫か」

長い足で一瞬で間合いを詰められ、頬を撫《な》でながら至近距離で顔色を覗《のぞ》かれる。

「樹里？」

「……っ！」

やめてよ、今その声で人の名前を呼ぶの、反則だ。冷めていた熱が顔に集中してしまうではないか。

しかもいつもの意地悪な発言ならともかく、どうしてそう気遣うような台詞《セリフ》をかけてくるの。

半ば八つ当たり気味に内心叫んで腕を突っぱね、鬼束から距離を置いた。

そんな私に何かを感じ取ったのか、鬼束はからかいを含んだような目つきで口角をあげた。そして、ふっと小さく笑った。

「何だ、お前。俺の歌声に惚れたのか？」

「っ!?　ち、違うわよ……！」

〝歌声〟の単語一つで、再び脳内で奴の声がメロディー付きで再生される。

それは自分の意志でどうこうできるレベルじゃなくって、私の思考はもうぐちゃぐちゃになっていた。

顔に集まる熱を見られたくなくって、咄嗟《とっさ》に顔を背《そむ》け一目散に出口を目指す。

「ごめん、後は任せる」と言い逃げのように叫びながら。

閉じられた階段の扉。それを呆然と見つめ、眉間に皺《しわ》を深く刻み「マジかよ……」なんてどこか気恥ずかしげに鬼束が呟《つぶや》いていたことを、その場にいない私は当然知る由《よし》もない。

とにかく自分のことでいっぱいいっぱいだった私は、半ば涙目で自宅へ帰ったのだった。

◆　◆　◆

帰宅後しばらくして、八尋のスマホが鳴った。

「はい？　今、何て？」

『うん、だから樹里がね、何だか急に「尼寺《あまでら》で尼僧《にそう》になってくる」なんて言ってるんだけど。ねえ、鬼束君。何か心当たりあるかな？』

突然かかってきた電話の相手は、今日会ったばかりの人物、直樹だった。

どうやら直樹は兄の一樹経由で八尋の連絡先を入手したらしい。そういえば彼にはプライベート用の携帯番号も渡していたな、と八尋は思い出した。

夜分遅くにごめんね、と穏やかな声から始まったその電話は、しかし八尋を困惑させるには十分な内容だった。何だその問いは。一体何の冗談だ。

「……直樹さん。意味がさっぱりわからない。あいつが何でいきなり尼《あま》になるなんて言ってるんです？」

『それは俺よりも君の方が詳しいはずでしょ。あの後も一緒にいたのは君なんだし。あ、まさかとは思うけど、恋愛初心者の妹をいきなり襲ったわけじゃないよね？』

「まだ手を出してはいませんよ」と極力感情が伴わない声で答えた。〝キス以外は〟が続くが。

『へえ、そうなのか。それはある意味意外だけど。あ、でもキスならしてもいいと思うよ？　本気で嫌《いや》だったら、樹里なら急所を一発蹴り上げる位はするだろうし。それに、キスから始まる恋もあるって言うしね？』

何をさらりと告げている……。

彼女の兄たちはシスコンのくせに、許容範囲がどこかおかしい。

一樹の場合、押し倒すのは樹里がちゃんと「好き」と言ってからにしろと言った。直樹は、襲うのはＮＧでもキスならＯＫと。——どっちも我慢しろと言うのが普通じゃないのか？

「キスから始まる恋、ですか」

少なくとも、今までキスはしてきたが、それは樹里を怒らせるだけで、ドキドキさせてはいないと思う。腰が抜けたなどと可愛らしいことをして楽しませてはくれたが、いまだに猫が毛を逆立てて威嚇《いかく》してくる印象が強い。照れや羞恥心《しゅうちしん》を抑えて、蕩《とろ》けるような目で見つめられた記憶もない。

だが、今日のあの反応は……

もしかしたら、自惚《うぬぼ》れじゃなくても、ようやく自分の洗脳が効いてきたのだろうか。

瞬時に頬を染めた樹里の反応を思い出して、八尋は自然と頬が緩《ゆる》んだ。いい兆《きざ》しだ。

『徐々に意識させられれば、鈍いあの子でもそのドキドキが恋に変わるんじゃないかな。強引に攻めながら、無意識に自覚させればいい。ま、君には期待してるよ、騎士様？』

「……ありがとうございます」

苦い表情になってしまうのは、やはり仕方がないだろうか。

無意識に自覚させるだなんて、さらりと難しいことを言ってくれる。

連絡をくれたことに改めてお礼を告げて、電話を切った。スマホのディスプレイを眺め、八尋は眉を顰《ひそ》める。

「尼《あま》になるだと？　今度は何を考えてやがる……」

すぐにでも問い詰めたい衝動を宥《なだ》めて、深く息を吐《つ》いた。

「捕獲を急ぐか」

このまま坂道を転げるように、自分のところに落ちてくるのはそう遠くない未来のはずだ。その落下地点で自分は両手を広げて受け止めればいい。だが坂道は緩やかよりも急であるほど、転げ落ちる速度も上がる。それならば……

──もっと、もっと俺を意識しろ、樹里。

年内に必ず仕留める。

八尋はそう呟《つぶや》いて、顔を染めて視線を逸らした彼女を思い出した。

◆　◆　◆

恋は有害、愛は幻。

家族愛や友愛は大歓迎でも、その他の愛は受け付けない。男女の愛なんて、いつかは冷めるもの。

友情なら良好な関係を長く保てても、恋はそう長くは続かない。

どんなカップルでも大抵別れてからしばらくすれば、どうしてあんな相手と付き合っていたのか疑問に思うようになる。きっと付き合っているときは、束の間の夢を見ていたのだろう。

現実に戻り我に返れば、それらは黒歴史化されるのよ、と私は兄たちに見事振られてしまった女性たちを思い出しながら考えていた。

恋だの愛だのに自分が振り回されて、通常の判断力が奪われるだなんてあってはならない。厄介ごとに自分から飛び込むなんて、愚《おろ》かな自殺行為としか言い様がない。

大の仲良しで長年築き上げてきた友情も、お互い同じ人を好きになれば、あっさり崩れるのよ。固い友情の、なんて脆《もろ》いこと。

私はこんな失態はおかすまいと、幼稚園生で既に決めていた。相手の一挙一動に一喜一憂するエネルギーがあるなら、もっと生産的なことに使う。恋愛しなくても生きていけるし、十分楽しい。それの何がいけないの。

——そう、思っていた。

子守唄代わりに観音経《かんのんぎょう》の読経《どきょう》CDをかけ続けた翌日。

私は無の境地に少し近づけた気分で目を覚ました。

「はあ……流石《さすが》、美声住職ナンバーワンの座に、五年連続で選ばれているだけあるわ」

何かのときに使えるかもと調べておいた甲斐があった。

もし私が兄姉《きょうだい》たちより先に不慮の事故などでこの世を去る羽目になった場合、是非お葬式はこの方を呼んでほしい。一応宗派は大丈夫なはずだ。

うっとりとCDのジャケットを指で撫《な》でる。

伊吹様よりさらに低音で、いい気分で心の奥にまで浸透するように響く読経――こんなお坊さんにお経を読まれたら、あの世にいけるでしょうよ！

「俗世を忘れて悟《さと》りを開くのよ、樹里。自分に甘いからあんな俺様ごときの声に一瞬でもときめいたりするのよ」

修行を積んだら私だって、己《おのれ》を強く保って、ぶれない心を手に入れられるかもしれない。

「昨夜は動転して『尼《あま》になる！』なんて言っちゃったけど、そこまではしなくても、禅《ぜん》寺《でら》で一日体験とかいいわね」

早速ネット情報を入手して、下調べを始めよう。

若い女子に流行《はや》りの禅寺があるかもしれない。

そう、修行よ、修行！　これを乗り切れば、きっと奴の声に赤面することもなくなるんだから。そう自分に言い聞かせて、早速私はネットの検索にとりかかった。

禅寺《ぜんでら》はなかなかの人気らしく、すぐには予約が取れなかった。空いていたのはクリスマスイブの前日だけ。祝日でも空いているのかとちょっと意外だけど。まあ、休日ならいつでも構わない。

「自分を見つめ直すいい機会よね……。もっと心を強く持てるようにならないと」

これ以上鬼束に流されない、惑わされない自分になるために。

私は密かに修行の道に進むことを決め、申し込み手続きを完了させた。

それから私は、貴重な休みを費やして、全てのお宝を厳重に封印した。

観音経をＢＧＭ代わりに、黙々と作業を続けて三時間。日曜日の午前中に、大好きな映画のＤＶＤやドラマＣＤにライトノベルまで、全部段ボール箱に詰め込んだ。そしてブックマークをつけていたネットラジオやアニメの録画まで削除した。

声フェチの私が一番自分を見失ってしまうもの――それは勿論、美声グッズだ。

今までこつこつと集めてきた全てのお宝たちを押入れの奥深くに仕舞ったときは、断腸の想いだった。長年の想いが詰まっているのだもの。いっそのこと金庫にでも保管できたらいいのに。

ついでのように寝室とリビングを掃除して、ひと段落できたときは、もう午後の三時すぎ。

ピカピカの部屋に、すっきりしたDVDラックと本棚。それらを見たとき、寂しさと同時にどこか清々《すがすが》しく晴れやかな気分になった。

「大丈夫。もう惑わされないんだから――」

鬼束の声に一瞬でも惹かれた自分が許せん。

先ほど禅寺に体験修行を申し込んだときに決めたのだ。もう自分好みの美声が聞こえてきても、絶対に欲望のまま取り乱したりはしないと。

好きなものを断つ覚悟を持って、修行に励むのよ。

本来の自分を思い出すには、自分が一番惑わされる誘惑を取り払わねばいけない。ステキな声をずっと聞いていたいという煩悩を克服すれば、きっと人間的にもっと成長できるはず。弱みを握られたのなら、その弱点をなくしてしまえばいい。

「でも伊吹様の声を消すのは……も、もったいなさすぎる……！」

毎朝毎晩かかさず聞いていた、ジャックのおやすみなさいと、カイン様のおはようコール。一日の疲れをジャックで癒《いや》して、一日の始まりにはカイン様の冷たい美声で気合を入れた。天敵鬼束からもらった唯一のお宝。

でも、奴の声に左右されないためには、いっそのことこれも消去してしまうべきなのかもしれない。

「うう、それは……うわー嫌《いや》ー！」

たっぷり三十分悩みに悩みまくったが、己《おのれ》の甘さに打ち克《か》つためだと覚悟を決める。

かけ声と共に、消去ボタンを押した。

アラームにはそれまで使っていた無機質なピピピという音を設定すると、朝から動いていた疲れがどっと押し寄せてくる。ダメだ、もう動けん……。

◆◆◆

十二月に入った頃から、めっきり社内で鬼束を見かけなくなった。一課の話によると、どうやらトラブル続きで大変らしい。

たまに遠目に姿を見ても、またすぐ外出するらしく、私とはほとんど接点がなくなった。寂しさなんかよりも、安堵のため息が出る。

これでいい。これを望んでいたのよ。

時折メールは来るが、そんなものは無視して返信していない。あいつの声に惑わされない日も結構すぐにやってきそうだ。少なくとも、姿を見ただけで〝奴の声が身体中を駆け巡る〟というあの日のような麻薬的症状は起こっていない。

あれから歌声を思い出しそうになるたびに、私は頭の中でお経を唱《とな》えた。そう、あの美声住職の読経《どきょう》CDだけは箱に入れず、BGM代わりにかけている。頭も心も真っ白になり、本来の自分を取り戻させてくれるからだ。

この頃は修行の成果か、癒《いや》し系ナンバーワンの白鳥さんの電話を取っても、前ほどテンションが上がらなくなっていた。意志を強く持てば、自分の欲望もコントロールできるのかもしれない。

だが、そんなことを続けて、一週間。断食ならぬ断美声は、想像以上に辛いものがあった。好きなものを断つというのは、かなりのストレスがかかるようで、私は自分でも気付かないうちに苛立っていたらしい。

「朝霧さん、ちょっと」

デスクで仕事をしていた私に、浅沼課長が声をかけてきた。そして給湯室に連れていかれ、何故か課長お手製のココアを差し出される。

疑問符を浮かべながら首を傾げれば、課長は会社で見せる上司の顔というよりも、兄の友人の陵介兄さんの顔で私の頭を撫《な》でた。

「眉間の皺《しわ》、すごいことになってるよ？　いつも以上に朝霧主任が無表情で近寄りがたいと、他のメンバーが心配してたね。何か悩みごとがあるなら聞いてあげるから。一体どうしたの？」

眉間に皺《しわ》を刻んだまま無表情で仕事に没頭する自分を想像して、納得した。確かにそれは近寄りがたい。きっと私の周りだけ、空気がピリピリしていただろう。

指摘されるまでそんな顔をしていたことに気付かなかった。それは申し訳ないことをした。

「いえ、特には。……ただ、最近あまり眠れないだけで」

「睡眠不足？　というよりも、寝つきが悪いとか？　……やっぱり心配事でもあるんじゃない？」

「心配事はありません。ただ好きなものを断つという行為はやっぱりストレスが伴うんだな、と。大丈夫です。徐々に慣れますから。ご迷惑かけてすみません」

ジャックの声でおやすみなさいが聞けないからか、なかなか睡魔が襲ってこない。身体は疲れているのに……そしてようやく眠れるのは、明け方近く。三時間ほどの睡眠だと、やっぱり起きられない。無機質なアラーム音じゃ、目覚めもすっきりいかないのだ。

カイン様の声を聞いていたときは、すぐに脳が覚醒《かくせい》したのに。

「好きなものを断つって、何でそんな真似を……」

訝《いぶか》る課長に、私は真面目顔で「弱点克服と精神統一です」と告げた。

「誘惑に惑わされない強い精神を保つためです。それにはこれしか手段がなかったんですが、大丈夫です。気を遣わせてしまってすみません。これ以上迷惑をかけないよう気を付けますから。今度禅寺《ぜんでら》にも行く予定ですし……」

「は？　禅寺？」

ぽかんと口を開けた課長に頷いてみせる。彼は何故か微妙に焦《あせ》りが混じった顔で、「ちなみにいつ？」と尋ねてきた。

「残念ながらちょっと先なんです。空いているのが二十三日しかないらしくって。とりあえず日帰りで行ってこようかと」

「よりによってその日？」

脱力気味に呟《つぶや》いた課長は、クリスマスはどうするのかとついでのように訊いてきた。

「さあ、特に予定はありませんね。別に何もしませんよ」

クリスマスなんて今年はまったく考えていない。いや、今年は、ではなく毎年か。せいぜい実家に戻ってケーキを食べるくらい。実家までは電車で一時間あれば帰れる距離だ。

でも寺で修行した翌日にキリスト教のお祝いをする気にはなれんだろう。喜んでそんなことできたら、どんだけ自由人なの、私。

勧められるままココアを飲みほして、一息ついた。温かくて甘い飲みものは、少しだけほっとさせてくれる。

何かを思案するようだった浅沼課長は、「クリスマス、予定は空いているんだね？」

と再度確認して、私の頭を撫《な》でてから給湯室を出て行った。誰もここにいないからいいものの、誰かに見られたらどうするんだ課長。

あまり無理しないでね、と去り際に告げられた言葉が、耳に残った。

◆　◆　◆

今日は十二月十三日の金曜日。お昼ご飯を数名の女子社員と一緒に食べたが、話題はやはりクリスマス間近ということで、恋人へのプレゼントだったり、どこでデートするかだったりと、リア充感満載だ。

若い女の子はいいわね〜なんて、おばさんくさい台詞《セリフ》が出そうになる。キラキラした目で恋人のことを語る彼女たちが眩《まぶ》しい。素直に可愛いと思えてくるわ。

やはり自分にはあんな表情は無理だな、と改めて思う。大好きな人がいてくれるだけで嬉しくて、見ているだけで幸せがお裾分けできるような笑みを浮かべるなんて、想像できない。

ふいにメンバーの一人が、私に話題を振って来た。クリスマスの予定はあるのかと。

「特にないけど、二十三日なら禅寺《ぜんでら》に行く予定よ」

「……はい？　禅、寺……？」

ぽかんと口を開けた彼女たちに、興味があったら紹介するわよと告げて席を立った。

大した問題もなく、何とか仕事を定時で全部終わらせて、帰り支度を始める。

今日くらいは映画を借りて、ゆっくり見ようかしら。ベタにホラーでもいいかもしれない。それとも笑えるコメディーとか？

「主任、よかったら今日ご飯食べに行きませんか？」

小走りで走って来た遥ちゃんが、笑顔で誘ってきた。二、三人扉の付近で集まっている女子社員を見て、ああ女子会でもするのかと納得する。きっと課長に言われた通り、私に悩みがあるんじゃないのかと心配して、気を遣ってくれているのだろう。

部下にそんなふうに気を遣わせたことを申し訳なくも感じるが、単純に慕《した》ってくれていると考えれば嬉しくもある。デザート位、今度奢《おご》ってあげないと。

DVDはいつでも借りられるし、せっかくだから飲みに行くか。アルコールが入れば、ちょっとはマシになるかもしれない。睡眠時間はせめて六時間は欲しい。

「いいわね、是非……」と告げたところで、背後から突然腕をつかまれた。

びっくりして後ろを振り返ると、少しやつれた顔の鬼束が、遥ちゃんに微笑んでいる。

「ごめんね、宮内さん。ちょっとこいつ借りるから。今夜は譲《ゆず》って？」

久しく聞いていなかったバリトンが、耳に落ちてくる。

ドクン、と心臓が一際大きく跳ねた。

そんな自分に気付かれたくなくて、咄嗟《とっさ》に「は？」と問いかける。

目の前の遥ちゃんは、何故か顔を赤らめながらこくこくと頷いていた。しかも、「どうぞどうぞー！」と手ぶり付きで。って、ちょっと!?

「ま、待って遥ちゃ……！」

呼び止める私に、遥ちゃんが耳元で囁《ささや》いてきた。

「主任。たまには素直になった方が、幸せになれますよ？」

「はい？」

小悪魔のしっぽをフリフリさせて、彼女は「お先に失礼しまーす！」と元気よく去って行った。

残された私は呆然としてその姿を見送った。

「行くぞ」

いつの間にか私のコートと鞄《かばん》を素早く持って、奴は半ば引きずるように引っ張っていく。腕を取られたままの私は唖然《あぜん》として見送る課のメンバーに、視線と口パクで「助けろ」と訴えたが、こいつら一斉に顔を背《そむ》けやがった！

「お疲れ様ー。気を付けてね」

笑顔で手を振る浅沼課長は、絶対に何か面白がっている。なりふり構わない鬼束の態度に、一課の連中も何事かと目を瞠《みは》っていた。

「歩きにくい」

何とかそう訴えれば、すかさず手を繫がれて、意識が一瞬遠のく。

抵抗する私と鬼束を、すれ違う社員が不思議そうな目で眺めている。一体何の苦行だと思わずにはいられなかった。

◆　◆　◆

十二月に入ってから、八尋の仕事は急に忙しくなった。

もともと年末が近付くと忙しくなるが、今年は予想外のトラブルばかり発生したのだ。

一課が担当しているヨーロッパでは、港でストライキが起こったため数日間も船が動かず、入船の予定が大幅にずれた。その上、大雪のため飛行機も飛ばせず、海からも空からも品物が輸入できない。

客からの依頼で、それらの納品期限は相当厳しかった。出船日がずれたのは痛い。

別の港からの出港交渉や荷の移動、ほかにも予想外に細かいトラブルが続いて、八尋は対応のため外出しなければならない日々が続いた。

何故今このタイミングで問題ばかり起きる――と、ため息を吐《つ》きたいのを何度堪《こら》えたことか。

何とかひと段落ついたときには、あのカラオケから既に二週間近くが経過しようとしていた。

時折社内で見かける樹里の顔色が冴えないことは気がかりだったが、自分の多忙さと、誰かに邪魔をされているとしか思えない間の悪さで、なかなか接触できずにいた。運命の悪戯《いたずら》か誰かの呪いか――そんなバカげたことを考えたくなるほどには、自分も苛立っていたらしい。

メールを送っても返事は返ってこない。

だが、とりあえず定期的に八尋は樹里に連絡を入れ続けた。

そして金曜日。ようやく予定の調整が終わり、客からのクレームも回避できた頃。

八尋は休憩がてら喫煙室へ向かった。

そう頻繁《ひんぱん》にタバコを吸うわけではないが、精神安定剤代わりに度々喫煙室を利用することはある。そこで偶然、二課の浅沼に鉢合わせた。

「ちょっとは落ち着いたみたいだけど、大丈夫？」

「ええ、とりあえず何とか。嘘みたいに次から次に問題が発生しましたが、一応問題なくいけるかと」

「何でか重なるときは重なるんだよね～」と苦い表情で呟《つぶや》いた浅沼に、八尋は同意する。

タバコの吸い殻を捨て、すぐ近くの自動販売機で無糖のコーヒーを買った浅沼は、それを八尋に投げた。咄嗟《とっさ》に受け取ったコーヒーを見つめると、「差し入れ」と一言告げられる。微笑んだ浅沼の眼鏡がきらりと光を反射した。

「それで？　お姫様の方はどうなってるの。彼女、いきなり禅寺《ぜんでら》で修行してくるなんて言ってるんだけど」

「はい？」

一番の懸念である樹里の尼寺《あまでら》行き――まさか、まだ諦めていなかったとは知らなかった。

「まだ尼になるとかバカなこと言ってるんですか」

今でも冗談だと思っているが、樹里はどこか予想外の方向に突っ走る傾向があるのを、長年つかず離れずの距離で見つめてきた八尋は知っている。仕事はしっかりしているのに、ふとした仕草や行動で自分の目を引きつける。きっと彼女は気付いてすらいないのだろうが。

「尼になるとは言ってなかったけど、禅寺で体験修行をするらしいよ。しかも二十三日にだってさ。でも、クリスマスの予定はないみたいだけど。まあ、寺修行の翌日に、クリスマスを祝う気にはなれないのかもしれないね」

そんな言葉を残して、浅沼は八尋の肩を二度軽く叩いた。

――言いたいことはわかった。

何でこんなことになっているんだと呆れが半分、クリスマスまでには決着をつけろと仄《ほの》めかしているのが半分。ようは仕事の忙しさにかまけて動けずにいた自分にさっさと動けと命じているのだ。恐らくは、一樹の指示で。

「……言われなくっても、そのつもりだ」

浅沼が立ち去った扉を眺める。

ぐいっと缶コーヒーを飲みほすと、苛立ちを抑えながら八尋は空缶をゴミ箱へ放った。


何が何でも今日は定時で上がる。

そんな鬼気迫る気迫を感じ取ったのか、無理やり仕事を片付けた八尋を飲みに誘う者は誰もいなかった。上司である一課の課長も、「お先に失礼します」と告げれば、しっかり休めと釘をさす始末。

鞄《かばん》を持って、そのまま隣の二課に向かう。背筋を伸ばしてきびきびと動いていた樹里に、小走りで近寄った部下が何やら笑顔で話しかけている。

クールというよりもはや無表情とも捉えられそうな彼女の顔が、ふわりと微笑みに変わった。

その表情を綻ばせた瞬間が、どうしようもなく自分の目を引きつける。

社内で見かける姿と、本来の姿。

常に冷静で頭の回転も速く仕事もできる彼女だが、ふとした瞬間に口許が綻び、空気が柔らかくなる。

その微かな変化に気付いたのは、一体いつからだったか。すぐに気を引き締めなおして仕事に没頭する姿を目撃するたびに、自分も小さく笑っていたのは何故か。

初めはそう、単純に面白かったから。

たまたま視界に入った彼女が電話を取り、どこか嬉しそうにしている姿を見て、誰と喋っているのか気になった。恋人なら携帯にかけるだろうし、話している内容は業務連絡のようで、甘くはない。

数秒夢見心地の微笑みを小さく浮かべていたが、すぐにいつも通りの真面目な顔に戻ったとき、その変わり身の速さに笑いがこみあげてきた。

このときはまさか彼女が無類《むるい》の声好きだとは思わなかったが――

それまで同期であっても、八尋と樹里はそこまで親しい間柄ではなかった。会えば挨《あい》拶《さつ》程度の会話はするが、話す内容は仕事についてのみ。いっさいプライベートを見せないし、自分の連絡先を訊いてこない女は、八尋の周りでは珍しい。今考えれば、そんなところも興味を引かれた要因の一つかもしれない。

いつしか目が離せない存在になりつつあった頃、珍しく同期で集まる飲み会が催された。ビールジョッキを呷《あお》り親しげに女子社員と話している姿を見て、踏み込んでみたくなったのだ。彼女の素の領域に。

職場を離れた樹里は、思った以上に気さくだった。尋ねれば答えるし、プライベートなことも喋る。男女分け隔てなく気軽に話す彼女に、徐々に自分も本来の姿を見せ始めたのはこの頃か。

遠慮なくずばずばと返って来る容赦《ようしゃ》のない言葉が楽しくて、打てば響く反応が面白くて。つい必要以上に怒らせては、敵認定されていた。それは他人行儀で壁のある関係なんかよりも親しい関係で、ある意味望むところだった。

社内恋愛にまるで興味のなかった自分が、まさか同期の、しかも隣の部署の女に惚れるなんて。入社当初にはまったく考えられなかった。それまで恋人は常に、この会社とは全然関係のない女性を選んでいたのだから。

同じ職場の人間と交際なんてありえない。社内で色恋沙汰の噂になるのは冗談じゃないと、そう思っていた。

それなのに――

今の自分の行動は、それを覆《くつがえ》す行為だろう。

「離せっ！」

「嫌《いや》だ」

抵抗する樹里の手をほどけないように握りしめて、強引に歩みを進める。

一足早く今夜の誘いをかけていた遥に断りをいれて、あの場から連れ出すなんて目立つ真似をする気はなかった。衝動とは恐ろしい。

彼女を連れ出す自分は、恐らく週明けには噂の的になっているだろう。

だが、そんなこともどうでもいい。

今は、彼女の関心が他所《よそ》に向かないよう、自分に繋ぎ止めておくことだけを考えなくては。

すっかり冬の色に染まった夜空を見上げて、樹里の呼吸が整うのを待つ。どこか疲労感が漂《ただよ》う彼女の肩を抱いて、一言「行くぞ」と告げた。

ぎょっとして抗議の声をあげる前に、先手を打つ。

「うるさく喚《わめ》けばこの場で口を塞《ふさ》ぐぞ」と。

絶句する彼女の隙をついて、数駅離れた居酒屋にまで足を運んだ。近場では、どこで会社の人間と鉢合わせるかわからないからだ。

強引だという自覚は当然あるが、今さらやめるつもりはない。

少しでも自分が引けば、その隙に彼女は逃げる。自分の心に鍵をかけて、気付かなかったフリを続ける。そしてこのまま一人で生きていけばいいと、そう再認識するのだ。

――恋も愛も拒絶して生きるなんて、そんなこと俺がさせない。

一生独身宣言など、冗談じゃない。

人一倍頑《かたく》なで、臆病で、寂しがり屋な彼女。心を許すのは家族と限られた友人だけ。心の領域に侵入させない頑丈なバリアを、強引に体当たりしては突き進む自分は、確かに彼女にとって敵だ。

が、敵だろうが何でもいい。

自分はただ、可愛げがなく気の強いこの女を甘やかしたいだけだから。

外堀は埋めた。家族の了解は得た。

後は芽生え始めている気持ちを自覚させればいい。

――本気で嫌《いや》なら拒絶しろ。

静かに憤《いきどお》る樹里を見下ろして、八尋は樹里の肩を抱いたまま、人で賑わう居酒屋に足を踏み入れた。

◆◆◆

一体何でこんなことになったのか。

次々と運ばれては、テーブルを埋め尽くす食べものを見つめる。

金曜日の夜。そこそこ人気の居酒屋は賑わっている。その盛り上がりを横目で捉えてから、私は枝豆に手を伸ばした。

ビールに枝豆、手羽《てば》の塩焼き、甘辛のつくね、軟骨《なんこつ》、牛タンとサイドにレモンのスライス。お豆腐と海藻《かいそう》のサラダに、よく味がしみこんだおでん。

一体二人でどんだけ食べるんだと思われるが、飲みながら食べると案外いけるものだ。メニューを一つキープしておきながら、目の前に座る鬼束は「〆《しめ》はラーメンにでもするか？」と尋ねてきた。

む、ラーメンか……。それもおいしそう……

私の心の声が漏れたのか、それを的確に読みとった奴は、「醤油ラーメンが好きだったよな。じゃ、ラストに頼むか」なんて呟《つぶや》いた。

何で、私の好みをこうも把握しているの。

並べられた一品ものや焼き鳥は、私が課の飲み会でもかかさずオーダーしていた食べものだ。

冷たいビールと手羽先が好き。牛タンにはレモン汁が欠かせない。サラダは必ず頼みたい。でもドレッシングはかけたくない――そんな細かな私のこだわりを、こいつはどこまで知っているのか。

家族以外にそんなことを知られているのがむず痒《がゆ》くて、照れくさくて、そして悔しい。

一体いつの間に把握されていたのか、さっぱりわからない。

自然と眉間に皺《しわ》が寄った。

「口に合わないのか？」

不機嫌さを感じ取った鬼束が、ふいに尋ねてきた。

「別に、おいしいわよ。仕事の後のビールと焼き鳥は最高のコンビネーションだもの」

ぐびぐびとジョッキを呷《あお》り、ダンっとテーブルの上に置いた。

いきなり拉致《らち》られてここまで連れてこられて、怒っていないと言えば嘘になる。あの社内での羞恥《しゅうち》プレイは一体なんの罰ゲームだ。月曜に出社するのを躊躇《ためら》うじゃないの。

でも、何かが吹っ切れたように箸《はし》を進めはじめた私を見て、鬼束は苦笑した。

疲労が濃い顔が、僅《わず》かながらリラックスしているように見える。

「オヤジくせーな、相変わらず」

「食べものがまずくなるから、今は文句を言うのはやめておくけど。後で覚悟しておきなさいよ鬼束……」

「いいぜ？」

ドスのきいた声で低く告げると、喉の奥でくつくつと笑った奴が余裕を含んだ声で答えた。

「ああ、ここじゃゆっくり話せないしな。お前も話があるようだし、後で飲み直せばいいだろう。ま、とりあえず今は好きなものを食え」

「ふん。遠慮なく食べまくってやるわよ。どうせあんたの財布から出るんだし。あ、すいませーん！　豚の角煮と、焼きおにぎりの梅に、焼き茄子《なす》――あと、ビールのお代わりも」

パタンとメニューを閉じて、冷めないうちに目の前の料理をやっつける。

串から外さずそのまま軟骨《なんこつ》を食べた鬼束は、どこか満足そうに不敵な笑みを浮かべた。

何よその顔は。これは戦《いくさ》の前の腹ごしらえよ。腹が減っては、あんたと戦えるか。

最後にラーメン一杯を二人でシェアして、しっかりとお腹は満たされた。

お腹が満たされると、苛立ちも自然と収まってくる。やっぱり空腹と糖分不足だと、どこか余裕が失われるのかもしれない。

それでも普段よりアルコールの摂取量は抑えた。まだまだ理性もあるし、冷静な判断が下せる。この後に控えている決戦で、決着をつけるのだ。

そう思いながら、食後のお茶を啜《すす》る目の前の男を眺める。

――本当、一体何がしたいの。

訊きたいのに、訊けない。知りたいのに、知ったら困ると思う自分がいる。白黒はっきりできなくて、矛盾が増えるたびに、心にモヤモヤが積もっていった。

でも、大丈夫。

食事中に奴の声を聞いても、どうってことはなかった。美声を聞いても取り乱さないよう修行をしていた甲斐があったわ。確実に私は、弱点を克服しはじめているのだろう。

「――そろそろ出るか」

そう告げた鬼束は、「行くぞ」と続けて、タクシーを呼んだ。

飲み直すと言っていたし、他人の目が気にならないバーでも行くのかと思いきや――

到着した先は、隠れ家風のバーでも、大通りにある飲み屋でもなかった。

見知らぬマンションの前で降ろされて、私の頬は引きつった。

手ががっちりと握られて、ほどけないいんですけど⁉

「あんた飲み直すって言ってたのに、早速嘘か！」

単身者向けとは思えないマンションに、腰を抱かれたまま引きずられる。

あまり騒ぐと住人に迷惑になるのと、周りの視線が痛くなるので、あくまで小声で抗議しているが。

「嘘じゃない。うちで飲み直せばいいだけだ。それに静かに話せる場所が必要だしな」

私の家に押しかけられるのもごめんだけど、男の家にのこのこ上がるのは論外だ。

警戒心バリバリの猫の気分で「帰る！」と言えば、鬼束は一言「嫌《いや》がることはしねーよ」なんて、本当かどうかわからない言葉を吐いて、自宅の玄関を開けた。

が、開けた瞬間に飛び出て来た物体に、私の意識は完全に持って行かれた。

「みゃあ」

「っ⁉」

　足元に擦り寄るこの美猫は……

「こら、アオ。お前ずっと玄関前で待ってたのか？」

　私の足にじゃれている、まだ子猫と呼べるロシアンブルーのかわいこちゃんを鬼束は片手でひょいっと摘《つま》み上げた。

「なんつー持ち方を」

　みゃあ、なんて抗議の鳴き声をあげた子猫を、私は横取りして抱きかかえた。胸元に擦り寄ってはゴロゴロと甘える子猫が心底可愛い。つい表情がデレる。

　小さく嘆息した鬼束に促されるまま、気付けば奴のテリトリー内に。

　帰る予定だったのに何で上がっているんだと、靴を脱いだ時点で疑問に思うが、この子を手放す気にはまだなれない。この可愛い誘惑に葛藤していると、鬼束の「適当に寛《くつろ》げ」と言う声が耳に届いた。

　人懐っこいのか、初めて来た人にも怯《おび》えを見せないアオ君（♂）は、つぶらな瞳で私を見上げて、手をぺろりと舐《な》めた。ああ、可愛い……！

　ソファに座って、膝の上にアオ君を乗せた。柔らかな毛並を堪能《たんのう》するため、片手で身体を撫《な》でる。気持ちよさげに目を瞑《つむ》る子猫ちゃんは素晴らしい癒《いや》しだ。

　温もりがじんわりとスーツのパンツ越しにも伝わってきて、自然と眦《まなじり》が下がった。

「樹里。ビールかワインかシャンパンかカクテル、何がいい」

聞こえてきた質問に、あえて入っていない選択を返す。

「言った中から選べ。ったく、ワインでいいな」

そこまでお酒にこだわりはない。適当に返事を返し、膝の上で寛《くつろ》ぐアオ君に熱い視線を注《そそ》ぐ。

シンプルでものが少ないリビングのソファに座りながら、私は初めて男の人の家に上がる緊張感をまったく感じていなかった。

まさか奴の飼い猫がロシアンブルーとは……似合わん。

「それは俺のじゃなくてオヤジの猫だ。知り合いから最近譲《ゆず》ってもらったんだが、しばらく不在にするからと一時的に預かってる」

スーツのジャケットを脱いで、いつの間にかネクタイも解いている鬼束は、ラフな格好になっていた。そしてコルクを抜いたワインボトルを持ってきて、グラスに注いだ。

差し出されたグラスを受け取り、一言お礼を告げる。

「伊吹様の子ならイメージもピッタリね」

「どういう意味だ」

奴が低く唸《うな》る。私はそれをスルーして、ワインを一口飲んだ。辛口の赤ワインは私好みで飲みやすい。

「焼酎～」

私がアオ君に夢中なのが気に入らなかったらしい。鬼束は片手でアオ君を摘《つま》み上げ、専用の寝床へと連れて行ってしまった。

恨みがましい目で睨《にら》むと、「いつまでも膝を占領しているあいつが悪い」だなんて意味不明なことをのたまう。

ソファに戻り一人分空けた隣に、鬼束は腰かけた。それでようやく二人きりだという実感がわいてきてしまい、急に居心地が悪くなる。

さっさとこのワインを飲んだら帰ろう。じゃないと、余計なことまで話しそうになる。決着をつけると意気込んでいたのに、今はそわそわと落ち着かない。

とりあえず、落ち着きを取り戻そうと、室内を見渡す。３ＬＤＫはありそうなこの広いマンションに一人で住んでいるとか、どんだけ贅沢《ぜいたく》なんだ。家族用の部屋よね、ここって。

「掃除大変そうね」

「俺の伯母夫婦が使ってたんだが、今海外赴任中で貸してもらっているんだよ。ここの方が会社に近い」

「へえ？　そんで今日みたいに強引に女の子を連れ込んできたわけねー。一体今まで何人誘って来たんだか」

感情を含まないきわめて平坦な声で、嫌味のつもりで言った。芳香《ほうこう》なワインの香りをゆっくり楽しむ間もなく、喉に流し込む。

「俺は基本、自分のテリトリーに女は連れ込まない主義だ。自宅に押しかけられたり、合鍵を作られたら面倒だからな」

「ふーん、基本ねえ？　ってことは例外もあったたってわけか」

じとりとした目で隣に座る鬼束を見つめた一拍後。奴は片側の口角を上げ、からかいを滲《にじ》ませた声で言った。

「何だ、嫉妬《しっと》か？　例外は自分だけだって自惚《うぬぼ》れていいぜ」

「っ！　誰がよ」

いるかそんな例外。

私が抗議の声をあげたと同時に、鬼束は一人分空いていた間合いを詰めた。

手からグラスが抜き取られ、コーヒーテーブルの上に置かれたのを目で追う。

と、ぐいっと身体を抱き寄せられた。ドクン、と心臓が大きく跳ねる。

「な、ななな！　は、離しなさ……」

「うるさい、ちょっと黙ってろ」

とんでもない命令を上から目線でして、人を抱き枕のように抱きしめる男。耳元で囁《ささや》かれた低音の声が、時間差で耳や頭、身体全体を侵食していくみたいに吸収される。

心臓、うるさい。動悸《どうき》が苦しい。

一体何で。修行の成果が出たと思っていたのに、どうして。

この体勢がいけないのか。抱きしめられているという状況がプチパニックを引き起こしているのか。

す、隙を見せたら、食われる！

顔に熱が集中する気配を必死に堪《こら》えて、私は身じろぎをした。鬼束が小さく嘆息し、その息が耳に伝わる。ぞわわ、と背筋にふるえが走った。

だ、ダメだ……これ以上は、耐えられない。

ぎゅっと目を瞑《つむ》って私が口を開くよりも先に、鬼束が悩ましいほど色気のある掠《かす》れた声で、私の名前を呼んだ。

「樹里」

「っ……！」

ゆっくりと腕の拘束が緩《ゆる》む。私は、紅く染まっているであろう顔を見られたくなくて俯《うつむ》いた。なのに、奴はとんだ鬼畜野郎だった。顎《あご》の下に指を添えて、力ずくで目線を合わせてきやがったのだ。

視線だけは負けじと睨《にら》みつけると、何故か鬼束は微笑んだ。

その微笑みは黒さを滲ませるものでも、嘲笑でも皮肉めいた笑みでもなくて。

そんな今まで見せたことのない顔を見せられて、困惑する。

やめてよ、そんなの。

どうしてそんな、嬉しそうな顔を向けるの。あんたは一体私をどうするつもりなのよ。

「……やめて、これ以上、私の領域に踏み込んでこないで」

崩れたくない。

今まで培《つちか》ってきた自分を、壊されたくない。

一人で生きていくと早々に決意をしていたのに、無理やり心の中に入ってこないで。

私には大切な家族と友達、それに好きなものがあればそれで十分。それ以外は必要性を感じないし欲しくはない。

再び鬼束が名前を呼んだ。どこか真剣味を帯びた声で。

私は自分の心の奥まで見透かされている気分になり、視線を逸らしたくなった。

「いつまで逃げるつもりだ？　恋愛なんてくだらない、色恋がらみのトラブルなんて御免だ、なんて言って……。確かにあの兄たちを見ていれば、厄介事に巻き込まれることも多かっただろう。お前もとばっちりを受けていたっておかしくはない。だが、お前の兄たちはそれで不幸に見えるか？　結果的にはたった一人を見つけて身を固めた兄たちは、偽りの愛の中で生きているのか」

「…………」

違う。

傍《はた》から見ても、兄たちは幸せそうに笑っている。傍迷惑で女の子大好きな一樹兄さんも、略奪愛の末上司と結婚したお姉ちゃんも、天然人タラシで最低な優しさを持つ直樹兄さんも。

たった一人を見つけてから、会うたびに見せる顔は笑顔だ。聞かされる話の内容は相変わらず理解不能でも、いまだに振り回されることが多くても、彼等は私に幸せそうな笑顔を向ける。

昔から何度も恋を繰り返して、そして最愛の人に行き着いた。私はようやくか……と思う気持ちとともに、おめでとうと祝ったのだ。

自分には無理。あんなふうに誰かを好きになってエネルギーを使うなんて、絶対に真似できない。今まではそう冷静に思い、一歩離れたところで見続けてきた身内の恋愛模様。それを羨《うらや》ましいと思ったことは一度もない。

そう、断言できていたのに——

「お前は傷つくことを恐れているだけだ。自分から他者を拒絶して、隙を作らず寄せ付けない。頑丈に施錠された心の檻《おり》をこじ開ける気概のある男がいなかったのは、ある意味都合がよかったが」

「は……？　なに、言って」

未だに腰には奴の片腕が回っている。至近距離で見下ろされる形で見つめられて、鼓動が先ほどよりも早くなった。真摯《しんし》な眼差しが私の心を見透かすように射抜く。

「俺はお前が好きだ」

ずっと聞きたくなかった台詞《セリフ》が、まっすぐに告げられた。

気持ちに気付いても、無視できていたのは、はっきりとこいつが言わなかったから。

偽《にせ》婚約者に仕立て上げられ、一樹兄さんに嫁にもらう宣言をされていてもただただ憤《いきどお》っていられたのは、その言葉を告げられていなかったから。

なのに、それなのに。ここでそんなふうに言われたら、冗談やからかいでごまかすなんて、できないじゃないの。

「嘘……そんなのは気のせいよ」

認めたくないと最後の悪あがきをする。

鬼束にそっと目の下の隈《くま》を親指でなぞられ、びくっと肩がすくんだ。かけていた眼鏡をするりと外される。

「気のせいなんかで、オヤジにお前を紹介するか。俺がお前の兄貴たちに告げてきたのは、全部嘘偽りのない本心だ。信じられないなら何度でも言ってやる。俺はお前が好きだ」

「……っ」

その媚薬効果でもあるようなバリトンボイスで、二度も同じ台詞を言うとか……！

自分の声の破壊力にちょっとは気付いてほしい。

もう惑わされないと思っていたはずなのに、張っていたバリア内に一度でも声の侵入を許してしまえば、修行の成果は脆《もろ》くも崩れ去った。

身体が声に反応する。

低く、甘く告げられる愛の告白に、まるで何かの病《やまい》に感染したかのように身体中を侵されている気分になる。一瞬呼吸を忘れた。

動悸《どうき》が激しく、顔が熱い。視界が潤《うる》み、思わず目を瞑《つむ》る。

嫌《いや》、嫌よ。

こんなの、私じゃないもの！

「嫌い、私は嫌いよ！　あんたなんて嫌い」

身体の拘束が強まった。

拒絶しても、奴はさらに強い力でぎゅうっと抱きしめてくる。

微《かす》かにこの男がたまに吸う、タバコのにおいがした。

「俺が嫌いなら、全力で拒絶しろ」

耳元で囁《ささや》かれる。その声を聞いて、身体に力が入るわけがない。拒絶しなきゃと思いつつもどこかで迷い、私は更なるパニックに襲われた。

それなのに、傲慢で俺様なこの男は、混乱する私をもっと追い詰めることを言ってくるのだ。

「樹里。俺が好きだと言え」

「つき、嫌い……」

「樹里」

――嫌《いや》だ、もう。

名前を――、その声で私の名前を呼ばないでよ。

色気を孕《はら》んだ声を耳元に落とされて、私はもう泣く寸前まで追い詰められている。

鬼束が好きだなんて、冗談じゃない。

そう思いたいのに、本気で抗《あらが》えないのは、本心では違うからだろうか。

ふと今日の帰り際、遥ちゃんに耳元で囁《ささや》かれた言葉が蘇《よみがえ》った。

『たまには素直になった方が、幸せになれますよ？』

何で今、このタイミングで彼女の台詞《セリフ》を思い出すの。

小さく嘆息した鬼束は、ゆっくりと身体を離して私の顔を見つめてくる。目線を逸らすと、彼はぼそりと呟《つぶや》いた。

「そんな顔で嫌いだなんて言われても、好きと言っているようにしか聞こえない」

反論しようと口を開くが、またしても鬼束に先手を打たれた。

「質問を変える。俺の声は好きだろう？」

「なっ……」

「答えろ、樹里」

どこまでこの男は俺様なの。

「す、好きじゃないっ」

「……そんなに顔を赤くして、涙目で言われても納得できるか」

そう言った直後、ぐいっと俯《うつむ》いていた私の顔を上に向かせた鬼束は、何の前触れもなく唇を合わせてきた。

驚きで目を見開く私に、鬼束は合わせるだけのキスを続ける。その合間にも尋問は続いていて、「好きだと言え」と要求してくる。

何だこれは。まるで誘導尋問じゃない。

顔に集まる熱はもう、沸騰しそうなくらいに上がっている。深い繋がりを求めないキスなのに、私の心臓は激しさを増した。

嫌なら拒絶すればいい。本気で抵抗しろ――

そう言われてもできない自分は、もう認めるしかないのだろうか。

「樹里……」

「き、らい」

「俺の声は好きなはずだ」

角度を変えて合わさってくる唇から逃げられなくなり、私は弱々しく「嫌い」と繰り返すだけ。でも、嫌いな相手の唇を受け入れている時点でもう、気持ちはバレている。最後の催促のように名前を呼ばれた私は、キスの嵐を浴びながら、白旗を上げた。

「……す、き……」

声になるかならないかわからないほど、小さく弱々しい呟《つぶや》きなのに。

耳聡《みみざと》く拾った鬼束は、普段の鬼畜で不敵な微笑みとは似つかないほど、愛おしそうに私を見つめ、柔らかく微笑んだ。

どうしようもなく心臓が反応する。そんなふうに笑うなんて反則だ——

私の抗議の呟きは、深く合わさった唇に呑まれて、声に出すことは叶わなかった。

◆◆◆

八尋は、自分の胸にすっぽり収まる華奢《きゃしゃ》な身体を抱き締める。

その柔らかな唇が、胸元にすがりつくように自分のシャツを握り締めてくる繊細な手が、服越しで感じられる温もりが——どうしようもなく理性を溶かしていく。

身体の奥が焼かれそうに熱い。彼女に触れる箇所全てに意識が集中し、零《こぼ》れる吐息の一つさえも聞きもらさぬように意識を集中させた。

腕の中に抱く樹里の全てに煽《あお》られて、彼女を求める衝動が止まらない。

もっと、もっとと堪能《たんのう》したくなるその唇は、まるで甘美な毒だ。砂糖菓子のように甘く、芳醇《ほうじゅん》な香りを放つワインのごとく自分を酔わせる。キスがこれほど甘く、心地よく感じられたことなんて、今までなかった。

ようやく聞きたかった言葉が聞けたのだ。八尋の熱はそう容易には止められない。潤《うる》んだ瞳に紅潮した頬。時折漏れる声と上目遣いで見つめてくる顔に、理性を失わない男がいるのならお目にかかりたいものだ。

貪《むさぼ》るみたいに情熱的な口付けを交わし、零れる吐息にすら欲情する。声も、唇も、瞳も肌も、全てが甘く感じられる。

抵抗らしい抵抗もせず、樹里は熱に流されながらも八尋の口づけを受け入れていた。積極的に応えることはなくても、翻弄《ほんろう》されつつ受け止める彼女が愛おしい。

これ以上はヤバい——本気でやめられなくなる。

そう僅《わず》かに残る理性が訴えていた頃、タイミングがいいのか悪いのか、いつの間にやら寝床から出てきた子猫のアオが、「みゃう」と一鳴きした。見上げてくる目は、何だか自分を咎《とが》めている気がする。子猫のくせに何だ、そのオヤジくさい表情は。

八尋は眉を顰《ひそ》めて、トコトコと目の前を歩いていくアオを視線で追った。その後、腕の中に捕らわれている樹里を見下ろす。どこかぐったりとした彼女は俯《うつむ》き加減で自分の肩に額をのせて、胸元にすがりついていた。

流石《さすが》にやりすぎたか？
若干暴走したかと自重し、小さく樹里の名前を呼んだ。
「樹里？　大丈夫か」
優しく彼女の名前を呼んで頬を撫《な》でる。抵抗をしなくなった樹里は、寝息を立ててい
た。頬は酸欠のためか、若干赤く染まっている。
ぴくりと八尋のこめかみが引きつる。
「ってめ……この状況で普通寝るか⁉」
軽く揺さぶってみても起きる気配がしない。完全に熟睡している樹里を見て、八尋は
深く、深く息を吐いた。
——ありえねぇ……。
気持ちが通じた直後に寝落ちとは。一体何の冗談だ。
この場で押し倒すのは流石に性急すぎると思う。が、もう少し恥じらいながらも素直
な心で甘えてくる姿が見たいと思うのは、当然だろう。
意地っ張りでめったに本音を言わない彼女。自分の声を武器にして、半ば無理やり
聞き出した、「好き」の言葉。強引でも無理やりでも、この言葉を聞けたことで満足だ。
ようやく手に入れたと思ったのに、恥じらう姿を堪能する暇もなく、まさか先に寝られ
てしまうとは。

――最近寝不足だったとか、言ってたか。
ついでのように、今日浅沼課長から聞かされた内容を思い出す。
禅寺《ぜんでら》に行って坐禅《ざぜん》の体験をしてくる話もびっくりだが、睡眠不足なのは気になってい
る。睡眠障害が出るほど、一体何のストレスを抱えていたのか。後で詳しく浅沼課長に
聞かせてもらおう。
キャパオーバーで強制的に気絶したのかもしれない。だが、熟睡できるのなら彼女に
とってはいいことだろう。
そうは思いつつも、何故このタイミングで。八尋は一気に脱力感に襲われた。
「っくそ、マジかよ……」
再び樹里をぎゅうっと抱きしめる。耳元で彼女の名前を囁《ささや》いても、頬にキスを落とし
ても、やはり目を覚ます気配がない。
完全に熟睡しているのを確認した後、彼女のひざ裏に腕を入れて、ぐいっと横抱きに
持ち上げた。
片手で寝室の扉を開き、ゆっくりとクイーンサイズのベッドの中央に寝かせる。ナイ
トスタンドの照明をつけると、まるで警戒心のない無邪気な寝姿が浮かび上がった。己《おのれ》
の忍耐力を再び試されているらしい。何の苦行だ、これは。
「ジャケット、皺《しわ》になるな。脱がせるか」

コートはとっくに脱いで置いてある。今彼女が身に着けているのは、味気ないグレーのスーツ。ジャケットを脱がせたところまではよかったが、果たしてどこまで着替えさせるべきか。

自分のシャツでも着せるか。男ものの大きめの服を纏《まと》う姿というのは、どこかそそられるものがある。が、ただのシャツというのも面白くはない。

しばし逡巡した後、とりあえず寝苦しくない格好にさせることにした。

初めて彼女の自宅を訪問したときの記憶を辿る。無防備にもパジャマ姿のまま現れた彼女は、まさしく寝起きそのものだった。そして着心地のよさそうなシルクのパジャマの上からでもわかった身体のライン——。就寝時、どうやら上の下着はつけない派らしい。

「——ったく、他の男が来てたらどうするんだお前はっ。あんな姿、あの兄貴たちにすら見せたら承知しないぞ」

舌打ちしたい衝動を抑え、ボタンを外す。ブラウスの下に身に着けているのは、暖かさ重視の長袖の肌着、襟ぐりの広く開いたその下に、黒地のキャミソールも見える。日焼けを知らない肌に、シンプルで胸元にレースがあしらわれたキャミソール。首筋と鎖骨のラインを指ですっと撫《な》でれば、ぴくりと樹里の肩が反応を示した。

——噛みつきたい。

その白い肌に赤い花を散らして、所有の証《あかし》をつけてしまいたい。いっそのこと服を纏っていても見える場所に、他人への牽制《けんせい》のために、彼女が自分のものだという証を刻み込んでやりたい。

そんな衝動を抑えられなくなり、八尋はそっと上半身を傾ける。白く滑《なめ》らかな首筋をゆっくりと舐《な》め上げて、そしてきつく吸い上げた。無意識のうちに零《こぼ》れた小さな声にさえ、欲情してしまう。樹里は一瞬眉根を寄せたが、起きる気配はない。

「まずは一つか」

形よく、真っ赤に染まった痣《あざ》を見て、征服欲が僅《わず》かに満たされる。

肌着を肩からずり下げ、そしてキャミソールの肩紐をずらして、その肩にも吸い付く。鎖骨のくぼみ、キャミソールの下から現れた胸のふくらみにも。ブラに覆われていない肌を指の腹でゆっくりと撫でて、その柔らかさを堪能《たんのう》した。案外着やせするらしい。だが……

「色気ねえ……」

機能性重視。シンプルでアウターに響かないワイヤレスのブラは、華やかさに欠ける。

樹里らしいといえばらしいが、いかんせん色気が足りない。

ワイヤーが入っていないため、寝苦しさはあまりないだろう。もしここで彼女の下着を外し、全てを脱がせて着替えさせたりでもしたら、目覚めたとき、悪鬼羅刹《あっきらせつ》のごとく怒り狂うに違いない。それこそ、しばらくは口をきいてもらえないくらいに。

怒らせたときの彼女も楽しませてはくれるが、初心者にそれはやりすぎか。八尋はしばし葛藤した末、長袖の肌着とキャミソールを元通りに戻し、ブラウスのボタンをとめた。そして樹里を潰さないように気を付けながら、覆い被さるように抱きしめる。

深く息を吐いて、樹里の温もりを感じては、苦々しい口調で低く呟《つぶや》いた。

「一体何の拷問だ、これ……」

生殺しだ。

好きな女性がここにいるのに。手に入ったかと思えば、手が出せない。拷問以外の何ものでもないだろう。

意識がない女性に手を出すほど飢えてはいない。それに、どこかあどけない表情で眠り続ける樹里を見ると、手を出すのを躊躇《ためら》うのだ。たとえ今キスしたとしても、反応がかえってこないのなら、虚しすぎる。

昂《たかぶ》った感情と熱を持て余した八尋は、風邪をひかせないよう樹里に布団をかぶせた後、そのままシャワーを浴びに浴室へ向かった。

汗を流し、気だるくベッドに潜り込んで、樹里を再び抱きしめる。布地越しに感じられる温もりも十分暖かいが、できれば素肌を堪能したい。再発しそうな熱を感じながら、八尋は樹里を抱きしめて耳元で囁《ささや》きを落とす。

「起きたら覚悟してろよ。容赦《ようしゃ》しねえぞ」

腹立たしいほど深く眠っている樹里を見つめてから、八尋は目覚めたときの樹里を思い浮かべて小さく笑みを零《こぼ》したのだった。

離脱宣言編

鼻腔をくすぐる、香ばしい匂い。カーテンの隙間から差し込む、柔らかな日差し。

遠くから呼びかけられる声が次第に大きく響き、意識を覚醒《かくせい》させていく。

「……り、樹里」

うるさい……。今いい夢見てたのに、誰よ私の名前を呼ぶのは。

「う～……あと五……十分」

「五十分は寝すぎだろ」

寝返りをうって、でも瞼《まぶた》はきっちり閉じたまま、ぼんやりと思考を働かせる。確か今日は休日のはずだ。それなら、寝汚く寝てたっていいじゃないの。っていうか、休日に私の部屋にいるのは一体誰よ。

記憶を巻き戻す前に、その誰かの低い美声が真上から降り注《そそ》いだ。低くどこか艶《つや》めいたバリトンは、私好みかもしれない。

「意地でも起きないつもりなら……」

疑問符を浮かべて薄《うっす》らと瞼を押し上げたと同時に、唇に感じたのは熱く柔らかな感触。

押し当てられたのが唇だと気付いた瞬間、私の意識は完璧に覚醒した。

ぺろりと舌先で唇を舐《な》められて、目を見開いた。

男らしく凛々《りり》しい眉、黒く意志の強そうな目。徐々に顔が離れていき、不敵に口角を上げる鬼の微笑が見てとれた。

な、何で鬼束がうちに⁉

「目が覚めたか、居眠り姫」

がばりと起き上がった私は、室内を見回して唖然《あぜん》とした。

どこだ、ここは。私の部屋じゃないんだけど……やばい、記憶が途切れている。

青ざめながら自分の格好を見下ろして、それが見覚えのあるブラウスとスーツのパンツのままだったことに妙な安堵感を覚えた。

「ジャケットは皺《しわ》になるからな。本当なら全部脱がせてやりたかったところだが……」

「⁉　ちょ、んなことしたら地獄に叩き落とすわよ！」

何どさくさにまぎれて言ってるのよ！　てか、全部ってどこまでだ。全部は全部か。

「着替えさせようとは思ったが、途中でやめた俺に感謝しろ。ったく、ようやく気持ちが通じ合ったあの場で普通寝るか？　どんだけお前は俺の理性と忍耐を試すんだよ。生殺し状態を一晩味わっても手を出さなかった俺は褒められるべきだ」

「は？　あんた何言って……」

そこではっと気付いた。

記憶が鮮明に呼び覚まされて、私は遠慮なく悲鳴をあげた。

「か、勘違いしないでよね!? 私が認めたのはあんたの声であって、別にあんた自身が、好き(↑小声)……だとか、そういうわけじゃないんだからっ」

いっそのこと全部記憶が消し飛んでいればよかったものを!

何でこうもはっきりと思い出せちゃうの。中途半端にアルコールに強い体質が恨めしい。

喉の奥でくつくつと笑った鬼束が一気に憎らしくなって、近くにある枕を勢いよく投げる。ひょいっと避けた奴は、余裕の笑みを浮かべて楽しげな声を響かせた。

「だから言っただろ。そんな顔で否定したって、逆効果だって」

「そんな顔ってどんな顔よ」

ぺたっと自分の頬を触って、違う意味で内心悲鳴をあげる。ああ、しまった、化粧落としていなかった。

「クレンジング! 顔洗わないと」

若い頃ならまだしも、三十手前で化粧も落とさず寝ちゃうのはまずい。お肌に悪すぎる。

あせり始める私に、鬼束は呆れた視線をよこすが、今はそんなことを気にしている場合じゃない。

「私のバッグは？」

鬼束は一度部屋から出て、すぐに戻ってきた。手には私のバッグがある。受けとって中を漁《あさ》ると、あった、化粧ポーチとメイク落とし。

「ありがとう、ちょっと洗面所借りるね」

軽く嘆息した鬼束は、「飯が冷めるからさっさと来いよ」と告げて、リビングへ戻った。朝ごはんでも作ってくれたのか。案外家庭的な奴だわ。

洗面所に立てこもり、鏡を覗《のぞ》いて唖然《あぜん》とする。うわ、酷い顔。あいつよく笑わなかったわね。

「って、待った。さっきスルーしちゃったけど、私キスされなかったっけ？」

居眠り姫だなんて不名誉な名前まで付けやがって……あんにゃろう……

けど、キスを思い出したら顔が熱く火照《ほて》ってきた。それが怒りからか、羞恥《しゅうち》からか、はたまた別の気持ちから来るものかは、わからない。でも、それを考えると連鎖的に昨夜のことまで思い出してしまうので、記憶を消すように頭を振る。さっさと顔を洗ってしまおう。

簡単にメイクを落として、ぬるま湯で顔を洗った。

必要最低限のメイクをし、アイブローで眉を描いて、アイラインを引く。ビューラーは忘れたからマスカラは別にいいか……。そういえばあの男には以前すっぴんを見られているんだったっけ。

「別に、どう思われたって、気にしないし……」

鏡の中の自分は、たっぷり睡眠時間を得られたからか、随分血色がいい。目の下の隈《くま》もほとんど消えている。身体だって軽い。やっぱり睡眠不足はお肌にも身体にも大敵のようだ。

「……あれ？　これ何」

ブラウスの襟元から覗《のぞ》く首筋に、何やら赤い鬱血痕《うっけつこん》を見つけた。洗顔するときに髪を一つに纏《まと》めたので気付いたが、髪を下ろしたままだったら多分気付かなかっただろう。

ふと思い至って、着ているシャツを脱いだ。襟ぐりが大きく開いた長袖の肌着をずらして肩を確認すれば、そこにも赤い痣《あざ》が。黒のキャミソール一枚になったところで、レース部分と肌の境目にも、同様のものがあることに気付いた。

虫刺されのように痒《かゆ》いわけじゃないし、肌は盛り上がっていない。それならこれは、一体何だ。

「…………っ!?」

残された可能性にたどり着いた瞬間。私は肌着とブラウスを羽織り直すことも忘れて、その勢いのまま洗面所を飛び出した。

「てめー鬼束ぁ！　表へ出ろー！」

ダイニングテーブルの上には食事が用意されているが、今はそれどころじゃない！

椅子に座りながらコーヒーを啜《すす》っている男につかみかかる勢いで、私は抗議の声を上げた。顔を真っ赤にさせて首筋を片手で押さえる私を見て、勘のいいこの男は気付いたのだろう。何やら余裕の笑みを浮かべた。

「騒々しいな。んな格好で誘ってるのか？」

「っざけんじゃねーわよ。あんた、眠っている婦女子に手は出さない主義じゃなかったの!?」

さっき理性や忍耐がどうのって言ってたのに、あれは嘘か！

「何言ってやがる。最後まで手は出していないが、何もしていないとは言ってないだろ。お前は俺を聖人君子だとでも思ってるのか？　好きな女が目の前にいれば、吸い付くらいはして当然だ。隙を見せて無防備に寝ていたお前が悪い」

「なっ……!?」

最低だ。

堂々と悪びれもなく認めたこいつは、いっそ潔《いさぎよ》いのかもしれない。が、だからと言って笑ってスルーなんてできない。

「あああ、あんたね～……どこ、一体どこまで見たの」

胸元に咲いた赤い花は、下着の線のギリギリ上にある。キャミのレース部分の真下と、その下……ブラで隠れていない胸に一つずつ。それと肩にも一つ。首筋の赤い鬱血《うっけつ》も含めて三カ所ほど、いわゆるキスマークがその存在をアピールしていた。

生まれてこの方、キスマークなんてつけたこともなければ、つけられたこともない。身内に刻まれた痣《あざ》を見たことは何度もあるけれど。

コーヒーカップをテーブルに置いた鬼束は、ニヤリと口許を歪ませて頬杖をつく。

「お前って結構着やせするよな」

くらり、と眩暈《めまい》を感じた直後、一気に血圧が上昇した。

「腹が減ってるから気が立つんだよ。ほら、さっさと食うぞ。怒りながら食うと消化に悪いからな。とりあえず落ち着け」

私を怒らせた張本人は飄々《ひょうひょう》とそんなことをのたまった。本当に開いた口が塞《ふさ》がらない。

だがとりあえず羞恥心《しゅうちしん》は横に置いて、さっきまで着ていた長袖の肌着とブラウスを着直した。

目を向けると、テーブルの上には完璧に整えられたご飯が並んでいる。新鮮そうなサラダに手作りのバジルドレッシング。数種類のキノコとベーコンのリゾットと、具だくさんのミネストローネスープ。そしてガーリックトーストまである。

そのおいしそうな匂いに、お腹が空腹を訴えた。とはいえ、多すぎないか。

「……朝からがっつりいきすぎじゃない？」

「朝じゃねーよ。もう昼の一時すぎだ」

「え!?　嘘!」

急いでスマホを取り出して、時間を確認する。もう十三時十五分。って、私どんだけ寝てたの。

行儀よく「いただきます」と手を合わせて口に運んだ料理は、どれも悔しいことにおいしかった。ドレッシングなんてどうやって作ったの。リゾットも、若干お米の芯が残ってて、私好み。自分じゃ作らない料理を味わっているうちに、どんどん眉間の皺《しわ》が深くなる。

ムカつくけど、おいしい。

「お前、うまいならうまそうに食えよ」

「お、鬼束の癖にムカつくって思っただけよ」

ツン、と可愛げない台詞《セリフ》を吐いても、奴は苦笑するだけだ。何だこのカップルみたいな雰囲気は、と内心突っ込まずにはいられない。途端に恥ずかしさがわきあがった。

「和食以外なら大抵作るからな、俺は」

「何で和食以外？　和食が一番の家庭料理でしょうに」

「和食はオヤジが作った方がうまい」

ああ、確かに伊吹様の料理は絶品だった。こいつの家は、和食料理は伊吹様担当なのか。

洗いものは私が手伝い、十四時半をすぎた頃に自宅に帰る準備を始めた。さっさとこの家から退散しないと、何だか触れてほしくない問題点を突きつけられそう。ここは逃げてゆっくり後日対策を練るのが吉だ。

みゃあ、と小さく鳴いたアオ君を抱き上げて、その温かさと柔らかさを思う存分堪能《たんのう》した後、私はそそくさと玄関に向かった。「世話になったわね、じゃ！」と、キッチンから姿を消した鬼束に聞こえるように言い逃げするつもりで。

が、一足遅く、奴が現れる。

「待て、送っていく」

手にはジャケットと、車のキーが。

「結構よ、電車で帰れるから」

確か駅までそんなにかからないはずだ。昨日のおぼろげな記憶を呼び覚まして、タクシーの窓から見た光景を思い出す。駅まで徒歩五分ほどじゃないかしら？

けれど、私の拒絶を遠慮と受け取ったのか、鬼束は勝手に人の肩を抱いて「行くぞ」と告げた。

「いいって、それなら駅まで道案内してくれればいいから」

微妙に慌てる私をよそに、奴はさらりと真顔のまま、スルーできない発言を投げた。

「俺が無防備なお前を他の男に見せたくない。いいから黙って俺に送られろ」

「……っ！」

瞬間湯沸かし器のごとく顔が赤くなった私は、その微妙に独占欲が混じった台詞《セリフ》に思いっきり狼狽《ろうばい》した。

〝他の男に見せたくない〟だなんて、なんて発言を。そんなこと恥ずかしげもなくあっさりと言い放った鬼束に私は抗議の声をあげることも叶わず、なかば強引に自宅まで送られる羽目になった。

意外にも僅《わず》か二十分程度で私のマンション前に到着した。思ったよりも近かったことに驚く。

普通の恋人同士や親しい間柄なら、ちょっと上がってお茶でも……なんて誘いをかけるのだろうけど、生憎《あいにく》、今そんなことをしたら、望んでいない展開になりそうだ。余計なことは言わない方が賢明だろう。

お礼を告げてシートベルトを外したと同時に、俺様男が命令を下す。

「樹里。スマホ貸せ」

「は？　何でよ」

いいからさっさと出せと言ってきて、相変わらず何様なんだと言いたい。あ、だから俺様か。

でも、何気に結構迷惑をかけちゃったし、ご飯も御馳走になったし。

いや、全部頼んでもいないけど、とりあえず犯罪に使うんじゃなければいいかと思いなおして、おとなしく言われた通りに手渡した。

受け取ったそれを操作しつつ、鬼束は「何がいい？」なんて意味不明な質問を私に投げた。

「何がって何がよ」

「お前はいつも兄貴たちに何て言われて起こされてたんだ？」

え、兄さんたちに？　ってか何でいきなりあの二人？

疑問だらけのまま過去の記憶を巻き戻す。一樹兄さんがまだ実家で暮らしてて、私を猫可愛がりしていた頃は――

『朝だよー！　おはよう、僕のお姫様。早く起きないとチューしちゃうぞ♡』

そして実際にほっぺやおでこにキスされた。思い出しただけで鳥肌が！

直樹兄さんは普通に、『おはよう、樹里。今日もいい天気だよ』なんて、爽《さわ》やかなイケメンボイスで起こしに来たっけ。

何でそんなことを鬼束が訊いてくるのかは不明だが、とりあえず「普通に『おはよう、朝だよ』だったかしら」、と答えておいた。

軽く頷いた鬼束は、次の瞬間。予想外のことをしでかす。

〝おはよう、樹里。そろそろ起きろ。朝だぞ〟

ぴ、と録音を停止させた音が響く。さらに鬼束は、「寝る前のも吹き込んでおくか」なんて呟《つぶや》いた。

スマホを口許まで近づけ、囁《ささや》く。

〝いい夢見ろよ、樹里。おやすみ〟

低く艶《つや》めいたバリトンボイスがスマホに吹き込まれた。録音が完了した後、私はようやく詰めていた息を吐き出した。

「ギャー!?　あああ、あんた何考えて……」

スマホをひったくるように奪い返す。何のつもりよ一体！

片側だけ口角を釣り上げた鬼束は、しれっと「おはようとおやすみの挨拶《あいさつ》だ」なんて言いやがった。

「お前、消したんだろ？　オヤジの声。寝不足だったのは好きなもの――声を断っていたからなんだってな。だから喜べ。代わりに俺の声を吹き込んでやった」

「は、はああ!?　な、何であんたの声を……！」

情報源誰よ。まさか浅沼課長か！　声断ちしているのを知っているのは彼くらいだし。

だが憤《いきどお》りを感じるよりも、今吹き込まれた台詞《セリフ》に思考が支配される。

耳に残った鬼束の声が、残響のように響く。低く掠《かす》れて、どこかカイン様を彷彿《ほうふつ》とさせる、腰に響く美声。

ずっと美声断ちをしていた私にとって、奴の声は非常に危険だ。例えるなら、過酷な断食をした直後に食べる、豪勢なフランス料理。それくらい、その破壊力は凄まじい。

「何故って、お前が言ったんだろう？　俺の声が好きだと」

「っ！」

こ、こいつ……私の言葉を逆手《さかて》に取りやがった……！

バッグを掴んでドアを開ける。閉める直前、再び鬼束が私を呼び止めた。

「ちゃんと毎日聞けよ、それ。あと昨日のこと、なかったことにはさせねーからな。お前がスルーできないように、俺は毎日でもお前が好きだと言い聞かせてやるから、覚悟しておけよ」

不敵に笑った奴は、実に楽しげな表情を浮かべて、そのまま去って行った。

唖然《あぜん》として動けずにいた私は、図らずも見送る形になってしまったのだった。

◆　◆　◆

あれほど寝るのも起きるのも問題がありまくった日々が嘘みたいに、月曜の朝にもかかわらず目覚めすっきりだ。いや、すっきりというのは語弊がある。頭も身体も問題なく覚醒しているけれど、気分的には最悪だ。何せ、敵だった男の声によって、目を覚ましたわけなのだから。

「悔しいけど、効果抜群だなんて……」

夢から一気に浮上できるのも、認めたくはないが鬼束の声のおかげだ。

まだ伊吹様の足元にも及ばないながらも、いつの間にか奴の声は私好みになっていたらしい。思いのほか優しげなその声に、感情が引っ張り上げられる。

朝から渋面《じゅうめん》のまま洗面所に向かい、出勤する準備を整えた。

出社後に、何故か私を見つけて顔色を明るくさせた遥ちゃんと出会った。

「おはようございますー！」

「おはよう、遥ちゃん」

今日も早いわね、彼女。私も大概早い方だけど。

デスクに座った私に、遥ちゃんは期待の眼差しを向けて、こっそりと「あれからどうでした？」なんて尋ねてきた。

「ん？　何のこと？」

「やだな～！　ほら、金曜の夜ですよ！　鬼束係長とどこまで行ったのかな～と思って」

「行った」という言葉に二重の意味が隠されているのは、気のせいかしら。

「居酒屋でご飯食べて、帰ったけれど」

「……はい？　え、冗談ですよね？」

　嘘ではない。ご飯は食べたし、帰ったのも事実。向かった先が、私の自宅ではなかっただけで。奴にとっては〝帰った〟で正しい。

　じーっと私を見つめてくる遥ちゃんは、一拍後、小さくため息を吐《つ》いた。

「こう、ふわふわ～とか、キラキラ～とかのオーラを期待していたんですけど……。あれー？」

「何かわからないけど、期待に添えなくってごめんなさいね」

　肩を落として不満そうな彼女を宥《なだ》めて、私は自分のパソコンを立ち上げた。


　お昼の時間がやって来た。

　今日の社食は、人気メニューのオムハヤシだったかしら。玉子がふわふわで、シチューも本格的だと社員受けがいい。ちょっとカロリーが高いので女子社員からは避けられがちだけど、私は大好きよ、オムハヤシ。たまにはいいじゃないの、カロリー高くたって。夕飯をヘルシーメニューにして気を付ければ、問題はない。

　内心わくわくして立ち上がる。それと同時に、隣の部署から近づいてきた声を聞いて凍り付いた。

「樹里、昼飯行くぞ」

ざわりと一課と二課の連中がどよめいた直後、全員が口をつぐみ、しんとした静寂が訪れる。

ちょっと待て鬼束。今、私のこと名前で呼んだ……!?

浅沼課長の目と口がどこか興味深そうな色をたたえているのが、視界の端に映った。

と、とにかくここは一言〝結構です〟とでも告げて逃げるが勝ちだ。フォローは後ですればいい。

「おひとりでどうぞ。私は用事が……」

はっきりきっぱり断ったのに。いつの間にやら傍まで近寄ってきていた鬼束が、問答無用で人の腕を掴んで歩き出した。って、ちょっと!?

ぎょっとして目を剥《む》く私の傍で、遥ちゃんが期待に満ちたキラキラな眼差しを私たちに向けた。違う、そうじゃない。助けなさいあなた!

「な、はなし……っ」

隙を見て腕を振りほどこうとするが、振りほどけない!

ここで喚《わめ》いてみっともない姿を見せるのは、私が築き上げてきたイメージを壊すことに……そんなのは嫌《いや》だ。

だけど鬼束は、唖然《あぜん》とする課のメンバーの横を通りすぎ、ずんずん歩みを進める。やがて、入り口の前でぴたりと足を止めて、振り返った。キッと睨《にら》み上げて抗議の声を小声で告げるより先に、鬼束は意味深な外面《そとづら》の微笑みを見せた。そして自分たちを見つめてくる面々を見て、告げる。

「手、出すなよ?」

「「キャー!」」という背後の悲鳴を後に、私は引きずられるまま鬼束の後を付いていった。

ああ、終わった……

瞬《また》く間に噂が広がることが容易に想像できて、私は既に灰になる一歩手前だ。

本当、何てことをしやがったのだ。会社の外まで連れてこられて、「何が食いたい?」なんて訊いてくるが、とても選べる心境じゃない。さっきまではオムハヤシを食べる気満々だったのに、今から社食なんて行けないじゃないの。

ああ、周囲の好奇に満ちた視線に晒《さら》される予感と、女同士の闘いの渦中に投げ込まれる確信が……

答えない私を、鬼束は穴場であるお蕎麦屋《そば》さんに連れ込んだ。そこは私と課長がよく利用する、あのお蕎麦屋さんだった。

何だ、こいつもここ知ってたのか。社の人間はほとんど来ないのに。

メニューを手渡してくる鬼束の顔をじろりと睨みつける。こんなことしてただで済むと思うなよ?　という念を込めて。

だが、そんな視線もどこ吹く風。すっかり外面笑顔が脱げた今、奴は素のままで私を見つめてニヤリと笑った。

「何だ、やっと惚れたと認める気になったのか？」

「誰がよ！……あんたね、自分が何しでかしたかわかってんの？」

「当然。牽制《けんせい》だろう」

何だ牽制って。ってか誰に向けた牽制よ。

「ふっざけんじゃねーわよ。これじゃ私たちの間に何かあるって誤解した噂が、あっという間に流れるじゃないの」

「流すための牽制なんだから当然だろ。それに、俺たちの間に何もないって？　誤解なんかで済ますとはいい度胸だなぁ」

じろり、と奴は横目で私に鋭い視線を浴びせた。条件反射のように肩がぴくりと反応する。出されたお茶で喉を潤わせ、誤魔化すようにこほん、と咳払いをした。

……確かに、何もない清い関係とは、言い難い。告白だってされているし、キスだってしてしまった。迂闊《うかつ》にも鬼束の家に泊まってすらいる。

心境的には崖っぷちに追いやられて今にも身投げしそうな気分だが、私は往生際《おうじょうぎわ》悪く踏ん張っていた。まだハッキリとは掴みきれていないこの感情に名前を見出《みいだ》してしまったら、もう後戻りはできない気がする。

なんとか気持ちを切り替えようと、軽く息を吐いた。

「……問題はありまくりよ」

お昼休み後が怖い。噂の的になるのに慣れているモテ男は、これだから嫌《いや》だ。私みたいな平凡で可もなく不可もなくな地味《じみ》女は、注目を浴びるのに慣れていないのに。

噂になるのを全てわかっていて、意図的に振りまいたあの笑顔と態度……許すまじ。寒いので温かいものを、と二人で掻き揚げ蕎麦《そば》を注文した。それから鬼束は、私の非難たっぷりの視線を受けても、「何が問題だ？」なんて問いかけてくる始末。性質《たち》が悪いったらありゃしない！

「社内恋愛禁止ならともかく、昼飯に行くだけで大げさな奴だな。業務に支障をきたす行為は一つもしていないだろ」

「これから支障になる種をまいた奴が言うな」

最悪だ。女子からのひがみややっかみ、嫉妬《しっと》に嫌がらせ。

考えただけでぶるりと寒気が走る。過去に姉に嫌がらせをしてきた彼女たちを思い出してしまった。……まあ、トラウマになりそうなほど徹底的にやり返されたのは、卑劣な戦いを挑んだ彼女たちの方だったが。

何の覚悟もない今の私は、中途半端な状態。こいつの声は好みだと認めたけど、鬼束自身が、その……好き、とは認めたくないし、変なところで妙な意地を張っちゃっているのは事実だ。

キスに嫌悪感を抱かなかった時点で、ほぼ気持ちが確定してるとも思うが。でも、嫌なものは嫌。二十九年間、色恋を避けてきた女の意地は、岩よりも固いのよ。そんな簡単に認めるわけにはいかない。だって、まだ覚悟ができていないもの。こいつと付き合うとか、恋人同士になった後の覚悟が。

って、今さらだけど、告白はされても、付き合おうとは言われていないわよね？　好きだと言われる前の偽婚約者の段階で、付き合うかと提案されたことはあったけど。あれはついでみたいなもんだし、ちゃんと言われたわけではないと思う。

眉間に皺《しわ》を刻み百面相をしていたらしい。私を見て、鬼束がニヤニヤ笑いを深めた。その視線に気付き、ついムッとする。

「何よ。売られた喧嘩は買うわよ」

「何でお前はそう好戦的なんだよ。誰も喧嘩なんて売ってないだろ。おもしれー奴だなって見てただけだ」

見つめてくるその瞳にはからかいの色のほかに、何か別の感情が映っていて。人の悪い笑みが似合う男が、どこか優しい眼差しを向けてくるなんて、慣れなくて戸惑う。

そうだ、戸惑うのよ。あの夜見せた、反則的な笑みだってそう。普段意地悪で俺様で傲慢で、人をイライラさせてばかりなのに、あんな熱っぽくって、でも優しい笑顔はずるい。

人はふと見せられるギャップに弱いってよく言うけれど、それは本当かもしれないと初めて思った。

注文した蕎麦《そば》が届いて、食べ始める。出汁《だし》がきいた蕎麦は、濃すぎず薄すぎず、丁度いい味だった。ずずずっと啜《すす》って、食べ終わった後にティッシュで鼻をかむ。熱い麺類を食べた後はどうしてもやっちゃうのよね。

鬼束が、くくっと喉の奥で笑いを噛み殺した。

「何よ?」

「俺の前で堂々と鼻をかむ女を始めて見た」

悪かったわね、デリカシーも女子力もない女で。一応横は向いたわよ、最低限のマナーとして。

「あんた相手に取り繕《つくろ》う必要もないでしょ」

可愛げのない台詞《セリフ》を吐けば、笑い終わった鬼束は一言「ああ、お前はそれでいい」なんて意味不明な発言を言い放つ。余計な仮面は被るな、素のままでいろと言われたみたいで、くすぐったさから私の機嫌は悪くなる一方だった。

お昼休みも終わりに近づき、若干鬼束との距離を置きながら歩いて社に戻る。彼はさも当然のように、自分の本日のスケジュールを告げた。

「十五時から出かける用があるから、今日は一緒には帰れない。悪いな」

「は？　いや、別に訊いてないし、帰りたいとも思ってないし」

ちょ、ちょっとやめてよ、何その恋人同士みたいな言い方は。

しかも会社の近くでそんな発言をするな。

でも何故かうろたえるのは私だけで、それが余計に腹立たしい。仕事用の顔を貼り付け直した私は、最後に「社内で私の名前を呼ばないで。あと注目されるようなこともしないで」とだけ一方的に告げて、足早に自分の課に戻った。……行き先は同じフロアで隣同士の課だけども。

お昼に鬼束から名指しで誘いがあり、その後の牽制《けんせい》（？）を意図した発言があった所為《せ》《い》で、一日が終わる頃には瞬《また》く間に私たちの噂が広まっていた。どうやら社内恋愛はしないポリシーだった鬼束係長が、まさかの路線変更をしたことで、いらぬ関心を引いたらしい。

女子のネットワークは何とも恐ろしい。

しかも、相手が歴代の元カノのような派手系美人――らしい――ならともかく、同期の無愛想な地味《じみ》女だったことで、余計に周りが騒ぎ立てたらしいのだ。迷惑極まりない。

私はと言えば。いつも以上に集中力を発揮させて、余計な視線を遮断した。イライラは仕事に没頭して解消してやる。そのおかげで定時より早く自分の仕事が終わったのはよかったけれど、黙っていても不機嫌だというのは伝わったらしい。周囲が若干脅《おび》えている気配を感じる。ちょっと反省。

そんな中、遥ちゃんだけは私の空気を読むことをせず。期待に満ちたキラキラな眼差しを頻繁《ひんぱん》に向けてきた。気付かないフリを続けていたけれど、これが地味に辛い……。どうやらいつ話してくれるんだと、うずうずしているみたいだ。仕事をしつつも、ちらりと私の顔を窺《うかが》ってくる。でもごめん、しばらくはノーコメントでいかせて頂戴《ちょうだい》。

どこに行っても視線を感じてしまって疲れた私は、定時ピッタリでさっさと帰宅した。

精神的にダメージを負って、ぐったり気味で帰宅後——玄関と室内に明かりがついていてドキリとした。

え、何で明かりが？

泥棒や空き巣なら、こんなに堂々とはしないだろう。意を決してそっと玄関を上がれば、いい匂いが漂《ただよ》ってきた。

あれ？　これって肉じゃが？

「お帰りー。早かったわね～」

そう言ってキッチンから現れたのは——って、お姉ちゃん!?　二人の子持ちとは思えないほど若く華やかな彼女が、エプロン姿で近寄って来た。

「あれー？　彼氏は？」

お玉を片手に持ったまま首を傾げる姉の愛里を見て、私の疲労はピークを迎えた。一体いつの間に合鍵を作っていやがった。

「ちょっとー！　噂の鬼束君に会いに来たのに、何で連れ込んでいないのよ～」

彼女はグロスで潤いたっぷりの唇を尖らせて文句を言った。いろんな意味で、私より五歳上とは思えない。

その新妻風エプロンは何だとか、ここに来たのは鬼束目当てか、とか、言いたいことがありすぎて、何から反論したらいいのかわからない。

鞄《かばん》をソファに置いた私は、脱力気味に姉に向き合う。

「連れ込むわけないでしょ」

「何で？　付き合い始めだったら、普通彼女の家に頻繁《ひんぱん》に泊まりに来るもんでしょ？まあ、この部屋に男が泊まっている痕跡は見当たらないけど。相変わらず色気のない部屋ね」

余計なお世話じゃ。

「百歩譲《ゆず》って、合鍵作っていたことは怒らないでいてあげる。でも奴がうちに泊まりに来ることはありえない。だって付き合ってすらいないし」

コートを脱いで眼鏡を取った私に、姉は「はあ？」と怪訝《けげん》な声を上げた。

「何で付き合っていないのよ。だって告白されてるんでしょ？　でもって樹里も彼のことが好きなら問題ないじゃない」

「なっ、何でそうなるの!?　違う、別に好きなんかじゃないわよ！　た、確かに、奴の声は好きだとは認めたけど……」

じっとりとした眼差しになった姉に、言い訳のように呟《つぶや》いた。

「別に付き合ってとか言われたわけじゃないし」

「二十九にもなって、何幼稚園児みたいなことを言って……」

姉は緩《ゆる》く巻いた髪をくくっていたシュシュをするりと取った。

ダイニングテーブルに二人分のご飯を並べてくれて、夕飯にしましょうと声をかけられる。ラフな部屋着になった私は、久しぶりに食べる姉の手料理を見て感嘆の息を吐いた。実は料理上手なんだよね、お姉ちゃん。

「家は大丈夫なの？　いきなり来たりして」

「平気よ。お義母さんが来てるし、旦那にも言ってあるから」

理解のある家に嫁いでよかったわね。茄子《なす》のお味噌汁を味わいながら、内心で呟いた。

「陵ちゃんからメールで聞いたけど、何だか鬼束君が大胆なアプローチをしかけたんだって？　二人が付き合っているんじゃないかって噂がいっきに社内で広まったとか」

ごほっ、と咳込む私に姉はティッシュを手渡しつつ、「どうなの？」とにんまり笑顔で尋ねてくる。って、課長！　何勝手に言いふらしてるの!?　しかもメル友だったのか、この二人は。

「ちがっ、あのバカが人を名前呼びでお昼ご飯に誘って来たりしたから、変な憶測が飛んだだけで」

「『手を出すなよ』なんて台詞《セリフ》もちゃっかり言ったとか聞いたんだけど」

あの人は一体どこまで姉に言ったのだ。全部筒抜けかあの野郎。

不機嫌顔で味噌汁を啜《すす》る私に、全部本当だとわかったのか、姉は肉じゃがをつまみつつビールを開けた。

「はは～ん、噂の的になって女どもの嫉妬《しっと》の被害を受けるのが怖いのか」

誰の所為《せい》でそうなったのよ、と言いたいところだけど、ぐっと我慢する。

「言いたい奴らには言わせておけばいいのよ。あんまりにもうるさければ一言、堂々と言ってやりなさい。『嫉妬ばかり強い性格ドブスの雌豚が！　喧嘩を売るなら正面からかかってきな！』ってね」

フフフ、と妖艶に微笑んだ姉はぞっとするほど美しくって、冷や汗が流れた。

そんなことを言って勝利をもぎ取れるのは、お姉ちゃんだけだよ……

ご飯を食べ終わって後片付けをしていたら、ふいに姉がビールを片手に言った。

「一つ、忠告。恋愛はね、タイミングも大事なのよ。欲しいものは欲しいと、ちゃんと主張しなさい。横から掻《か》っ攫《さら》われた後に気付いても、遅いわよ」

テレビもついていて、騒がしいはずなのに、何故だかいきなり、姉の声以外は耳に入らないかのようにその台詞《セリフ》が脳に直接響いた。ずしん、と胸の奥に重い何かが詰められた気がする。

数多くの恋愛を経験し、略奪愛などにも手を染めていた姉の言葉は、笑って一蹴できない重みがあった。奪う側に回っていた彼女が言う言葉は、実体験に基づいているからだろう。まさに経験者は語る、だ。

しばらく沈黙していた私は、「お風呂に入って来る」と告げて、浴室へこもった。

「ちゃんと温まりなさい～」なんて母親らしい台詞をかけられて、ちょっと笑ってしまう。

四十分後、お風呂から出ると、姉の姿はなかった。その代わり、テーブルの上にはメモが一枚。残りものはタッパーに入っていることと、〝また来るわ〟で締めくくられていた。

「来るときも帰るときも突然って……」

はあ、と深くため息を吐《つ》いた私は、お風呂に入っていた時間に彼女が何を企《たくら》んでいたかなど知る由《よし》もなくて。そのまま早めにベッドに潜ったのだった。

◆　◆　◆

八尋が呼び出された場所は、とある有名ホテルのバーだった。自宅からそう遠くはない場所で、丁度樹里の家との中間地点。こんな遅くに珍しい、今日の文句が言い足りなかったのだろうか、などと思考を巡らせつつも、八尋は時間ピッタリに目的地へと到着した。

広くはないが圧迫感を感じさせないバーは、夜の逢瀬《おうせ》には最適だろう。数組のカップルが仲睦《なかむつ》まじく談笑している姿を視界の端にとらえて、八尋は自分を誘った樹里の姿を捜した。

BGMにジャズが流れる薄暗い店内をぐるりと見回す。

カウンターの一番端に座る彼女を見つけて、足早に近づいた。

——髪をあげているのか。珍しい。

アップスタイルの樹里を見かけるのはレアだ。だが、他の男にもそのうなじを見せたのかと思うと、面白くない。白く魅惑的なうなじが男を誘っているような錯覚を覚えてしまう。無自覚にやっているなら危険だとわからせなければ。

「悪い、待たせたか」

隣の席に座り、樹里を見つめる。社内で見かけるよりは幾分か化粧が濃い。だが、場所的な問題と、万が一同僚に見つかっても同一人物だと気付かせないために、あえてそうしているのだろうと推測した。

実際彼女は今、眼鏡をかけていない。シンプルなデザインの膝丈ワンピースから覗《のぞ》く足は、綺麗に交差されている。

色の濃いルージュに、どこか妖艶さを感じさせる蠱惑的《こわくてき》な口許。

見た目はこの間見合いに連れて行ったときに着飾った姿と酷似している。が、何かが違う。

すっきり前髪を上げているせいか、雰囲気か。顔の造形やスタイルはほぼ一緒だが、違和感が付き纏《まと》った。

――いや、待て。〝ほぼ〟一緒？

真正面から視線を合わせて、八尋は告げる。

「誰だ？」と。

ふっと妖艶さが掻き消えて、纏う気配が軽くなった。悪戯《いたずら》が成功したような笑みを浮かべる目の前の美女は、隠し持っていたスマホを操作して呟《つぶや》く。

「二分十八秒か……。まあまあ、ってところね」

「……は？」

訝《いぶか》しむ八尋に、愛里は「ここに入って来てから私を見破るまでの時間よ」と簡潔に答えた。

「初めまして、鬼束八尋君？　樹里の姉の愛里よ。いつも妹がお世話になっているみたいね」

驚きを隠せず、八尋は一瞬瞠目《どうもく》した。呼び出されたのは、確かに樹里からだった。彼女のアドレスから届いたメールなのに、現れたのは彼女の姉？

一体何のドッキリだ。朝霧家の姉兄共は、揃いも揃ってくせ者ぞろいか。

苦笑した八尋は、外面《そとづら》の笑みを見せることなく名前を告げた。一樹には既にバレている性格だ。今さら取り繕《つくろ》った営業用の笑みなど不要だろう。

「こちらこそ、初めまして」

何かを値踏みするかのように眺めてくる視線に緊張しないと言えば嘘になる。彼女の真意と目的は何か。すっと目を細めると、愛里は小さく笑みを浮かべた。

「その表情は好みよ。鋭い視線もバリトンの声もセクシーで素敵」

口許に笑みを浮かべるだけで漂《ただよ》う色香。思わず本当に樹里の姉なのか、と観察してしまう。

似ていないにも程があるだろう。さっきは暗かった所為《せい》で一瞬似ていると思ってしまったが。

「突然ごめんなさいね。一樹や直樹は鬼束君と会ったことがあるっていうのに、私には紹介されないままだったから。こっちから呼び出しちゃった。あの子ったら、会社には絶対に近寄るなって言うんだもの。まあ、気持ちはわからなくもないけど」

——でもここに呼び出したことを樹里は知らないから、内緒ね？

ウィンクつきで告げられて、とりあえず八尋は頷き返す。勝手に樹里のスマホを使ってメールを送ったのだろうと想像できた。きっと痕跡も消しているのだろうが。

「会いたかったのもあるけど、前途多難な若者の恋を応援してあげようと思ってね。お姉さまが可愛い妹と未来の弟候補のために一肌脱いであげてもいいわよ？」

若干上から目線なのは何故だ。

が、それが気に障るようなものでもなくて。茶目っ気を含んだ口調に、八尋は目元を少し和《やわ》らげた。

「それは頼もしい」

「まあ、がんばるのは君だけど。って、あの子、告白の返事を濁しているらしいじゃないの。しかも付き合ってって言われたわけじゃないとか、別に恋人になりたいわけじゃないとかなんとか、ぶつぶつ言ってたわよ。まったく、往生際《おうじょうぎわ》が悪くって……。初恋もまだな初心者だからね、時間がかかるとは思うけど。根気よく付き合ってあげて」

気持ちは伝わったはずだが、付き合ってほしいと直球に言わなかった自分が悪いのか。僅《わず》かに八尋の表情が渋みを増した。一度言ったと思っていたが、念押しの必要があったらしい。

そこからは、樹里の弱点である声についてや、好きな食べもの、機嫌を取る方法など、流石《さすが》は姉と言わざるを得ない情報を次々と与えられて、八尋はひたすら感謝した。

が、そこまで協力的だと逆に疑問にも思えてくる。

「ああ、一樹と一緒よ？　可愛い末っ子をお嫁に欲しいと思ってくれる優良物件を逃がす手はないでしょう」

むしろ捕まったのは君の方だから、と宣言されてしまえば、何だかもう驚くことがなくなってしまった。自分を捕らえに来たのは、意中の女性の兄姉《きょうだい》たちらしい。

「泣かせさえしなきゃ多少のことは目を瞑《つむ》ってあげるわよ」と寛大なのかぞんざいなのか、よくわからない応援ももらった。

「助言はありがたく頂きますが、自分の力で何とかしますので」

余計な手助けはいらないと告げれば、愛里は満足げに笑う。

「あら、頼もしい。それなら楽しみにして待ってるわ」

彼女の連絡先を書いた紙を受け取った八尋は、愛里が去った後もしばらくその場に留まった。

◆　◆　◆

人の噂も七十五日とは言うけれど。そんな二カ月半もの期間、人の視線に晒《さら》されても我関せずを貫《つらぬ》き通せるほど、私の神経は太くない。

ゴリゴリと確実に神経をストレスで磨《す》り減らしていく、普段の倍は疲労が増した。人の視線は案外疲れる。

殺《さっ》気《き》を抑えない私に、浅沼課長が「困ったことがあったら相談に乗るから」なんて、労《いた》わる声をかけてくれたのは救いかしら。既に今困っているんですが。

でも社内で大きな揉めごとを起こすほど常識のない人間はいないだろうし、それにプライベートなことで浅沼課長を巻き込むのは気が引ける。まあ、幼馴染のお兄さんになってしまえば、容赦《ようしゃ》なく巻き込んでやるけれど。

そんな状況下のとある日の休憩時間。女子トイレで手を洗っていると、数名の女子社員の声が近づいてくるのが聞こえた。だが、徐々に聞こえてきた内容に、私は眉を顰《ひそ》めた。

「……同期で同じフロアの課違いなんでしょ？　一番身近にいたからじゃないの〜？」

「噂じゃ一生独身宣言していたらしいじゃん。きっと鬼束さんが哀れに思ったのよ。フェミニストで優しいから」

「え〜鬼束さんかわいそう〜！　いくら仕事ができるからって、地味《じみ》で冴えない女の面倒をみるとか」

耳を澄まさなくても聞こえてくる噂話に辟易《へきえき》した。誰がフェミニストで優しい、よ。哀れに思った？　冗談でしょ。こっちに無理やり踏み込んできて人の唇を奪った男が、フェミニストでたまるかっ。同情心から近寄ってきたとか、胸糞悪《むなくそわる》い。

ジャーと流れる水の冷たさが、沸騰しかけていた心を冷静にさせる。センサーで止まった水を確認後、ハンカチで手を拭いた。数秒も経たずに、噂話に花を咲かせていた彼女たちが現れる。が、私の姿に気付いた途端、ぎょっと身体を硬直させたのがわかった。

まだ入社して浅いのだろう。一年目ではないだろうが、このまま学生気分でぺちゃくちゃ外で喋られては困る。

すれ違いざまに、私はにっこりと笑ってみせた。

「随分と楽しそうな話をしていたわね？　でも、業務外の話は場所に気をつけなさい。他の人に迷惑よ」

縮こまる彼女たちはまだ可愛げがある。少なくとも、まずいとは思っているみたいだ。ああ、でもこれがお姉ちゃんだったら、もっと徹底的に追いつめて、頭を下げさせて謝らせるくらいのことをするんだろうなあ。私はそこまで心は狭くない……と思う。腹は立つが。

忠告だけ残して、そのまま仕事へ戻っていった。

お昼の時間くらいはゆっくりしたい。でも、社食を選んだ時点で一応覚悟は決めていたのかもしれない。

遥ちゃんと二人で日替わりランチを注文して、他愛もない話をしていた。私がぴりぴりしていることに気付き、遥ちゃんは話題選びに気を遣ってくれている。ああ、いい子だわね、本当に。そしてそんな気遣いをさせてしまう不甲斐ない上司で申し訳ない。

丁度ご飯を食べ終わった頃。何となく不穏な人の気配に気付き、私はふと目を上げた。

コツ、とヒールを鳴らして私たちのテーブルに近寄ってきたのは、一言で形容すれば、和風美人。切れ長の目にすっとした鼻梁《びりょう》、毛先まで手入れされている艶《つや》めく黒髪。左右対称の顔は、どこか冷ややかな美を湛《たた》えていた。

自信に満ちた立ち姿に、食後のはずなのに色落ちしていない唇。自分が美人だとわかっている種類の人間だと、瞬時に察する。ああ、何だか厄介そう。

彼女は、会社で支給される制服のジャケットを着ている。このジャケット着用が義務付けられているのは、秘書課のみ。ってことは、この女性は秘書課の人？

疑問符を浮かべる私に、見知らぬ美女は口火を切った。

「あなたが、朝霧主任ですか？　海外事業部二課の」

「ええ、そうですが。そういうあなたは？」

座ったまま顔を上げて見つめる。淡々と、まるで業務連絡のように、にこりともせず彼女は名前を告げた。

「秘書課に在籍している、雪宮椿《ゆきみやつばき》です。はじめまして」

「……はじめまして」

十中八九、話題は鬼束でしょうねえ、これは。

ああ、彼女も奴のファンか。何だこの会社は。隠れファンが一体どれだけ生息しているの。

同じ美声なら白鳥さんだっているでしょうと言いたい。まあ、彼は既婚者ですが。

彼女も外面《そとづら》の笑みにすっかり騙されている可哀そうな女性の一人なのね、と勝手に哀れみに満ちた視線を向けた。

そんな私にバカにされたと思ったのか、見た目に反して短気なお嬢さんは単刀直入に言った。

「いきなりですが、はっきり聞かせてください。あなたと鬼束係長の関係は？」

「ただの同期で、たまに飲みに行く同僚」

今のところは、まだ。

「交際はされていないのですね？」

はっと周りが息を呑む気配が伝わった。ちょっと随分直球で訊いてくるじゃないの。

周りのギャラリーの多さを気にしなさいよ。そして野次馬共は散りなさい。

見つめてくる社員にそんな眼差しをギラリと投げつけたら、さっと目を逸らされた。

そしてそそくさと席を離れていきやがる。

隣でハラハラと見守る遥ちゃんを視界の端で捉えてから、肯定するように頷いて見せる。

「そうね。付き合ってはいないわね」

「そうですか。それでしたら、遠慮なくいただきます」

ガタッと立ち上がって反応を見せたのは、遥ちゃんだ。そんな遥ちゃんを軽く一瞥《いちべつ》して座らせた後、雪宮さんはまた、私を見つめた。

「付き合ってても気にしませんが、付き合っていないのならなおのこと。私が気持ちを伝えても問題はありませんよね？」

「……まあ、そうね」

私のぼんやりとした返答に対し、用事はそれだけだというように、雪宮さんは「失礼します」と会釈して踵《きびす》を返した。何よ言い逃げ？　あ、宣戦布告か。

「な、何ですかあれ……！　あれって水澤《みずさわ》専務の姪《めい》ですよ。秘書課所属の二十七歳。縁故入社だけど仕事は一応できるって噂ですが、まさかあの人まで鬼束係長のファンだったなんて！　社内恋愛はしないはずの鬼束係長が主任にアプローチをかけているのを見て、自分もいけると思いこむとは。勘違いも甚《はなは》だしい……」

遥ちゃんは何やら最後の方は、ドスのきいた低い声で呟《つぶや》いた。いきなり手の骨を鳴らすの、やめなさい。指が太くなる。

一体、その情報はどこから入手しているの。

しかし、彼女が専務の姪なんて初めて知ったなぁ。名字が違うから気付かなかった。

私の代わりに憤《いきどお》る遥ちゃんを宥《なだ》めて、興味なさげに呟きを返す。

「誰が誰を想おうが、気持ちは自由よ」

人の気持ちまでこっちで操作はできないし、想う気持ちに制限なんてかけられない。

そう思いつつも、どこか内心モヤモヤしたものを抱えたまま、私は軽く息を吐いた。

別に彼女が何をしようと、関係ないじゃない。付き合ってもいないんだから。決めるのは鬼束だもの。

いつもと変わらない口調を心がけて、視線を目元に落とす。

「そりゃそうですけど……。そんな余裕ぶっていいんですか？」

不満たっぷりの目で私をじとりと見つめた後、遥ちゃんはふと、私が手元に置いていた雑誌に気付いた。

「ところでそれ、一体何の雑誌なんです？」

「不動産雑誌。うちのマンションの更新って、年明けの四月だったのよね。だから今のうちに老後用のマンションでも買っておこうかと思って」

冬のボーナスが出たあと、通帳を確認していて思いついたのだ。

今まで溜めてきた貯蓄額と合わせると、それなりの額になる。

ファッションや流行にも左右されなかった私がこだわりを持って集めたものなんて、伊吹様の声が入っているDVDとか、美声グッズのみ。それ以外にはお金を使うことがなかったので、貯金は増える一方。そろそろマンションの頭金でも出せそうな金額が溜まっていたのだ。

マンションの更新も近くなってきたし、今からどうするか考えておかないと。三カ月なんてあっという間じゃない。

「え、でもそれって女性の単身者向けのマンションですよ？　家族用じゃないんじゃ……」

「ああ、そうね。将来養子をもらうなら、やっぱり2LDKは欲しいか」

迷惑な姉や兄が来ても泊まれるように、部屋は余分にあった方がいいかもしれない。

ぺらりとページをめくる私を見て遥ちゃんが何やら絶句していたが、あえて気付かないフリを続けた。

◆　◆　◆

怒涛《どとう》のような一週間がすぎて、十二月二十一日の土曜日がやってきた。

今週の初めに、わざわざ郵便でクリスマスパーティーの招待状を送って来た姉に、「早めに教えてよ！」と文句を言ったが、とりあえず姪《めい》っ子や甥《おい》っ子たちへのプレゼントを用意しておいてよかったと思う。クリスマス当日じゃなくても、子供たちには早めに渡しておこうと思っていたからすでに購入済みだったのだ。

お昼すぎにとあるホテルの広間を貸切にして、身内だけが集まるクリスマスパーティーが催された。百人は余裕で入れそうな広間でパーティーって、どんだけ優雅なの。主催側である姉家族は、やることなすことデカすぎると思う。

兄家族に兄嫁の家族、姉家族に夫側の家族、直樹兄さんとその彼女、そして私と両親。時間ピッタリに現れた私を見て、姉の夫である義兄が声をかけてくれた。

「メリークリスマス。来てくれてありがとう」

「メリークリスマス、お義兄《にい》さん。また随分と豪勢なパーティーですね」

一流ホテルのビュッフェを見て、つい本音が零《こぼ》れた。

姉が勤めていた化粧品会社の社長子息である義兄は、いわゆるセレブ。本人はいたって普通の感覚をしていると思っていたけれど、もしかして違うのか。

「うちでやってもよかったんだけどね。どうせならもっと広いところで盛大に楽しもうという話になって」

発案者はお姉ちゃんだな……。

苦笑する義兄さんは、私を本当の妹みたいに思ってくれている。男兄弟しかいないので、妹ができて嬉しいと結婚後に静かな美声で言われたときは、お姉ちゃんグッジョブ！と思ったものよ。

彼は私の頭をポンポンと叩いて、姉が来たことを教えてくれた。

「樹里ー！　待ってたわよ～！」

煌《きら》びやかなドレスを纏《まと》った姉が登場した。

昼間っからどこの夜会にご出席で……と言いたくなるような、真紅《しんく》のドレス。白いファーのボレロが、派手な華やかさを中和している。クリスマスっぽい色合いだ。

一応私もドレスアップはしてみた。と言っても、手持ちでドレスと呼べるものは、この間鬼束にもらったあのシャンパンゴールドのワンピースだけだけど。

形も色も綺麗で、選んだ奴のセンスのよさには悔しいが助かった。お姉ちゃんのじろじろと見定める視線にも、いつもの手厳しさがない。

「いいじゃないの、それ。でも、あんたヘアメイクに手を抜いているわね。ちょっと化粧室まで行くわよ」

「えっ、お姉ちゃん!?」

問答無用で連れ込まれた私は、凄腕メークアップアーティストと化した姉に、顔と髪を弄《いじ》られまくった。二十分後、満足げな顔で微笑んだ姉は、「上出来！」と自画自賛した。

鏡に写る自分は、どこからどう見ても姉の血縁者だとわかる。多分今の姿を見れば、会社の人間は朝霧樹里だと気付かないだろう。相変わらずすごいテクをお持ちで……。とりあえず、ありがとうとお礼を告げた。

会場に戻る途中「鬼束君は来ないの？」なんて遠慮なく訊かれた。むしろどうして奴も来ると思っているのかが謎だ。直兄が彼女を連れてきているからか。

「誘ってないわよ。週末は忙しいとかぼやいていたしね」

こっちから尋ねたわけじゃないけど、向こうから勝手に言ってきたから知っている情報。その事実を告げておいた。

子供が主役のこのパーティー。食事を堪能《たんのう》した後、サンタに扮《ふん》したおじいさんが入って来た。ちなみにこのサンタ、親戚《しんせき》の一人がサンタに仮装して……なんていうレベルじゃない。どこに依頼したのか、本当に白人の恰幅《かっぷく》のいいおじいさんが現れたのだ。豊かな白鬚《しらひげ》を蓄えた、イメージそのままのサンタクロース。

一番大きな子供は兄の子の春樹《はるき》、十三歳。今年中学生になったばかりの彼は、写真撮影会にいささか恥ずかしさを滲《にじ》ませていた。

兄の少年時代を彷彿《ほうふつ》とさせる、美少年がはにかむ笑顔。何ておいしいの。でも内面は兄と違うようで、真面目な交友関係を育《はぐく》んでいるらしい。まだ恋人はいないと聞いて、できるだけ今のピュアさを忘れないでいてほしいと心から願った。叔母心バリバリだ。

「あの年でまだ彼女がいないって、奥手だよね～」

シャンパンを飲みつつ息子を眺める一樹兄さんを、じろりと横目で睨《にら》みつける。

「中学一年ならまだまだでしょ。兄さんたちが特殊なだけだと思うわよ？」

小学生の頃から……ううん、下手すれば幼稚園児の頃から、彼女・彼氏と呼べる存在がいたしね。彼らはやはり、私とは根本的にどこか違う。

「せっかく、柚香《ゆか》が美少年に生んでくれたのにね～。恋する楽しみをまだ知らないとは、もったいないね」

ニヤニヤと笑う兄が、何だかおっさんに見えた。見た目は二十代だが。

「で？　柚香義姉《ねえ》さんは？」

「ちょっと悪阻《つわり》が重くてね、家で寝てるよ。来られなくて残念だ」

悪阻中なら、食べものだらけのここは、ちょっときついだろう。会えなくて残念だけど、お大事にと兄に言付《ことづ》けた。

「はい、可愛い妹に。メリークリスマス」

子供へのクリスマスプレゼントはあっても、大人たちには特にプレゼントを用意していないはずだ。それなのに、一樹兄さんを筆頭に、直樹兄さんとお姉ちゃんも次々と私にクリスマスのプレゼントを渡してくれる。

「え、え？　何で？　私皆の分は用意していないよ？」

「いいんだよ～春樹たちにくれているんだから。僕たちがあげたいんだし、遠慮なく受け取ってよ」

その後続いた、「それにまだ乙女の樹里はあっち側……」という言葉には、遠慮なくどついてやったが。

手渡されたプレゼントに戸惑いつつも嬉しさが募る。

「一樹のセクハラは置いておいて。ねね、開けてみて」

ソファに移動して、お姉ちゃんに促されるままラッピングを解いた。

まず現れたのは、真っ赤なハイヒールの靴。シンプルだけど華奢《きゃしゃ》で、普段は絶対に履かない、七センチヒール。大人の女性を演出しているその靴は、一目でものがいいとわかった。

「それを選んだのは、僕と柚香だよ」と、一樹兄さんが嬉しそうに告げた。

次に出てきたのは、黒いドレス。大胆に胸元がカットされたそのドレスは、デザインはシンプルなのに、どことなく色気が漂《ただよ》いセクシーさを感じさせた。

「それは僕たちだね」と、直樹兄さんとアンジェリカさんが言った。

最後は、ファーのジャケットと化粧品。めちゃくちゃ手触りのいいファーは……偽物《フェイク》だと思いたい。化粧品のセットは、義兄の会社の、クリスマス限定の人気商品だった。

「それは私たちからね。その限定版、もう売り切れでどこにもないのよー？」

「おおお、お姉ちゃん。この化粧品もだけど、このファーのジャケットは、高すぎる気がする……！」

「あら、大丈夫よ。六桁はいかないから」

ほんとかよ！　ってか十分高いよ!?

明らかに予算オーバーじゃないか、このプレゼントたちは。大丈夫かと心配になりつつも、一目で気に入ったこれらを手放す気にはなれない。

靴もドレスもジャケットも、全てがトータルコーディネートできるように揃っている。私のために皆が選んでくれたんだと思ったら、何だか胸がいっぱいになってしまった。

普段傍《はた》迷惑な言動ばかりで人を振り回すけど、兄たちは時折こんなふうに気持ちを表してくれる。高価なものだから嬉しいとかじゃなくて、ただ彼等の純粋な気持ちが嬉しい。いや、でもあまり高すぎるものはやっぱりもらいにくいんだけど……

「ありがとう、お兄ちゃん、お姉ちゃん」

照れを隠してお礼を告げれば、昔から変わらない兄たちの笑顔があった。

「でもまだ一つ足りないのよねえ。そろそろ届くはずなんだけど……」

そう姉がぼやいた直後、ホテルの従業員が荷物を持って入ってくるのが目に入った。

軽やかな足取りで受け取りに行った姉は、その荷物を満面の笑みで、「はい」と私に手渡す。

「え、何これ？」

「最後のプレゼントは郵送でお願いしたのよ〜。ちょっと取り寄せに時間がかかったから」

中から出てきたのは、純白が眩《まぶ》しい、下着のセットだった。思わず、箱をバンと閉じる。

「えー、何で閉めちゃうの？　僕まだ中身を見ていないんだけど」

「どこの世界に妹の下着を見たがる兄がいるの！」

変態発言禁止！

くすりと微笑んだ姉は、「減るもんじゃないんだから、いいじゃない」と言った。

「下着はちゃんといいものを身に着けなさい。せっかく外側だけよくっても、下着がボロボロだったら意味がないわよ。オシャレは内側から」

「ってゆーか、何でサイズがわかったのよ⁉」

顔を真っ赤にして訴えれば、姉はしれっと答えた。

「この間行ったときに浴室乾燥させてあった下着を見たのと、私の目測から？　多分それで丁度いいと思うわよ」

見ただけで人のサイズがわかるとか、何て特技だ。

この姉たちには敵《かな》わない。私は全部ひっくるめて、「……ありがとう」と再び告げたのだった。

◆　◆　◆

十二月二十三日の月曜日。多くの企業がお休みのように、うちの会社も当然のごとく休みだ。外資系で本社はヨーロッパの商社だけど、日本の祝日はちゃんと休める。加えて欧米では一大イベントのクリスマスも、日本支社もちゃっかり休みになっている。今年のお休みはイブを除いて二十五と二十六日。ヨーロッパの休みが二十四日と二十五日で、時差の関係から向こうと連絡がとれなくなるこの二日間が、日本支社はお休みとなる。

今年もあと残り僅《わず》か。二十七日に出社すれば、あとはもう年末のお休みに入る。多くの社員がその日も有給を取って休むらしいが、私は出社する。まあ、旅行の予定とかも特にないしね。年末年始を海外で過ごすとか、温泉旅館でのんびり過ごすとか、一度はやってみたいけど。

さて、休日のこの二十三日、私は朝早くに目が覚めた。すっかり定着している、鬼束のモーニングコール――録音――によって。

『おはよう、樹里。そろそろ起きろ。朝だぞ』

「……」

むくりと一発で起きられちゃう自分が悔しい。

しかも聞けば聞くほど、こいつのこのメッセージにどこか優しさを感じてしまう自分がいる。口調は俺様なのに。ああ、完全に毒されているわ、私。

「って、今日は待ちに待った修行の日よ。さっさと準備しなくちゃ」

何故か大人気の禅寺《ぜんでら》にて、坐禅《ざぜん》の体験をするのだ。朝九時から十五時までの半日体験だけど、この機会に自分の内面をちゃんと見つめ直すきっかけが掴めればいいと思う。

黒のタートルネックのインナーに白のニット、それに動きやすいコーデュロイのパンツを合わせて、ショートブーツを履く。

眼鏡はかけない。会社ではかけていないと落ち着かないんだけど、もともと視力は悪くないから、プライベートだと邪魔になる。眼鏡でオンとオフを切り替えているのかもしれない。

自宅から電車で一時間かかるお寺を目指して、いざ出発だ。

「……で？　何であんたがいるわけ」

「いちゃ悪いか。奇遇だな？　樹里」

その笑顔がわざとらしい。

開始時刻の十五分前に到着した禅寺で、何故か鬼束に遭遇した。緑のマフラーにコート、色の濃いジーンズを穿いていて、完全に休日仕様。

どう考えたって偶然ではありえない。どこからか情報が漏れてるはず。一体誰だ、私の情報を売った奴は。

……ってこの場合、十中八九、浅沼課長が絡んでいそうよね。

背後に兄たちがいるとは思いたくないが。

「あんたも禅《ぜん》に興味があるなんて知らなかったわ」

思わず嫌味のように言った。

「坐禅《ざぜん》に興味はないが、お前を一人で行かせたくない理由ならある」

「は？　何で？」

一瞬苦虫を噛み潰したような表情を浮かべた鬼束は、「いや、可能性的には低いらしいから、別に何でもない」なんてやっぱり腑《ふ》に落ちない返事をよこした。

私が石段を登る足取りは重い。日頃の運動不足がこんなところで障害になるとは。

肩で息をする私は、疲労困憊《こんぱい》まではいかなくても、明日の筋肉痛を覚悟する位の疲れを味わっている。一段一段が結構急で、到着するだけで疲れたわ……。

インドア派の声フェチは、基本休みの日はＤＶＤ観賞など、動かずだらだら過ごすものなのよ。普段から鍛えているのか、平然としている鬼束が憎らしい……。

「お前、もう少し体力つけとけよ。すぐにバテられたら困る」

「は？　何であんたが困るのよ」

まったくもって意味不明な台詞《セリフ》だ。

が、唇の端を持ち上げて、ニヤリと笑った鬼束は「知りたいのか?」なんてどこか不穏な気配を纏《まと》わせつつ尋ねた。

頭の中で警戒音が響く。深く追及するべからず。

「結構よ」

こいつの意図を考えるのはやめよう。何となく、窮地に陥る羽目になるような気がする。

少し歩くと、若い女性の声が聞こえてきた。二十代から三十代頃かしら。

そんなときに、「おはようございます」と背後から声をかけられた。振り返ると、そこにいたのは明らかに天然ものではないとわかる、茶色い髪の男性。

背は高く、肩幅もがっしりしている。肩にかかるくらいであろう長めの髪を一つにくくっており、愛嬌のある笑みを向けていた。タレ目がどこか男の色気に繋がっている。

彼が身に纏《まと》っているのは、袈裟《けさ》だ。よくお寺の和尚《おしょう》さんが着ているあれ……。ってまさかこの人がこの寺の住職さん?

「ちょっと、今日は運がいいじゃない!」

「まさか蓮《れん》様に会えるなんて」

「たまにしか会えないって噂なのに!」

いつの間にか隣に来ていて騒ぎ始めた女性たち。この住職って、有名人なの?　私がそう訝《いぶか》しんでいると、反対側から脱力するようなため息が聞こえた。

「ありえねぇ……。何でよりによって今日被るんだ」

「は？　ねえ、あの人そんなに有名人なの？」

不機嫌顔で私をじーっと見つめてくる鬼束は嘆息した後、いきなり人の頭を撫《な》でやがった。

「お前が興味なくってよかったぜ」

「ちょっ、恥ずかしいから変なことしないでよ」

彼女らの視線がいっきに鬼束へ移った。そして奴を見て何故か頬を染める。変わり身早っ。

「今日の案内は私一人で申し訳ない。住職がぎっくり腰で」と苦笑気味に告げた噂の男性は、このお寺の次男坊らしく、副住職をしているそうだ。

周りのこのはしゃぎよう……。住職のぎっくり腰をむしろラッキーと思っているんじゃないのか。

頑として口を割らない鬼束にしびれを切らして、近くにいた女性に尋ねてみれば、なんと彼は十年前までとある有名バンドで活動していたらしく、未だにファンから再結成を望まれている元芸能人だった。

でも、長男で跡取りだったお兄さんが十年前に駆け落ちして、遠く離れた旅館の若女将《おかみ》のもとへ婿《むこ》入りしてしまったのだとか。それで次男の彼が寺を継ぐためにバンドを解散したらしい。

音楽に興味のなかった十代の私は知らなかったが、多分鬼束は気付いていた。ピアスこそしていないけど、茶髪や長髪はいいのかとか、むしろ坊主じゃなくていいのかとか。何だかツッコミどころが満載な、気さくなお兄さんだ。歳は一樹兄さん位かしら。

午前中はお寺の境内《けいだい》の案内や、お釈迦《しゃか》様についての軽いレクチャーを受けて、精進《しょうじん》料理をお昼にいただく。そして午後が坐禅《ざぜん》会だ。

私も含めて坐禅は皆初体験ということで、まずは座り方から教わった。坐蒲《ざふ》というクッションを使って、深すぎず浅すぎない位置で腰を下ろす。足の組み方は、両足を組む結跏趺坐《けっかふざ》、片足を組む半跏趺坐《はんかふざ》という胡坐《あぐら》のかき方があり、無理のない方を選んでいいとの仰せだ。

でも普段あまり胡坐をかかない女性にとって、この姿勢は結構きつい。股関節が痛くなりそう。隣で鬼束は楽々と長い足を組んでいますが。

「まあ、あまり固くなりすぎないで、リラックスしてくださいねー。目は閉じないで、一メートル先を見るくらいにして……」

半分だけ目をあけて、どこか一点、畳の目でも見ていればいいらしい。

お釈迦様のように悟《さと》りを開くのは難しくても、そうなるべくの修行はできる。ちょっとの間無心になって、自分の心と向かい合う時間だ。

まあ、難しいことは考えずに、とりあえず何も考えないでー、なんて明るく告げられた。ちなみに「心や姿勢が乱れたら、遠慮なく警策《きょうさく》で肩を打ちますからね」と、元アイドル副住職は言う。無心になる練習前なのに、そんな心を乱す発言はしないで頂きたい。

何かを期待する女性陣の声に、何故か不安になるじゃないの。

意識して呼吸を整える。何も考えない、何も考えないと思えば思うほど、いろいろと頭の中に浮かんでくるのは何故かしら。

たとえば、宣戦布告をしてきた雪宮さんのこととか。

あれから彼女を見かけることが多くなった。秘書課でフロアも違うのに、頻繁《ひんぱん》にうちのフロアに来るところから、彼女に関する噂も飛び交う。

鬼束と二人で話している姿を見かけて、何も感じなかったと言えば嘘になる。

誰が誰を想おうが、気持ちは自由よ、なんて偉そうに言ったくせに、気になっている自分に気付いてはため息を吐《つ》いた。

苛立ちから姿勢が乱れていたのか、気配もなく背後に立った蓮さんから、「心が乱れてますよ」と言われて肩を警策で打たれる。音の割には痛くはない。

静かに深呼吸をして、もう一度無心になる練習を試みる。

雑念が浮かばないように、今度はもっと集中して。

考えすぎない、というのも案外難しい。

やがて、長かったような短かったような時間が終わり、お茶が振る舞われた。

足が痺《しび》れて痛くて、ぶっちゃけ立ち上がれない。

「情けねぇなぁ」なんて笑いながらも手助けしてくれる鬼束は、ムカつくけどイイ奴かもしれない。女性ばかりのこの場で男の参加者は鬼束だけって、ある意味すごいわよね。

余計に目立つのが気に入らないけれど。

……って、気に入らない？　何で？

モヤモヤが顔に出ていたのか、背後から「難しい顔して悩んでますね～」と声をかけられた。副住職だ。確かに声好きにはたまらない美声をお持ちで。

私が口を開く前に「あの～、ＣＤはどちらで売ってます？」なんてツワモノのお嬢さん方が割って入るように尋ねた。

「ああ、般若心経《はんにゃしんぎょう》の読経《どきょう》ＣＤなら売ってますけど、そちらでよろしいですか？」と苦笑気味に答えた副住職は、隅っこのテーブルに積まれていたＣＤを指差した。

彼女たちは解散前のバンドのＣＤをあわよくばサイン入りで欲しいなんて思っていたのかもしれないが、読経用のをちゃんと購入していた。

素敵な美声の読経ＣＤ……。これはゲットせねばっ。

内心テンションが上がってきてCDを手にした私に、鬼束が不満そうな声をあげる。

「やめろ」

「何でよ？　あんたに読経は無理でしょ。邪魔しないでよね」

ムッとする鬼束に、やり取りを見ていた蓮さんが「それならやってみる？」と軽く提案する。

「時間が余りそうだったから、般若心経の読経も体験してもらおうかと思ってたんだよね。丁度よかった。鬼束君、だっけ？　君、やってみない？」

予想外の展開に唖然《あぜん》としたのも一瞬だけで。鬼束は頷き返して、「是非」と営業用スマイルを浮かべていた。


鬼束が、蓮さんに読経を教わっている。何故だか敵対心を持って挑んでいるようだ。

観自在菩薩《かんじざいぼさつ》、行深般若波羅蜜多時《ぎょうじんはんにゃはらみったじ》、照見五蘊皆空《しょうけんごうんかいくう》、度一切苦厄《どいっさいくやく》……

下にわかりやすく意訳が書かれていた。目で追いながら、蓮さんの声が奏でる旋律《せんりつ》に陶酔《とうすい》する。

「じゃ、今のところまで鬼束君やってみて」

数回唱《とな》えた後、蓮さんは鬼束にやってみるよう告げた。

読経はリズムが大事だと思う。あいつにできるのか――

だが、予想に反し、鬼束はあっさりとコツを掴んで今まで習った箇所まで読み上げた。

それはもう、リズムに不安定さを感じさせない、低音ボイスで。

唖然としたのは私だけではなかった。周りの参加者も息を呑んでいる。

続けられる読経に、私は思わず、耳を押さえたくなった。

ちょっと、何で般若心経を読んでる声がエロく感じるの？

この読経は有害だ。禁止、それ以上の読経は禁止！

「いいね、鬼束君。素質あるよ」と数回スカウトを受けた鬼束は、あっさりそれを断ると、私の手を掴んでこの場を去ったのだった。

◆◆◆

坐禅《ざぜん》修行を体験した翌日にクリスマスを祝う気にもなれなくて、今年も静かに過ごすんだろうなあ、とぼんやりと考えたまま、イブの日に出社した。

有給を取っている人が多いからか、社内は心もち、閑散としているように思える。

まあ、明日と明後日はうちは休みだし、ならば今日休むか、二十七日を休むかのどちらかなんでしょうけど。

二十七日を休めば、年明けの六日までお正月休みだ。

とはいえ私はどちらも出社する。お正月休みも特に用事はなくて、実家に帰るくらいだし。土曜から一週間の休みで十分。

昨日の坐禅《ざぜん》体験後、鬼束から特にクリスマスの予定を訊かれることもなく、そのまま帰宅した。

夕飯を一緒に取らずに帰ったのは、鬼束に実家から呼び出しが入ったから。

何かあったのか気になったが、あまり深く尋ねるのも気が引けて、そのまま駅で別れた。

告白はされてても、未だに同僚の域から脱していない。

自分が本当は彼とどうなりたいのかわからなくて、モヤモヤとイライラが増していく。

昨日無心になるべく修行をしたばかりでも、人はそう簡単に悟《さと》りは開けないのだ。

「メリークリスマス、主任！」

今日も元気いっぱいな遥ちゃんが、朝いちばんで私に声をかける。そして日頃からお世話になっているお礼にと、手作りのクッキーを焼いてきてくれた。

「え、いいの？　ありがとう。お菓子作り本当に得意よねぇ」

私にはないスキルだわ。

「愛情たっぷりの、一年間お世話になりましたクッキーですよ。主任は消えものや消耗品がお好みと聞いていたので」

誰情報だ、それは。課長か、鬼束か。

クッキーはありがたくいただくことにした。

それから年末前の仕事をひたすらこなして、ようやく一息つけたのは午後四時をすぎた頃。これで無事に年が越せそうだとほっとする。

ぐっと両腕を伸ばして、ストレッチを始める。肩がバリバリと音を鳴らした。あー、マッサージにでも行きたい。休憩しようと席を立ったと同時に、慌てた様子の遥ちゃんが課に戻ってきた。

「主任、大変大変！」

小声でありつつも何やら焦りを見せる彼女は、人目につかない場所まで私を引っ張る。

「どうしたの？」

「今、見ちゃったんです！　雪宮さんが鬼束係長に強引に迫って、何かチケットみたいなものを手渡していたのを！」

え？　渡したって、何を？

ドクン、と大きく跳ねた心臓の鼓動は無視して、私は冷静さを保ったまま詳しく話を聞く。

「非常階段前の人気《ひとけ》がない通路で雪宮さんが鬼束さんに何やら言い寄っていて。一応物陰に隠れて聞き耳を立てていたのですが、聞こえてきたのは、『明日』という単語と、『これで最後』とかなんとか……」

役立たずですみません～！　と落ち込む遥ちゃんを私は咄嗟《とっさ》に慰めた。

心配そうに私を見つめてきては、「大丈夫ですか？」と尋ねてくる遥ちゃんに頷いてみせた。

「別に、気にしていないわよ？　言ったでしょ、私には彼女を止める権利はないんだから」

積極的なアプローチをかける雪宮さんを妨害することも、邪魔をすることもできるはずがない。断ることができるのは、迫られている本人の鬼束だけだ。

前日遥ちゃんの話を聞いて以降、胃の辺りがどこか落ち着かない。そんな消化不良の気分を味わいながら自宅で過ごしていたら、時刻はもう十七時半を過ぎようとしていた。

クリスマスの今日、朝に鬼束からメールが届いた。夜になったらこっちに来るという、一方的なものだった。

私が一人でＤＶＤ鑑賞しながらお酒を飲んで、クリスマスケーキを食べることを既に予想されているかのようで、面白くない。

実家にいる両親からもメールが届いたけれど、週末に帰るからクリスマスは行かないとだけ告げた。両親は何やら誤解をしているらしく、特に母は「樹里にもようやくいい人が……帰ってこなくていいからがんばりなさい」なんて、ピントのズレた返信がきた。

どうやら兄姉《きょうだい》たちの言葉を鵜呑《うの》みにしているらしい。誤解を解くのがちょっと面倒くさい。

そもそも、がんばるって何をだ。クリスマスの夜に何をがんばれと言うのだ。

「あいつは、雪宮さんとのデート、行くのかしらね……」

ついぽろりと言葉が零《こぼ》れ出る。

彼女に会ったその足で、うちに来る気じゃないでしょうね。そんなのは私のプライドが許さない。別の女に会ったと知っているのに、その後で平然と自分のところに来た奴なんて、受け入れられるはずがない。仮にも私は気持ちを伝えられている、いわば本命の相手なのに。

って、ここまで考えが進んで、我に返った。

ちょっと待って、自分。今のこの思考は、とんでもなく自分勝手じゃないか？

しかも、他の女に会った後に私に会いに来るのが許せないだなんて、それじゃまるで
私が……

「嫉妬《しっと》、しているみたいじゃないの」

誰に？

――雪宮さんに。

どうして？

――それは……

ぐらつく天秤《てんびん》が完全に傾く前に、思考を遮断させるように軽快な音が響き渡った。

「もしもし？」

電話の主は遥ちゃんだった。

『主任、大変！　今どこですか⁉』

焦《あせ》りながら、でも声は潜《ひそ》めて、遥ちゃんは早口で問いかけてくる。切羽詰まった声に嫌《いや》な予感がした。

『今すぐ獅子王《ししお》グランドホテルまで来てください！　そこのレストランに、雪宮さんと鬼束係長が入って行くのを偶然見たんですよ』

遥ちゃんも丁度彼氏とデート中で、同じレストランに入ろうとしたら二人も入るところだったらしい。それで慌てて私に電話をかけてくれたそうだ。

『待ってますからね！　ああ、ここはクリスマスはコースメニューだけですから、多分時間はまだ大丈夫だと思いますけど。できるだけ早く、とびっきりめかし込んで来てください！』

そう告げて、遥ちゃんは電話を切った。

「雪宮さんと、デート……」

実際に目撃したという彼女の言葉が、重くのしかかる。笑って「そう」だなんて、今の私には言えなかった。

何で？　私が好きだと言ったくせに、どうして他の女とクリスマスに会うの？　強引に迫られて手渡されたらしいもの。それがもしかしたら、そこのレストランのチケットだったのかもしれない。

教えられたホテルは、一流の有名ホテル。そこのレストランで二人きりで食べる姿を想像して、苛立ちが増した。

そんなの、冗談じゃない。

『――欲しいものは欲しいと、ちゃんと主張しなさい』

そう姉に告げられた言葉が蘇《よみがえ》る。

争うことが嫌いで、戦いに巻き込まれるのが面倒で、いつも傍観者に回るか、我関せずを貫《つらぬ》き通してきた。だけど、そんな今までの人生に、とうとう別れを告げるときがやってきたらしい。

恋だの愛だのなんて、厄介事しか招かない。自分を見失って、冷静ではいられなくする麻薬のような感情だと思っていた。その気持ちは今も変わってはいないけど、でもときには自分がコントロールできない感情に振り回されるのも、悪くないのかもしれない。

頭じゃなくて、心で動く。感情の赴《おもむ》くまま、素直に。

恋愛戦線を徹底的に避けてきた私は今、自らその渦中に飛び込もうとしている。

戦って勝利を得るためには、頑丈な鎧《よろい》が必要だ。

ふと、先日兄姉《きょうだい》たちからもらった贈りものを思い出す。

ハンガーにかかっている黒のドレスに、ファーのジャケット。真っ赤なエナメルの靴。

真っ白で繊細なレースが施されたブラとショーツのセット。限定品の化粧品。

時刻は十八時ちょっと前。お風呂は先ほど入ったばかりだ。

それらの贈りものをベッドの上に並べて、私は覚悟を決めた。

「お姉ちゃん、いきなりごめん。私に、勇気を頂戴《ちょうだい》」

スマホの向こうから聞こえたのは、勝利の女神のような姉の了承の声だった。

一体どこでスタンバっていたのだと思うくらい、姉はさっきの電話から数分もあけずに現れた。

「いつも通り、二十分で仕上げるわよ！」と頼もしい言葉をくれる。

クリスマスで、しかも一番忙しい夕飯前の時間に呼び出したりして申し訳ないと謝れば、頭に容赦《ようしゃ》のない手刀が下った。

「何言ってるの！　決戦に挑むのに私を頼らなかった方が怒るわよ」

「でも、ほらお義兄《にい》さんとか、子供たちは？」

「心配いらないわ。しばらくしたら戻ると言ってあるから」

何とも自由な主婦だ。

「ほら、ちゃんと顔あげて」

髪をいじってもらい、メイクを施《ほどこ》される。キリッと引かれたアイライン、ゴールドのアイシャドウでグラデーションを作り、チークは控えめに。仕上げは人目を引きつけるような、鮮やかな赤のルージュ。

「真っ黒のドレスに真っ赤な口紅と靴で視線を釘付けよ」

鏡の中に映った私は、聖なる夜とは正反対の存在に見えた。

「お、お姉ちゃん。このテーマは一体……」

アップスタイルにして髪を纏《まと》めた私に、姉は手持ちのジュエリーを首にかけてくれる。一粒ダイヤのそれは、控えめながらも存在感たっぷりだ。

「聖夜に舞い降りた魔界の女王」

きっぱりとした口調で告げられた通り、今の私からはどこか毒々しさを感じる。こう、清純で可憐なという表現とは正反対の、妖艶で男を破滅に導く悪女というか……。蠱惑《こわく》的《てき》な唇の赤が艶《なま》めかしくて、なんとも恥ずかしく感じた。

「天使なんかじゃ勝てるわけないでしょ。戦うなら思いっきり。圧倒的な美で男を夢中にさせて振り回す、小悪魔になりきるのよ」

びしっと人差し指で私をさしながら告げた姉は、ファーのふわふわジャケットを手渡してタクシーに乗るよう促す。

「いい、樹里。女性はね、煌《きら》びやかなドレスや化粧、美しく着飾ることで自分に自信をつけられるの。今宵《こよい》のあなたは女王様よ。女の鎧《よろい》を纏《まと》って、戦いに挑みなさい。欲しいものは、全力で奪い取るのよ」

自信に溢れた眼差しでそう助言してくれた姉にお礼を告げて、私は敵地に出陣した。

◆　◆　◆

クリスマスでホテルのディナーを楽しむ男女は、ほぼ一〇〇パーセント付き合っているカップルに見える。

夜景が展望できるホテルのレストラン。煌びやかなシャンデリアに、ムードたっぷりのキャンドル。メニューが読めるギリギリまで落とされた照明は、恋人たちの夜を演出するため。だが、八尋は当然そんな気分には浸《ひた》れない。

目の前にいるのが何故彼女じゃないのだと、ため息を吐《つ》いた。

「……いつまで続ける気だ」

不機嫌さを隠しもせず、腕を組んだままぶっきらぼうに尋ねる。その姿は社内で通っている、温厚で怒らない鬼束係長ではなくて、限りなく素に近い八尋だ。声のトーンも会社モードからは数段低い。

対して、目の前に座る和風美女は、華やかな薄ピンクのドレス姿で微笑んだ。

「言ったじゃない。これで最後にしますって」

トン、とこのホテルの部屋のカードキーを、テーブルクロスの上に置く。爪の先まで隙がない雪宮椿を見て、八尋は眉を顰《ひそ》めた。

可憐に着飾ってはいるが、腹の中は自分同様なかなか黒い。狡猾《こうかつ》で欲しいものを選ぶためには手段を選ばない女を相手にして、すっと目を細める。

出されたワインには一切手を付けず、視線も逸らさず、二人は睨《にら》み続けた。

くすりと、椿の唇が弧を描く。入り口に視線を向けた後、時計を確認して口を開いた。

「さて、そろそろもういい時間になってるわね。賭けは私の勝ちかしら?」

勝ち誇ったように笑みを深めた彼女の視線が、ふとある一点を捉える。

そしてその目が、軽く見開かれた。

そんな椿の表情の変化に気付いた八尋は、背後を振り返って同じく目を瞠《みは》る。

漆黒のドレスを纏い、艶然と微笑む女性。ドレス同様の黒い翼を威嚇《いかく》するように広げた幻影が、一瞬目に浮かんだ。

鮮やかな赤い唇から視線が逸らせない。すれ違う客の視線を浴びながら、男を魅了してやまない妖艶さを漂《ただよ》わせる樹里が、まっすぐに己《おのれ》に笑いかけたのだった。

◆◆◆

私ははやる気持ちを抑え、タクシーに乗り込んだ。ホテルに到着後、あえてゆっくりと優雅に車から降りた。ここで走ったりしたらメイクもドレスも、全て台無しになる。くるぶしまである黒のドレスの裾を翻《ひるがえ》しながら、一歩ずつ進む。一樹兄さんがくれた赤い靴が、ドレスの裾から時折現れては、その存在感を主張した。

最上階に近い、レストラン。完全予約制で、予約を取るのも数カ月待ちだというこのレストランを押さえただけで、彼女の本気度がわかる気がする。

でも、だからといって黙って見過ごすのは、もうやめだ。

プレゼントとして兄さんたちからもらった全てのものを身に着けて、決戦に挑みに来た。もう後戻りはできない。

集まる視線や、すれ違いざまに向けられる視線も、気にならない。ただ真っ直ぐ、背筋を伸ばして前を見据える。不思議なほど、心は冷静だ。焦燥感や嫉妬《しっと》心など、自分を見失う感情はなかった。

『今宵《こよい》のあなたは女王様よ――』

告げられた姉の言葉が蘇《よみがえ》る。

レストランの前では、綺麗に着飾った遥ちゃんが私を待ち構えていた。自宅を出る前に彼女には一言、メールを入れておいたのだ。彼氏とのデート中に邪魔をしてしまい、申し訳ない。

手を振ると、彼女は驚愕《きょうがく》したように口を開けた。「遥ちゃん？」と声をかければ、どこか呆然としていた彼女がはっと我に返る。

「え、あ、主任!?　やだ、私ったら、見惚れて今数秒意識が飛んでました！」

「……病院行く？」

数秒間だけ気絶できるって、すごい特技だわ。

「そうじゃなくって！　何だか、女の私でさえも、ちょっとドキドキするんですけど……」

そう頬を染めて俯《うつむ》いた彼女があんまりにも可愛らしくて、つい微笑んでしまう。目元を和《やわ》らげて笑う私を見て、遥ちゃんははっとした。

「って、ダメですよ！　いや、その微笑みはものすんごい迫力ですけど！　今の主任は、あれです。男を食いものにして振り回しちゃう感じです。メロメロの虜《とりこ》にできちゃうほどの魔性があるので、堂々と女王様を演じて、あの雪宮さんをぎゃふんと言わせてやってください」

メロメロの虜に、魔性って……。それはちょっと言いすぎじゃないだろうか。

でも、お世辞でも私が綺麗だと褒めてくれていることはわかった。だから感謝を込めて、「ありがとう」と告げた。

「このお礼は後日必ずするわ。だから、私もちょっと戦ってくる」

「はい、ご武運を！」

ぴしっと敬礼した遥ちゃんは、どこぞの軍にでも所属しているかのように勇ましくて、思わず笑ってしまう位頼もしかった。

時刻は十九時すぎ。うまくいけば、まだ食事中かもしれない。もしかしたらデザートにまで進んでいる可能性もある。

彼女の情報によれば、二人は奥の窓際のテーブル席にいるとのことだった。私に気付いたウェイターに、「連れがいるので」と堂々と嘘を言って、あっさりと店内へ踏み込む。ファーのジャケットを脱いだ私は、ドレス一枚の姿だ。入り口でジャケットを預かってくれると申し出てくれた店員さんの厚意には、素直に甘えておいて正解だった。姉から借りたパーティー用のクラッチバッグを片手に、ヒール音を吸収させるカーペットを軽やかに踏んで、狙いを定めた敵へ一歩ずつ歩み寄る。

ムード感満載の店内でも、二人の顔ははっきりと見て取れる。遠目からでも目立つ、美男美女。スーツ姿の鬼束はいつも通りだが、雪宮さんは薄ピンク色のドレスを纏《まと》っている。彼女の肌の白さをより引き立たせるチョイスなのだろう。華やかな雰囲気だ。

和《なご》やかな談笑とは言い難い、どこかピリピリとした空気を発する二人のもとへ、真っ赤に塗られた唇の口角を意識して持ち上げながら近づいた。

そして女王様然とした姿勢と、傲慢とも思える態度で、私に気付いた雪宮さんを見据えた。振り返った鬼束の唖然《あぜん》とした顔を一瞥《いちべつ》して、奴の背後に回り込み、後ろから片手で鬼束の口を塞《ふさ》ぐ。

硬直した雪宮さんに、私は微笑みながらはっきりと宣言する。

「あげないわ。こいつの声は、私のものよ？」

すっと羽に触れるような軽さで、空いている片手の指の腹を使い、鬼束の喉仏を上下に撫《な》でる。

数秒息を詰めていた後、雪宮さんは面白くなさそうな笑みを浮かべた。と同時に、奴が私の手をどかして立ち上がった。

軽くため息を吐《つ》いた雪宮さんに、彼が言う。

「どうやら賭けは俺の勝ちだな」

「そのようね。でも、約束は守ってよね」

訝《いぶか》しむ私を横目で捉えた鬼束は、そのまま私の腰を抱いて「行くぞ」と外に出るよう促した。手には何故か、テーブルの上に置いてあったカードキーを持って。

出口で入れ違いにレストランに入って来た若い男性の姿や、期待に溢れた視線で私たちを見つめていた遥ちゃんに気付くことはなく、私は鬼束に連れ去られるようにエレベーターに向かった。

無言でエレベーターに乗せられて、肩を抱かれての移動が続く。むき出しの肩が熱を持ち、心臓の鼓動がうるさいリズムを奏でていた。

鬼束に促されるまま歩いて、到着したのは最上階のスイートルーム。高級ホテルのスイートルームに初めて足を踏み入れて、身体に緊張が走った。

広々とした部屋はラグジュアリーな雰囲気がたっぷりで、テーブルの上には冷えたシャンパンと有名店のショコラがある。あまりの豪華さに一泊いくらするんだとか、現実的な考えに思考が陥ったのも一瞬のこと。唖然《あぜん》として立ちすくむ私は、不意に鬼束に背後から抱きしめられた。

ドクン、と心臓が大きく跳ねる。与えられるぬくもりに、鼓動が速まった。

力強い腕に自由を拘束され、どうしようもなくドキドキする。嗅《か》ぎなれてしまった匂いや奴の吐息が間近で感じられ、顔に熱が集中しそうになった。

自分がとんでもなく大胆なことをしでかしたと今になって思い始め、恥ずかしさで思わず視線を俯《うつむ》ける。うなじにかかる鬼束の吐息がくすぐったい。

耳元で名前を囁《ささや》かれて、心が震えた。

「何であそこに来た？」

低く掠《かす》れた声は、純粋な問いかけにも、何かを期待する声音にも聞こえた。そして耳《じ》朶《だ》に吹き込まれるその声は、やっぱり私にとっては猛毒だ。

「樹里、答えろ」

傲慢で俺様な命令をした男は、腕の力を強めて私を逃がさないように縛る。

その声に抗《あらが》うことは、もうできない。

「遥ちゃんから、二人が一緒に入ったって聞いて……」

「嫉妬《しっと》して追ってきたのか？」

からかいを一切含まない返し方をされるとは思わなくて、返答に詰まる。真面目で真摯《しん　し》な声は、嘘は許さないと私の本音を要求してきた。

「俺の声は自分のものだと言ったな？」

焦《じ》れた鬼束が質問を続ける。私は肯定するように、小さく「言った」と呟《つぶや》いた。

「あげない、とも言ったな？」

「…………言った」

心臓、うるさい。鬼束も、いちいち人の台詞《セリフ》をリピートしないでよ、バカ！

内心では喚《わめ》けるのに、単語でこいつの質問に答えるだけで精一杯だ。心臓の音が大きく響いてくる。耳に吹き込むように喋る鬼束の声に、ドキドキしないはずがない。

「嫉妬したのか？」

再び最初の質問を投げかけられる。とうとう、激しくぐらついていた私の天秤《てんびん》は完全に片側に傾き、ごとんと地に落ちた。

八つ当たりのように怒りを露《あらわ》にして、私は身体を反転し、彼に向き合う。

「……したわよ。嫉妬《しっと》したに決まってるじゃない！　何あんた、人の家に来る前に他の女に会ってから来るつもりだったわけ？　私が何も気付かないならそれでいいと思ってたわけ？　付き合ってもいないなら誰と会おうが自分の勝手だとか、そう思ってる？　――そんなの、冗談じゃないわよ。あんたそんな中途半端な気持ちで、私に告白してきたの!?」

見下ろす鬼束を、私は睨《にら》みつけるように見上げた。

きっと私は自分で思っているより、潔癖なのだ。この男が誰と交友を持とうが関係ないとか、誰が誰を好きだとかその人の勝手だとか、理解がある大人のフリをしていただけで。

本当は気になって仕方がないし、私以外の女性を纏《まと》わりつかせている鬼束に、一言文句を言ってやりたかったのだろう。そんなふうに束縛するのも、嫉妬する権利なんて今の私にはないのだとしても。

曖昧な関係に、自分勝手にも苛立ちが募った。独占欲が増して、感情が制御できなくなっている。論理的な思考とか、難しい理屈などはもう、今の私の中にはない。

考えることを放棄して、自分の心を激しくぶつけるなんて真似は、もしかしたらこれが初めてかもしれない。子供のように泣いて喚《わめ》いて、欲しいものは欲しいと駄々をこねて、相手を困らせてみたい衝動に駆られてしまう。

誰かを手に入れたいと思ったら、なりふり構っていられない。冷めた感情のままでなんていられないのだ。どうしようもないほど必死になって、些細なことでも落ち込んで、怒って、笑って、嬉しくなって。常に心が動かされる。頭で考えるより、心が先に感じてしまう。

嫉妬なんて醜《みにく》い感情、持ったことなかったのに。誰かを羨《うらや》むことはあっても、誰かと勝負しようなんて思ったことは、今まで皆無だった。だって勝てるかどうかわからない勝負は仕掛けない主義だから。

正直、今回勝てるかどうか、半分は賭けだった。今だって全然勝てた気がしない。鬼束は私をあの場から連れ出して、抱きしめてはくれたけど、もう呆れられちゃったかもしれない。こんなふうに八つ当たりするような女、面倒だと思われても当然だ。

沈黙が怖くて、つい顔をふせてしまう。そんな私の頭上から、鬼束の嘆息が落ちてきた。

正面から緩《ゆる》く抱きしめられて、さらに後頭部を引き寄せられる。私は彼の肩におでこを当てる体勢で、そのまま鬼束の低く静かな声音を聞いた。

「お前が欲しいものは何だ？」

ぴくり、と私の肩が反応を示したのを、鬼束は見逃さなかった。

「声だけが欲しいのなら、いくらでも録音してやる。言ってほしい言葉を吹き込んでやる。だが、それでお前は満足なのか？」

鬼束は逃げ道を与えない。

容赦《ようしゃ》なく、私の本心を暴こうとする。

欲しいものをくれてやるという甘い誘惑に、私は今までのように自分を否定することも、変にあがくこともやめた。認める覚悟を決める。

「答えろ、樹里」

催促された直後——私は固く結んでいた唇を解《ほど》いた。

「……イヤ。声だけじゃ、イヤ。私は、鬼束八尋の全部が欲しい」

何て強欲な女なんだろう。

その声も、鋭さを帯びる眼差しも、営業用のスマイルも、腕の力強さも、強引な性格も。全てに心が反応して止まらない。

意地悪で鬼畜で俺様で、自分勝手に人を振り回すくせに、私に触れる手はひどく甘くて、優しい。

だが、「何故？」とさらに先まで言わせる奴は、本物のサディストかもしれない。

顔を上げて、鬼束を見る。真顔なのに、瞳の奥に期待と燻《くすぶ》る情欲の炎を見つけて。その黒曜石のような瞳に、吸い込まれそうな引力を感じた。

──逃れられない、これ以上。

ずっと往生際《おうじょうぎわ》悪く認めないで、気付かないフリを続けていた感情に、私はようやく名前をつける。

「……好き。好きなの。声だけじゃなくて、傍にいた──」

最後まで言う前に、鬼束はぐいっと力強く身体を密着させて、私の言葉を呑み込んだ。

真っ赤に塗った口紅が移ってしまうとか、そんな考えが思い浮かぶ隙もない、突然の口づけ。荒々しく熱を分け与えるキスに、思考が徐々に鈍っていく。

「……ふぁ、んっ……」

鼻から抜けるような声がどこか艶《つや》を帯びていて、そんな自分の慣れない声が余計に身体を火照《ほて》らせた。自然と開いた唇の隙間から、鬼束の舌を受け入れてしまう。絡めあう舌の感触も、零《こぼ》れる吐息も、響く唾液音も、私の官能を引きずり出すには十分で。知らず奴の首元に両腕を回し、自分から抱き着いていた。

しばらくお互いの唇を堪能《たんのう》した後、名残惜しく思いつつも唇を離す。ふっと鬼束が微笑んだ気配を感じた。

すっかり色が移った鬼束の唇が、妖しいほどの色気を放っている。男らしく骨ばった手で私の口許を拭った後、自分の唇も親指で拭い、ニッと笑う。

「色がついたか」

ペロリと指を舐《な》める仕草が扇情的で、視線が離せない。乱れた呼吸を整えているのは私だけで、奴は余裕の笑みを浮かべていた。足に力が入らなくなってきている私を、鬼束は躊躇《ためら》いもなく抱き上げる。

「っ⁉」

目線が上がり、不安定な浮遊感から咄嗟《とっさ》に鬼束の首に腕を回す。「それでいい」なんて笑った彼は、迷いない足取りで私を横抱きしたまま運び、下ろした。

――天蓋《てんがい》付きのベッドの上に。

背中に感じる弾力のあるマットレスと、高級ホテルの名に恥じない上質で肌触りのいいベッドカバー。冷たい布の感触が、先ほどキスで火照《ほて》り始めていた私の身体を落ち着かせるように宥《なだ》めた。

鬼束は私に覆い被さり、見下ろしてくる。真っ直ぐに見つめてくる視線の強さを感じただけで、鼓動が速まってしまう。

この後何が待っているのか、わからないほど子供じゃない。普段の思考を持っていれば、間違いなく私は「まだ早くない⁉」と言っているだろう。

気持ちを表明して僅《わず》か数分でこういう関係になるのは、絶対に抵抗を感じるはずだ。が、感情に支配されている今、何故かこの流れは至極自然に思えた。

相手に触れたい、触れられたい。相手の温もりを感じたい、感じさせたい。

言葉で気持ちを告げたのならば、今度は身体で相手を確かめたい。

私の許可を待っているかのように見下ろしてくる鬼束に、私は微笑みかけた。

小さく息を呑んだ奴は、気難しい顔をして深く息を吐くと、眉を顰《ひそ》めて不機嫌声になる。

「お前、それ無意識で煽《あお》っているよな？　……この姿、一体どれだけの男に晒《さら》したんだ」

「へ？」

口ごもる私に、鬼束は一言「脱がせるぞ」と宣言した。

覚悟を決めたとはいえ、いきなりの直球な物言いに戸惑うが、鬼束の行動は素早かった。

私の上半身を起こさせて、髪を器用に解かれる。焦げ茶の髪が、ふわりと背に流れた。

そのまま流れるような動作でドレスのジッパーを下ろした鬼束は、下着姿の私を一瞥《いちべつ》すると、さっと視線を逸らした。そしてたった今私からはぎとったドレスを、近くの椅子の上にかけた。

戻って来た彼は、不安げに瞳を揺らしてはいても嫌《いや》がるそぶりを見せない私を見て、口角を上げる。

そして「綺麗だ」なんて下着姿の私を瞼《まぶた》に焼き付けるように眺めて、言った。

居たたまれなくて恥ずかしくて、両腕で胸を隠しながら顔を横に向ける。だけどそれは許さないとばかりに彼は無理やり視線を合わせて、私の腕をどかせた。って、この鬼畜男が！

「気に入ったか、それ」

「え？　ええ……」

目を細めて私を見つめてくる鬼束の目元が、僅《わず》かに赤くなっているように感じるのは気のせいか。

今身に着けているのは、クリスマスパーティーで最後にプレゼントされた、あの純白の下着。繊細な刺繍《ししゅう》とレースが乙女心をくすぐり、どことなくウェディングドレスを纏《まと》った花嫁を彷彿《ほうふつ》とさせる。

漆黒のドレスに、純白の下着。同じ黒ならまだしも、何で白？　と疑問に思ったが、姉の意図を完全に理解するのは難しい。

けれど、どことなく満足そうな鬼束を見れば、この下着で正解だったと思えた。

「よく似合う」

微笑む彼がどんな意味でそれを言ってたのかなんてわからず戸惑う私を、キスの嵐が全身を襲い始める。

「……あッ」

とさり、と上半身が倒された。性急に首筋に口づけてきた鬼束は、強く私の肌を吸い上げてチクリとした痛みを与える。

「まだ足りねぇ……」

自分でつけた所有の証《あかし》を指でつっとなぞりつつ、鬼束は何とも不穏な言葉を呟《つぶや》いた。

「え？　あ、ちょっ……！」

彼はむき出しの肩にしっとりと濡れた唇を押し付け、赤い花を散らせ始める。右手で私の左手首を拘束し、左手で二の腕や肩を触りながら、徐々に唇を移動させていく。不意打ちのように鎖骨の窪《くぼ》みを舌で舐《な》め上げられたときは、腰が小さく跳ねた。

「ひゃ、あっ」

上下の下着は外されないまま、鬼束の愛撫は続いていく。胸の谷間に顔を寄せられ、濡れた感触と小さな刺激に再び襲われる。漏れる声を抑えようと片手で口を覆えば、上目遣いで見上げた鬼束がニッと口角を上げた。

「隠すな、聞かせろ」

「なっ……！」

「手首を拘束するのは趣味じゃない」

抵抗すれば両手首を拘束する気なのか！

口を覆っていた手を優しく外されて、羞恥《しゅうち》から潤《うる》んでいる目で鬼束を睨《にら》みつける。すると、相好《そうごう》を崩した奴は私の目の端にもキスを落とした。

……ヤバい、これだけで既にクラクラする。

自分勝手な俺様で鬼畜な発言に反し、触れる手はどこまでも優しくて、甘い。この慣れない甘さに、酔ってしまいそうだ。

身体をずらした鬼束が、私の右足を持ち上げてその内側にまで所有の証を刻んだ。大胆で恥ずかしい体勢と、奴がまだネクタイすら緩《ゆる》めていない姿を見て、乱れているのは自分だけだと改めて認識させられてしまう。心もとない下着姿は、何て卑猥《ひわい》なのだろう。いっそのこと全部脱がせてくれたら潔《いさぎよ》いのに……多分。

「すげぇ、エロい」

上半身を起こした鬼束は、荒い呼吸を整える私を見下ろし、そう呟《つぶや》いた。しゅるり、と衣擦《きぬず》れの音が聞こえる。見れば、彼は片手でネクタイを外していた。その手つきと、シャツの合間から覗《のぞ》いて見えた彼の素肌に、心臓が高鳴る。

「樹里？」

かけられた声に、自分の視線が鬼束に釘付けになっていたと気付く。咄嗟《とっさ》に私は身体を横向きにさせ視線を逸らした。が、逆に好都合とでも言いたげに微笑を零《こぼ》した鬼束が、私の長い髪をどけて、ブラのホックを外す。

「っ！」

締め付け感がなくなったそれを、鬼束は手際よく回収した。反射的に両手で前をカバーする私を見て、楽しげな笑みを向ける。

「恥ずかしがる姿もそそられるが……隠したって全部見られるんだ。今か後の差だったら、今見せろ」

「お、鬼……！」

あんたは我慢のできない子供か！

と思ったけど、それはある意味正しい表現かもしれない。

やんわりと両手を解かせ、彼は再び深いキスをしてくる。

呑み込めきれない唾液が口の端から零れても気にしない。深く深く、お互いの熱を完全に溶け合わせる情熱的な口づけに、先ほどまで残っていた理性や意識が朦朧《もうろう》としてくる。それが酸欠からなのか、刺激が強すぎるからなのかさえ、もうわからない。

いつの間にか上半身裸になっていた鬼束の姿に、心臓が大きく跳ねた。鍛えているとは思っていたけれど、引き締まった胸板と適度な筋肉がついた上腕二頭筋には、さほど筋肉に興味のない私でも見惚れてしまう。男性の裸なんて見たちで見慣れているはずなのに、恥ずかしくて直視できない。

「樹里、俺を見ろ」

目を瞑《つむ》る私に、無茶を言う。こいつは一体どこまで私を追い詰めればいいの。いじめっ子なのか、鬼畜なのか、ドSなのか。そろそろ属性をはっきりさせてほしい。

「は、恥ずかしいから、ムリ……」

「何言ってる。恥ずかしい思いをするのは、まだまだこれからだぞ？」

ああ、絶対にこいつは楽しんでいる顔をしている！

ふと目を開けて彼を見上げれば、熱い視線が降って来た。再び身体に火が灯され、下腹の奥が疼く。触れられる箇所が、火傷《やけど》をしそうなほど熱い。

「ダメっ……」

胸に触れられたかと思えば、既に主張をしている頂きを口に含まれ、あられもない声をあげてしまった。艶《つや》めいた嬌声《きょうせい》が抑えられない。唾液で濡れた舌が、胸の先端を嬲《なぶ》る。舌で転がされ、時折柔らかく歯でコリッと噛まれ、脳天が痺《しび》れるような電流に襲われた。昂《たかぶ》り続ける身体の熱が逃がせない。キスだけでも敏感に感じてしまっていたのに、胸への愛撫は私にそれ以上の刺激をもたらしていた。

強弱をつけながら両方の胸をいじる鬼束は、赤くぷっくり腫《は》れた私の右胸を満足そうに眺めた後、手で触るだけだった左胸にまで顔を寄せ、更なる刺激を与えるため舌で丹念に愛撫を施す。

「あ、ヤっ、……ッ」

「嫌《いや》？　こんなにうまそうにしているのに？」

そんなふうにさせたのはどこのどいつだ。

身体の奥深くに直接響く奴の声は、普段以上の破壊力を持っていた。最後の砦《とりで》であるショーツが濡れて秘部に貼りついているのがわかる。触られるだけで、ううん、もう彼の声を聞くだけで、じわりとした蜜が身体の奥から分泌される。

心臓の真上にキスをされ、その瞬間鼓動が跳ねたのが伝わったらしい。クスリと笑った鬼束は、そのまま身体を徐々にずらしていき、空いている片手で私の腹部をなぞる。おへその上をゆっくりと円を描くように触れられて、腰が反射的に跳ねそうになった。

「ああ、濡れてるな」

独り言のように呟《つぶや》いた鬼束は、ショーツの上から秘所の割れ目をこする。

何でそんな恥ずかしいことをいちいち言うの！　なんて怒ることももうできない。口を開けば荒い呼吸と艶《つや》めいた喘《あえ》ぎ声しか出てこないのだから。

私はせめてもの抗議で、若干目に力を込めて鬼束を見つめた。

「まだ余裕がありそうだな？」

不敵に微笑む姿は壮絶なほど色気を纏《まと》っている。少しだけ寄せられた眉に、奴の余裕もあまり残っていないことが窺《うかが》えて、僅《わず》かに溜飲《りゅういん》が下がる。

外気に晒《さら》され冷たいと感じたことで、濡れてすっかり下着の機能を果たしていなかったショーツを脱がされたのだと気付いた。

一糸纏わぬ姿を見られているだけで恥ずかしいのに、その恥ずかしい場所に指を這わされたりしたらもう、言葉にならない。

くちゅり、と水音が耳に届いた。

中途半端に快楽が高まって苦しい。喘ぐ私の姿を見た鬼束が、「一度イッておくか」と呟きを落とした。

直後、感じやすい突起を親指で強く刺激され、同時に唇は深い口づけによって塞《ふさ》がれた。

「――っ!」

足はつま先までピンと伸び、視界が白く塗りつぶされる。一瞬の浮遊感を感じた直後、身体が弛緩し、全身に気だるさが纏わりついた。強い快楽に呑まれて、そのまま流されそうになったが、達したばかりの私の意識を鬼束が繋ぎ止めた。

「ぁ、まっ……!」

「狭いな……」

待って、と言うよりも早く、敏感な身体に初めて異物が差し込まれる。人差し指で中を解《ほぐ》しながら、溢れる蜜を指に絡めて内壁をこすられた。鬼束の指はゆっくりと中を押し広げていき、私は再び訪れそうになるその波に耐えながら、首を左右に振って何かから逃れようとした。

鈍かった思考が徐々に鮮明さを取り戻そうとしていたが、新たに生まれた快感がまた思考を奪っていく。一度達した所為《せい》で身体に余計な力が入っていなかったからか、二本目の指までは若干の違和感を残しつつも、すんなりと受け入れられた。くちゅくちゅと、淫靡《いんび》な水音が室内に響く。

やがてずるりと指を引き抜いた鬼束は、蜜に塗《まみ》れたそれを私に見せつけるように舌で舐《な》めた。その光景を目の当たりにして、顔に朱が走る。

「や、信じらんない！　何舐めて……」

「直接舐めたら、お前は怒るだろう？」

あ、当たり前だバカ！

シャワーを浴びたとは言え、自宅を出る前のことだ。清めていない身体の不浄な場所を、舌で舐められるとか、想像するだけで軽く気絶しそうになる。ありえない、と羞恥《しゅうち》で顔を真っ赤にさせたまま口をパクパクさせているうちに、再び鬼束が指を挿入してきた。

指が増やされ、引きつった小さな痛みが与えられた直後、今度は三本の指で快楽のポイントをいじられる。私は、声を我慢することなく喘いだ。

「ぁ、あぁッ……ン！」

「ここか……」

同じところを執拗《しつよう》に攻められて、再び快楽がせり上がって来る。

至近距離で零《こぼ》れ落ちる鬼束の吐息が艶《なま》めかしく、そしてどこか苦しそうにも感じた。

鬼束の低く掠《かす》れた声が届く。

「っ……、やべぇ、そろそろ限界……」

ピリッ、と何かを破く音が、朦朧《もうろう》とした意識の外で聞こえる。十分ほぐされて、蜜を溢れさせる秘所に圧倒的な質量を感じた。熱く脈打つそれを敏感な場所に感じ、期待と恐れから胸の鼓動が急速に速まる。快楽が高められた私に、鬼束が視線を合わせ、こめかみにそっとキスを落とした。

「辛かったら、言え」

低く艶《つや》めいた色気ダダ漏れのバリトンは、私にとって甘美なる毒だ。その声だけで感じてしまう。

私の全てを暴くように、鬼束は膝を大きく開かせた。恥ずかしさから叫び出したい。咄嗟《とっさ》に膝に力を込めて閉じるが、そんな些細な抵抗なんて無意味だった。私の片足をかつぎ上げた鬼束は、ゆっくりと、狭い中を押し広げながら深く侵入してくる。

すっかり受け入れ態勢が整っていたからって、痛みを感じないはずもない。思っていた以上の裂ける痛みに、悲鳴をあげそうになるのを堪《こら》え歯を食いしばる。鬼束が苦しそうに小さく息を吐きだした。

「樹里、力抜けっ」

「〜〜む、りィ……！」

く、苦しい……！

中途半端に挿入したまま、強張《こわば》る身体の緊張をほぐそうと、鬼束が私の顔にキスを落としてくる。額、こめかみ、頬、そして唇。口腔内を優しくゆっくりと暴いていき、その気持ちよさに次第に身体の緊張もほぐれていった。ジンジンとした痛みが僅《わず》かに引く。

その瞬間を見逃さなかった鬼束は、最後まで腰を進めて、私を強く抱きしめた。

「――っ!!」

一瞬、ほんの一、二秒、息が止まったかと思った。串刺しされたような痛みに、とてつもない圧迫感。漏れる吐息は甘やかというより、苦しさに耐える声だ。

「はあ、っ」と思わず大きく息が零《こぼ》れる。

繋がったまま汗ばむ身体を抱きしめられて、破瓜《はか》の痛みはあるが身体の奥から少しずつ充足感がわいてくる。

痛くて苦しいこの行為は、相手とより深く繋がりたいから。一つになれた実感を、直に感じている。相手の熱に触れている今、幸せと言える幸福感も確実にじわじわと身体の奥深くまで染み渡っていた。

ズキズキとした痛みと共に嬉しさもわきあがるが、まだ快楽を得るまでにはいかない。痛いのは最初だけなんて言うけれど、本当にこの痛みが二回目以降なくなるとは、今の時点では思えないわ……。

抱きしめられたまま微動だにせず、じっとしていてくれるからか何とか痛みが和《やわ》らいでいく。けれど、この先動かれたら、なかなか苦しそうだ。

「樹里っ……」

「っ!? ちょッ、まだまっ……!」

眉を顰《ひそ》めて色香を振りまく鬼束が、我慢の限界を訴えてくる。

緩《ゆる》やかに律動を開始され、再び痛みに襲われた。先ほどの絶頂で感じた快感は、もはや存在しない。経験したことのない圧迫感から、今では理性が戻っている。はっきりした意識が取り戻されたと同時にわきあがるのは、形容しがたい妙な悔しさ。

何事においても、未経験者と経験者が戦ったら、当然、経験者が有利なのは当たり前でしょうよ。耳年増《みみどしま》ではあったが今まで清らかな身体を守って来た初心者の私じゃ、鬼束に敵《かな》わないのは百も承知。でもね、こっちだけ恥ずかしさを感じたり痛い思いをして翻弄《ほんろう》され続けるというのは、正直割に合わない。

額に汗をかいてはいるが、どこかまだ余裕のある鬼束の表情を見て、妙な闘争心に駆られた。何か、何かないか。奴の余裕を奪って同じ位恥ずかしい思いをさせられる何か。

不意打ちを狙うように、私はだるい上半身を少し浮かせ、ゆるゆると腰を動かし始めた鬼束の首の後ろに手をまわし、グイッと引き寄せる。ギョッとした鬼束に顔を寄せ、その魅惑的な声を発生させる喉をペロリと舐《な》めた。

「なっ!?」

驚愕《きょうがく》し、上下する喉仏に舌を這わせた直後、私はすかさず奴の頬を両手でガシッと掴んだ。逃がしはしないという意志を目に宿して、私から彼にキスをする。

案の定、鬼束は私の予想外の行動に目を瞠《みは》った。私からまさかの二段階攻撃。鋭い目が丸く見開かれた直後、散々奴によって慣らされたテクを駆使し、キスの主導権を握りながら鬼束の口腔内を暴いていく。だが、敵もさるもの。驚いたのは最初だけで、すぐに鬼束は私の舌を蹂躙《じゅうりん》し始めた。

そうはさせるかっ。

主導権は渡さないとばかりに、ギリギリの攻防を続ける。唇の動きと共に、止まっていた腰の動きも再開されて、自然と眉間に皺《しわ》が寄った。入り口付近まで引き抜かれては、奥まで突かれて、ビリリとした痛みに顔を顰《しか》める。中はまだ潤《うるお》っているけれど、慣れない行為にすぐ身体が順応するわけではない。

欲望のまま激しく突き入れたりはしないことから、私の身体を労《いた》わってくれているのはわかる。それはありがたいが、こいつの顔にはまだ余力が十分残っているように見えた。

「口、止まってるぞ?」

キスの合間にクスリと囁《ささや》かれて、ぞくりとした震えが走る。腰に響く低音ボイスを聞かされ、敏感な身体が感じてしまい、知らずじわりと潤いが増す。そのことを悟《さと》られたくなくて、思わずその挑発に乗った。

私は貪《むさぼ》るようにもう一度鬼束にキスをする。そして両手を離して奴を睨《にら》みつけた。若干、目は据わっていたかもしれない。少し掠《かす》れた声で、低く命じた。

「喘《あえ》げ」

「……は？」

「あんたも少しは喘ぎなさいー！」

こんなときに叫ぶとか、色気もへったくれもない気がするが。予想外に出た大きな声と共に、どうやら反射的に膣をキュッと締めたらしい。当然私の中で存在を主張する鬼束のアレも、締め付けられたようだ。

「クッ……！　てめ……っ、締めるなッ」

彼は苦しげに眉根を寄せて熱い息を吐いた。その表情が実に色っぽくって、先ほどまで残っていた余裕を全て搾《しぼ》り取ってやった気分になる。あと少しで達してしまう、というギリギリ感が、奴の苦悩めいた顔と吐息から伝わって来た。意識して、鬼束は息を数回に分けて深く吐きだした。

意図せず喘ぎに似た声を聞けた私は、至近距離から私を見つめる男に、挑発的に微笑んで見せる。

「私ばっかり、恥ずかしくて痛い思いをさせるから、こうなるのよ」

「随分余裕じゃねーか……。そうか、やっぱり初めては痛いよな？　なら、さっさとその痛みが快感に変わる手助けをしてやるよ」

「なっ、……!?」

がしっと片手で腰を掴まれて、さらに強く密着させられる。もう片方の手で、彼は私の足を抱え直した。ズチュン、と一気に奥を穿《うが》たれて、その刺激に喉をのけ反らせる。

「ぁ、ヤッ、あ……まっ……んんッ！」

「待たないし、待てない。挑発したのは……、お前だろ？」

「だっ、て……！　自分ばっ……か、よゆうズルッ……ぁあ！」

痛い！と確かにさっきまでは思っていた。だが鬼束は、そんな私に激しい情欲をぶつけるように、熱い楔《くさび》で中の内壁をこすっては、最奥をめがけて腰を打ち付けてくる。己《おのれ》の存在を私の中に刻み付ける激しさに、先ほどまであった理性が薄れていった。代わりにわきあがるのは、痛みとは違った何か……。じわじわと広がるこの感覚は、先ほど達したときに味わったあの白い波だ。

「余裕？　はぁ……余裕なんて、あるわけねーだろ」

「そ、んなのッ……はぁ、みえな……イ」

「目で見えないなら、感じろっ」

何て横暴！

そんな抗議の声は、まともに声を発することすら難しいこの状況では、無理と言うもので。

今じゃ初めのときの遠慮が、一切感じられない。まるで飢えた獣《けもの》だ。汗を滴《したた》らせながらガツガツと抽挿《ちゅうそう》を繰り返される。腰を掴んでいた片手がいつの間にか外されて、先ほど私を絶頂に導いた花芽を、奴はグリッと指で押しつぶした。

「ッ……!? ヤぁ、あああっ！」

「ああ、もっとだ。もっと、俺の腕の中で啼《な》け、樹里……」

「声、やめッ……！」

悩ましいほど艶《つや》めいた声が落ちてくる。耳に唇を寄せて低く囁《ささや》くこの男は、何て鬼畜なんだろう。私が鬼束の声に弱いことを知っているから、もっと感じさせるため、色気を滲《にじ》ませた声で敏感な身体をさらに刺激してくる。これ以上感じてしまったら、どうなるかわからなくて、その声から逃れたいと緩慢な動きで頭を動かした。

だが、鬼束は自分の武器を使うことをやめない。それどころか――

「――その艶やかな髪も、囀《さえず》る声も。頭からつま先まで、瞬《まばた》き一つ、呼吸すら奪いたい。他者《よそ》を見ることは許さず、思考の全てを俺で埋め尽くしたいほど、お前の全てが愛おしい」

「……！」

な、何でその台詞《セリフ》!?

怜悧《れいり》冷徹冷酷非道、残虐魔王のカイン様。氷の美貌を持った彼が、アニメの中で唯一語る、ヒロインへの想い。その口説《くど》き文句を、まさか鬼束が諳《そら》んじているとは思わなかった。

目を見開いて彼を凝視する。一人称をカイン様呼びの「私」から「俺」に変えて、あのアニメのファンなら一度は伊吹様に囁かれてみたい台詞ランキング一位の告白を、何故今。このタイミングで、それを言うの。

「な、で……それっ」

「ああ……見たからな。お前が好きだと言った、オヤジが演じているキャラだろ？」

グリッ、と内壁の一点を強く突かれ、「ひゃあッ！」と悲鳴をあげた。一際強い快楽がどっと押し寄せる。取り戻し始めた思考がまた鈍く霞《かす》んでいった。

息遣いが荒くなってきた鬼束が、意味深な言葉を吐く。「オヤジの声の上書きだ」と。

ああ――この男は、伊吹様の声は私の憧れでしかないことに、まだ気付いていないのか。

まあ、私の今までのはしゃぎようを見れば、一番は伊吹様だと思うのも仕方がない。

けれど、私がこうして触ってほしいのも、声を囁かれるだけでどうしようもなく感じてしまうのも、傍にいたいのも、伊吹様じゃなくて鬼束八尋だというのに。

伊吹様は憧れで、私がとっくに陥落しているのは鬼束だ。低音のバリトンが好みなんじゃない。この男が喋る声が好きなの。

だが、それをまだちゃんと告げていない事実にふと気付いた。

「ちがっ、わたしは……」

「ああ、俺はオヤジと同じじゃない」

そうじゃないのに！　話を聞いてもらいたくて、鬼束の腕に触れる。けれど、ぐるりと円を描くような動きをされて、視界が一瞬点滅した。今では私の両足を抱え上げている鬼束は、より深く繋がりを求めてくる。膝にざらりとした感触の舌が這わされ、私の口からは断続的に熱い吐息と嬌声《きょうせい》が漏れた。際限のない、ゾクゾクとした快楽に思考が支配される。

でも、これだけは伝えたい。私が好きな人は、こいつ本人だと。

「憧れと、恋は、ちが、の……っ！　伊吹様は、ただのファン、で……ッ、好きなのは、傍に……いた、いのはぁっ……鬼束、八尋……ひとり」

脳裏に浮かぶカイン様の姿。その人から発せられる声は、もう伊吹様じゃない。録音して散々聞いていた鬼束の声で、伊吹様に似せていない彼自身の声で。私が好きだったあのキャラはもう、鬼束の声でしか動かない。

「オヤジはただの、憧れ？」確認を取るように囁《ささや》かれ、必死に首肯《しゅこう》する。信じてくれたのか、ふっと嬉しそうに微笑みを浮かべた彼の表情に、胸の奥がキュウと締め付けられて、高鳴った。

鼓動が速い。

真っ黒な髪が揺れる様が、どうしようもなく色っぽくって、相手の些細な仕草にまで胸がときめく。抱き着きたい、抱きしめたい衝動に駆られ、重だるい両腕を何とか上げた。

「好きよ……鬼束八尋の全部が、すき……」

「っ！　バカ、煽《あお》るなッ」

ドクン、と脈打つ彼の分身が、少し大きくなった。圧迫感が増し、苦しさに声が漏れる。

「クッ……」と再び耐える鬼束の声が落ちてきて、私は終わりが近いことを唐突に悟《さと》った。

草食系男子とは無縁な、肉食獣とも言える男に攻めたてられれば、恋愛初心者な私はもう抗《あらが》うことなどできるはずがない。理性を捨てて目の前の男に縋《すが》るように、ひっきりなしに喘《あえ》ぎながら鬼束の背に手を回す。生理的に零《こぼ》れる涙を、彼に舌で舐《な》められた。

上半身も下半身も密着した状態で、私の視界は再び真っ白な波に呑み込まれる。

「ぁあ……っ、ヤぁ、おに、づかッ……」

「八尋、だ。……名前で呼べ、樹里」

荒々しく、貪《むさぼ》るように口を塞《ふさ》がれた。その合間に漏れる声がひどく淫靡《いんび》で、その声にすら身体が刺激される。

――グプンッ！

潤滑油になっている私の愛液が、一際大きな音を奏でた。粘り気のある水音が室内に響き、全ての音に身体が反応を示す。

唇が離れた瞬間。私は縋るように、名前を呼んだ。

「や、ひろ……、やひろ、やひろぉ……ッ！」

ふっと微笑んだ奴が満足げに「ああ、ここにいる」と私の片手を握りしめる。

「愛してる」と耳元で囁《ささや》かれた刹那。限界の階《きざはし》を駆けのぼり、快楽の崖に立たされた。

二人同時に崖から飛び降りるように達し、今度こそ私は強すぎる刺激に耐えられず、手を握ったまま意識を手放したのだった。

◆◆◆

「気付いたか」と心地いいバリトンが耳に入って来る。

ゆっくりと瞼《まぶた》を上げれば、腕枕をされていたことに気付いて狼狽《ろうばい》した。

そんな私を、鬼束は愛おしそうに見つめていた。睨《にら》み上げれば、奴はよりいっそう笑みを深めて、額にキスをしてくる。

「身体は大丈夫か？」

ずくん、と下半身が……というか、下腹に違和感と痛みが走り、思わず顔を顰《しか》めた。

ついでに腰もだるい。

頭が冷静になると、穴に埋まりたい衝動に駆られる。まだお互い裸だし！　裸で抱き合っているし！　は、恥ずかしい……

真っ赤になって何とか頷く私を見て、「そうか」と嬉しそうに微笑む鬼束。何だか頬再び身体が緩《ゆる》んでいないか、この男。

「やっと手に入れたんだぞ。嬉しくないわけがない」

ぎゅうっとベッドの中で抱きしめられて、胸の先端が奴の胸板にこすれた。再び身体の奥が疼きそうになる。って、ちょっと第二ラウンドはまだ無理！

甘い空気を霧散《むさん》させるため、「夕飯！　そういえば食べてない」と訴えた。

時計を見ると、夜の二十一時近く。予定外の運動……もしてしまったことだし、お腹は空腹を訴え始めたのだ。性欲を満たして睡眠も得れば、最後は食欲か。人間の三大欲求に忠実すぎるわ、自分。

「そうだな、俺も食ってない」

予想外の発言に、私は目を瞬《またた》かせる。

「そういえば、さっき賭けがどうのって……。あれ、雪宮さんと食事したんじゃないの？」

すっかり忘れていたあの謎な台詞《セリフ》。あれは一体何のことを話していたんだろう。

「食事はしていないんだ。というよりも、賭けの戦利品はこっち。あっちの食事は敗者のもの」

「は？」

こっちとは、どっちだ。

疑問符を浮かべる私に、鬼束は「この部屋の宿泊券だ」と言った。

「え、訳がわからない。一体何がどういうこと？　雪宮さんが賭けに負けたのなら、食事は一人で食べたってこと？」

クリスマスの夜に一人でカップルに囲まれたままディナーって……。とんだ罰ゲームじゃないか。

「いや、あいつはうちの愚弟と食っただろうよ」

「はい？　弟、さん？」

何故弟が。ってか、あんた兄弟いたの？

鬼束に弟がいたことに驚きを隠せないでいると、奴は「兄弟いるかって訊かれたことあったか？」なんて答えた。そういえば、なかったかもしれない。

「煮え切らないカップルだったんだよ、あいつらも。雪宮椿はうちの弟と大学からの付き合いでな。今年のクリスマスには決着をつけたいと協力を迫られていたんだ。それで丁度いいから俺にも協力するなら考えてやると言ってだな」

「はあ!?　何よその協力って！　あ、あんたまさか……」

ニヤリと歪んだ笑みを浮かべた男を見て察する。

彼女のあの食堂でのライバル宣言は、真っ赤な嘘か！

口をパクパクさせて憤《いきどお》る私に、鬼束は「仕方がないだろ」と悪びれもなく言い放つ。

「お前に気持ちを自覚させるには、多少強引にでも焦《あせ》らせるのが一番だって言われたんだよ。『好きだ』と言葉で言わせるためにな」

「——ちょっと待って。それ、発案者誰？」

イヤな予感がよぎる。

たらりと冷や汗をかく私に、鬼束はさらりと「お前の姉貴」と言った。

「やっぱりそうか！」

道理でいろいろとタイミングがいい訳だよ！　ってか、こいつらいつの間に知り合っていたんだ。

「愛里さん、だっけか。俺が牽制《けんせい》したことで起こり得ること全て予感を的中させて、ライバル役を一人投入するのが手っ取り早いなんて言った直後に、雪宮が丁度よく話をもちかけて来たんだよ。誤解を招く発言は厄介だが、後で訂正させることを条件にお互いの利害が一致したわけだ」

「賭けって、どういう内容だったのよ？」

「お前と俺の弟、先にディナーに来た方が勝ち、ってやつだ。俺たちが店を出る時、弟とすれ違ったからな。結構ギリギリだったぜ」

「賭けの戦利品は、誰が準備したの？　雪宮さんと二人で、とか？」

一泊数万は軽くするだろうこの部屋を用意するだなんて。二人とも負けたらどうするつもりだったんだろう。

「いや、これは一樹さんの顧客先から頂いたものだ」

「は？　一樹兄さん⁉」

もう、嫌《いや》だ……。あの人たちは今頃私の話題を酒の肴《さかな》にして飲んでいるに違いない。

「よかったねー！」と全力で喜ぶあの三人の姿が目に浮かぶ。そしていじられまくるんだ。私もだけど、当然こいつも。

バスローブを羽織った彼がルームサービスを注文するため、メニューを取りに行く。

私用のバスローブもちゃんと持ってきてくれて、べたつく身体を洗うべくシャワーを借りようとしたら、鬼束が背後から私を抱きしめて「一緒に入るか？」なんて訊いてきた。

「断固拒否する」

「遠慮するな」

「遠慮じゃない！」

くすくす笑った後、奴は「また今度にとっておくか」なんて不穏な発言を残して去って行った。

正直、歩くのがなかなか辛い。

無数につけられたキスマークに恥ずかしさと嬉しさが募り、念入りに身体を洗う。広々とした浴室は、確かに二人で入っても十分な空間ではあったけど、私はとりあえずシャワーだけを借りた。本当は温かいお湯で身体を解《ほぐ》したいところだけど、お腹がへっているのでゆっくり浸《つ》かると余計疲れる。バスタブにはまた明日入ればいい。

髪を乾かして再びバスローブを纏《まと》えば、既にルームサービスが届いた後だった。並べられたのは、クリスマス用の料理の数々。

こんな時間でも小さなケーキは余っているんだとか、不思議に思う。シャンパンが開けられて、グラスに注《そそ》がれた。

豪華なスイートルームで夜景を展望しながら、シャンパンを飲むとは。何とも贅沢《ぜいたく》なクリスマスだ。

恋人なんて存在は一生無縁だと思っていた私に、初めてできた好きな人。恋愛を徹底的に避けてきた自分は、今日で卒業することになった。

カツン、とグラスが涼やかな音を奏でる。

「メリークリスマス」と、ちょっと照れくさい顔で言えば、お互い自然に笑いあった。

「樹里、手出せ」

「は？」

何から食べようかと迷っている私に、いきなり命令口調で奴が言ってくる。訝《いぶか》しがりながらもフォークを持っていない左手を出せば、薬指にすっと冷たい感触が。

「えっ？」

キラキラ光るダイヤモンドの指輪を目にして、私は硬直する。シンプルだけど、上質なそれは、一目で一級品だとわかった。

唖然《あぜん》としている私に、鬼束は「樹里」と私の名前を呼ぶ。

「俺は一生お前を手放す気はない。だから嫁に来い」

普通は、「結婚してください」とか、「一生幸せにする」とか。言い方がいろいろとあるだろうに、どこまで俺様で強引なんだ。

驚きすぎて声が出ない私に、鬼束は何か不安を感じたのか、「イヤか?」なんて問いかけた。

「お前の好きなオヤジの声に追いつくにはまだ時間がかかるし難しい。だがな、あと十年も経てば、オヤジとそっくりとはいかなくても、もっとお前好みの渋さと深みを兼ね備えた声になっていると断言する」

口調は命令口調で偉そうなのに、どことなく不安に揺れる目を見れば、自然と笑顔になってしまうではないか。

ああ、もう。この男が可愛いと思えてしまう日が来るなんて、どうかしている。喧嘩ばかりしていたあの頃からは、考えられない。

ピタリとはまった指輪に視線を落として、そしてまっすぐに鬼束の目を見つめる。

「仕方ないわね。そこまで言うのなら、伊吹様以上の素敵な声になれるよう、精進《しょうじん》しなさい」

——十年後が楽しみだわ。

そう告げると、鬼束は愛おしげに目を細めて、「ああ、楽しみに待ってろ」と微笑んだのだった。

◆　◆　◆

シャンパンを飲みながらご飯を食べて、デザートに手をつける。左手の薬指に輝く指輪が視界に入り、つい頬が緩《ゆる》んでしまった。あまり装飾品や貴金属系を身に着けない私には、何だか余計特別に感じてしまって、嬉しさがこみあげてくる。

カラスの行水並に手早く汗を洗い流した鬼束は、まだ湿っている髪を指でかきあげつつ「お前イチゴ食う？」なんて訊いてくる。その何気ない仕草がどことなく色っぽくって、直視できない。

再び顔が赤くなるのを誤魔化すために、視線を逸らして「食べる」と答えた。

「ねえ、ところで私の服はどこに？」

「ドレスはハンガーにかけて、下着類は纏《まと》めて置いておいたぞ」

平然と言ってのける奴が何だか憎らしい。意外とマメできちんとしている男だけど、どうして私の方が恥ずかしがらないといけないのっ。世の中の男は情事後、彼女の下着まで片付けておいてくれるものなのか。それが普通なのか、単に鬼束がきっちりした性格だからなのか……。経験がないからわからない。

未使用の下着すら身内以外の男性に触らせたこともないのに、使用後のものを片付けられたとか、気にするななんて無理な話だ。

「そう、ありがとう……」と答えるのが精一杯だった。既にいろいろと見られているのに、羞恥心《しゅうちしん》は際限なくわいてくる。

「お前、何だか顔赤くないか?」

「う、うっさい!」

からかいの色を浮かべて、鬼束がケーキ皿にケーキをのせる。私にそれを手渡した彼は、「そういえば」と何やら意味ありげに私を見ながら言った。

「すっかり言い忘れていたが、お前に渡したオヤジの声。あれ半分は俺だから」

「……は?」

食べる手が止まってしまった。言っている意味がわからず訝《いぶか》しむ私に、鬼束は何か吹っ切れたような表情を浮かべた。

「録音したおやすみなさいのカイン。あの声は、俺だ」

たっぷり十秒停止した私は、悠然とシャンパンを飲む目の前の男を凝視する。からかいや冗談の色は窺《うかが》えない。つまり、私が伊吹様だと思っていたあの声の主は、実は天敵鬼束だったわけで――

「っ！　なっ、何で!?」

思わずガタンと立ち上がりたい衝動に駆られるが、身体が怠《だる》いし重いし痛いしで、動かない……！

歯ぎしりをしたい気分で見つめれば、奴はあっさり「手っ取り早い洗脳だ」と言い放った。

「お前に俺の声を意識させるためにな。だが、気づかなかったならうまくいったというわけか」

「イヤー！　何て屈辱……!!」

まさか身近な人物の声を間違えるなんて！　声フェチとしてのプライドが切り裂かれた。そしてじわじわとわきあがるのは、表現できない恥ずかしさ。憧れの伊吹様の声だったのは、ジャックだけだったのに。当の本人にカインのお礼まで告げていたとは……。

あの疑問符を浮かべた一瞬の表情に、納得がいった。

そして鬼束の声に安らぎを求めて、結局奴の声に落ちた自分が何とも滑稽《こっけい》で、悔しい。全部こいつの思惑通りなんて、両想いになれた結果は嬉しいけど、やっぱりムカつく……！

顔をテーブルに突っ伏していると、上機嫌な声でくっと喉で笑った鬼束が、「ほら」

と声をかけてきた。見上げれば、何やら大きめの箱が差し出される。何それ？

「差出人がお姉ちゃん？……イヤな予感がする」

「そうか？　さっきお前がシャワー中に荷物が届いたってフロントから連絡があってな。ついでにお前のジャケットもさっきのレストランから届けられたぞ。そっちはハンガーにかかってる」

ああ、レストランで預けたファーのジャケット。取りに行くのをすっかり忘れていた。

そんなことを思いつつ、何が入っているのかわからない小包を開けた。中から現れたのは、カジュアルなワンピースとその下に着るためであろうタートルネックとタイツ。

それと、下着の上下のセット。

「あ、まさかこれ明日の着替え用とか？」

どんだけ用意がいいんだ。そして正直助かった……ありがたい。

が、現れる下着の数に違和感を覚える。ねえ、一泊だけなのに、どうしてブラとパンツが四ペアもあるの。洋服は一着だけなのに、おかしくないかこれ。

「パジャマは？　ねえ、お姉ちゃんパジャマは!?」

ない！　無駄に多い下着と明日分の洋服だけだ。

ニヤニヤ笑いながら私の様子を眺めていた鬼束は、飲んでいたコーヒーカップをソーサーに戻して、嘆息した。

「お前、あの人がそんな無粋なもの入れるわけねーだろ」

「何であんたの方が人の姉のことをそこまで把握してるのよ！」

ひらり、と箱の底に敷かれていたカードが床に落ちた。拾い上げてみると、やはり姉の字で、「サンタのお姉ちゃんより。メリクリ」と一言書かれている。しかも、鮮やかなルージュの姉のキスマーク付きで。何だ、拇印《ぼいん》代わりか。サインと同じか。

カードの唇の色と同じく、真っ赤な唇がニッと弧を描き、くすりと笑った姉の姿が目に浮かんだ。真っ黒な翼と尻尾を愉快げに揺らす彼女こそが、真の悪魔の女王。もはや小悪魔なんてレベルじゃないと思う。

「そういえばあの下着は俺が選んだんだ」

さらりと言い放った鬼束に、私は耳を疑った。

は？　あのって、まさかあの、パーティー中に届けられた下着のこと？

説明を求めた私に、鬼束がイチゴを差し出した。落ち着けと言いたいらしい。

クリスマスパーティーを予定していることは、何と姉から聞いていたそうだ。プレゼントがまだなら下着なんてどう？　と提案され、それに乗ったらしい。人のサイズを勝手に言うとか、あの人は何してくれてんの……姉の言動に怒りもわいたが、「お前のイメージにピッタリだろ？」と言われてしまっては、口をつぐむしかない。

純白で純真。繊細なレースが施された、華美過ぎないランジェリー。くすぐったさと恥ずかしさがこみ上げてくる。

赤く染まった頬を宥《なだ》めるように、届いた下着に視線を落とす。一つは真っ黒、一つは真っ赤な総レース、後はどこかサンタのコスプレを彷彿《ほうふつ》させる白と赤の組み合わせで、楽しんでやがると言わざるを得ない。

総レースの赤って……私こんなのもらっても着られないんだけど。黒は黒でかなり深く谷間を寄せられるようになっているし。

一番無難なピンクの下着だけを選んで、残りは見なかったことにしよう。

ケーキを一口だけ食べて立ち上がると、下腹に疼痛《とうつう》が走る。正直まだ異物感が残っていて、歩くのも億劫《おっくう》だ。でも洗面所で着替えたい。

構わず歩き出そうとしたが、そんな私の手首を引いて、鬼束が私を抱きしめる。そして流れる動作で自分の膝に座らせやがった。

って、何このシチュエーション！

「は、はなせっ……」

「お前それ今つける気か？　また脱がされるのに？」

「えっ」

——脱がされたいなら着て来いよ。

私の耳たぶを甘く噛みながら、鬼束は不穏な言葉を囁《ささや》いた。その声だけで、ぞくりと全身に震えが走る。静まっていた熱が再発しそうで、身体の奥が疼き始める。

「やっ、耳はっ……」

「樹里」と艶《つや》っぽく名前を呼ぶ鬼束の唇が、うなじから首筋に触れてくる。その柔らかな感触が先ほどの情事を思い出して、身体が火照《ほて》ってきた。

って、無理！　さっき初めてをしたばっかりで第二ラウンドはまだ無理！

「十分休息しただろ」

「ひゃっ⁉」

楽々と抱えあげられて向かう先は、先ほどとは違うキングサイズのベッドがある部屋だった。って、ここ寝室二つあるの？　マジで？

寝室が二つある、その理由は――

家族で使用する場合、もしくは、片方のベッドが使用できなくなった場合のため。当然、今の私たちに当てはまるのは後者だ。汗や蜜でドロドロになったシーツを思い出すと、居たたまれない。

結局また大量の汗をかかされて、喘《あえ》がされて。何度も求めてくる鬼束に掠《かす》れた声で限界を訴えるまで、私は奴の激しい愛を受け入れる羽目になった。

翌朝、腰が痛くて動けない私を愛おしげに見つめてくる鬼束に恨みをこめた視線を投げたが、睨《にら》んだ眼差しにすら奴は欲情するらしい。「誘ってるのか？」なんて唇を歪ませて覆い被さってくるから性質《たち》が悪い！

半分意識が飛んでいる中、朝の日差しを浴びながらスイートルームの豪華なバスタブに二人で浸《つ》かり、精神的にも肉体的にも疲労困憊《こんぱい》した二十六日。ぐったり気味で歩く私は、結局そのまま奴のマンションへ連れ込まれてしまったのだった。

◆◆◆

鬼束の家でも、私は散々構い倒された。

理性や冷静な思考なんてものは、あのホテルに行く前に、自宅に置き去りにしてしまったらしい。

気持ちが通じて、プロポーズされて。どこか夢見心地のまま、私は鬼束の手を取っていたのだ。結婚願望なんてなかった私がまさか婚約するとは、自分でも到底信じられない。だが、薬指にはまっている指輪がそれを現実だと証明する。

しかしながら、姉からもらった下着が早速役立ったことは、果たしてよかったと言えるのだろうか。

二十六日の昨日まで会社は休みだった。が、今日の二十七日は出社日。しかも、今年最後の。

当然私はちゃんと出る予定だったのだ。が、その意志を挫《くじ》いたのは、婚約者になってしまったあの男……

声が枯れるまで喘《あえ》がせて、容赦《ようしゃ》なく耳元で私の弱点である声を聞かせ続けたのだ。あいつに翻弄《ほんろう》された後、私が気絶するように眠りに落ちたのは、丑三《うしみ》つ時《どき》をとっくにすぎた頃だったと思う。

いつもの時間に一応覚醒《かくせい》はしたが、案の定身体はだるいし、頭も働かなかった。抗議しようにも掠れ声すら出ない。一方で、自分だけ身支度を整えた鬼束はミネラルウォーターのボトルを持って来て、一口自分の口に含んだ。

あんた、人が欲している水を目の前で飲むなんていい根性してんじゃないの……

よく働かない頭のまま沸々と殺気《さっき》を募らせれば、覆い被さってきた鬼束に顎《あご》を固定され、口移しで水を飲まされた。

よく冷えた水が、奴の口を通過したことで若干温くなっている。びっくりしたがそのまま咽《むせ》ずに慎重に飲みほすと、間を開けずに二回、三回と口移しされた。

ようやく喉が潤った頃、思考もすっかり夢の淵から浮上していた。が、水を全部嚥下《えんげ》した直後、奴の舌が容赦なく人の口腔内で暴れまくって、朝っぱらから濃厚なキスをお見舞いされる。

やっと唇が離れたと思ったら。丁度首筋から鎖骨あたりに零《こぼ》れた水を、ねっとりと舌で舐《な》め上げられ、ガッツリと濃いキスマークを付けられた。

流石《さすが》に黙っているなと言う方が無理だ。

「つな、にすんのよ……」

「水飲ませたんだろ？　何だ、もっと欲しいのか」

「ざっけんな！　ちょっと、見えるところにつけてないでしょうね？　会社行けなくなるじゃないの」

っていうか、そもそも仕事用の服が手元にない。

しまった、自宅寄ってから出社するのか。それなら浅沼課長にちょっと遅れるって連絡しないとっ。

がばりと起き上がったと同時に感じる疲労と倦怠感。知らず眉間に皺《しわ》が寄る。ちょっと、まともに歩けるの、私……

そんな私を見て、鬼束は再び毛布と布団をかけてきた。

「お前、今日会社休め」

「はあ？　何言ってんの。今日で今年最後よ？　無理に決まって……」

「いいから外に出るな。んな無防備な顔で出社してみろ。すぐに何があったかバレバレだぞ」

「えっ？」

はぁ～、とため息を吐《つ》く鬼束は、私の上司に連絡しておくから気にするなと言って寝室の扉を閉めた。

正直まだ睡眠は足りないし、寝られることはありがたい。が、ちょっと待て。一体奴は課長に何と言うつもりだ。

あのバカが余計な何かを言う前に、私から連絡しておかないと！

ああ、病欠ですなんて言うの、ある意味嘘じゃないけど心苦しい……。全ては「発情期か！」と叫びたくなる位容赦《ようしゃ》ないあいつが悪い。

「初心者相手に手加減なしで攻めやがって……。攻撃は最大の防御なのに、ほとんど何も仕掛けられなかったのはやっぱり悔しい……」

一方的に翻弄《ほんろう》されるのは性に合わない。でもこればっかりは仕方がない。だって経験値が違うもの。

ってゆーか、このままじゃ身体がもたん。抱き潰されてしまう。

とりあえずさっさと課長に連絡をと思い、まだ出社には早い早朝に課長の携帯に電話をかけた。

自宅でメールのチェックやら、できる仕事はするから大丈夫と伝えて、今年の締めの挨拶《あいさつ》は改めて大晦日《おおみそか》にすると告げた。

掠《かす》れ気味の声から風邪と察してくれたらしいが、最後の方の「お大事にね？」という何故か疑問形の言葉がどこか含みを帯びていて、ぞくっと背中に震えが走る。

わかっていたけど、やっぱり彼はあの兄と長年付き合えるだけの人間なんだわ……

きっと何があったのか、出社した鬼束に会えば容易に察するだろう。


一眠りして、再び起きたのがお昼前の十一時。

普段運動していないからか、全身筋肉痛気味だ。この痛みはどうしたらいいの。

「やっぱり、スマホじゃ打ちにくい……。パソコン欲しいわね」

溜まっているメールを処理しているが、未だに慣れないスマホで消化していくには限度がある。

かと言って、この家にあるパソコンを勝手に使うわけにはいかない。

やっぱり自宅に戻るかと考えて、とりあえず姉からもらった服に着替えた。

ここまではよかった。

結構きっちりとした性格の鬼束が、私の分の朝ごはんも作っておいてくれたし、そのことに文句はない。

が、いざ自宅に帰ろうとして玄関に向かった私はそこで立ち止まらざるを得なかった。

「ない……私の靴が、ない」

あれからもうかれこれ二十分ほど靴の捜索活動を続けた。だけど——

「一体どこにあるのよ私の靴は！」

靴の収納は全部見た。奴のクローゼットも全部無断で開けた。だが、もともとものを置かない性格なのか、きっちりキレイに収納されているところは何が入っているのか一目瞭然で。余計なものが隠されている痕跡すら見当たらない。

キッチンのシンクの下とか、物入れとか。宝物探しか、とツッコミたくなるほど、私は奴の家の中をうろうろ探し回っていた。イライラが募る。

一樹兄さんからもらったあの紅い靴。一体どこに行ったの。

奴の靴を借りようにも、でかすぎて歩けない。スリッパのままで外に出るのは抵抗がある。電車に乗る前にどっかで靴を調達すればいいのだけど、とにかく一度気になると見つかるまで気が済まないのだ。

そろそろお昼を回るというとき、ようやく鬼束から電話がかかってきた。「靴どこ」と先ほど送ったメールを見たのだろう。

「鬼束！　人の靴、どこにやった」

私の怒りなどどこ吹く風、奴は平然とした口調で言った。

『お前が大人しくじっとしている性質《たち》じゃないとはわかっていたからな。隠した』

あっさりしたその答えに唖然《あぜん》とする。

それ、悪びれもなく言い放つことじゃないわよね!?

「返して。いいからさっさと隠し場所を吐けっ」

『いいぜ? お前が可愛くおねだりしたらな』

「………は?」

ニヤニヤ笑っているだろうムカつく笑みがちらついた。あらやだ、血圧が上がったあまりに幻覚まで見えるみたい。

『そうだな……おねだり以外にも、「早く帰ってきて、八尋」と言ってみろ』

「何で?」

『ほう? それじゃ不満か。なら、「キスして」って台詞《セリフ》も加えるか』

「ちょっと!?」

『さっさと言わないとどんどん台詞が追加していくぞ? ああ、あの定番の台詞もいいな。裸エプロンで「お風呂にする? 食事にする? それとも……」』

「いーやーあー! ちょっとストップストップ! あんた今どこで電話してんの。まさか近くに誰かいないでしょうね!?」

慌てる私が面白いのか、くつくつと喉の奥で笑っている声が聞こえる。

『誰もいない会議室だ』

それを聞いて安堵したが、状況は何も変わっていない。

何こいつ、何でこんなに鬼畜なの！

『さっさと言わないと、もっと過激な台詞を言わせるぞ？　ほら、俺に可愛くねだれ』

おねだりと言うか、脅迫じゃないかそれは。

荒れる呼吸を意識的に整えて、私は屈辱的な台詞を口にした。

「お、願い、八尋……返して。は、早く、帰ってきてっ……」

……イ、イヤァあー！

何これ、何の羞恥《しゅうち》プレイなのー!?

奥歯をギリギリと噛みながら、途切れ途切れで何とか言い終えたけれど、廊下を転げまわりたい位恥ずかしい。

こんな言葉、素面《しらふ》で言えるか。

私は赤面して悶《もだ》えているが、なかなか応答が返って来ない。

ちょっと、まさか切れてる？

「もしもし？　こっちはちゃんと言ったわよ。さっさと在り処《あか》を吐きなさい」

もうヤダ。今日は私のお城で引きこもり、伊吹様の声を堪能《たんのう》しながら英気を養おう。

沈黙を守っていた鬼束は、大きくため息を吐《つ》いた――ように聞こえた。

『ク……ッソ、今すぐ帰りてぇ……』

「は？　何言ってんのか聞こえないわよ？　で、どこにあるのよ私の靴は」

ぼそりと呟《つぶや》いた独り言は小さすぎて聞き取れない。

まさかこの期《ご》に及んで言い渋る気じゃないでしょうね？

——その後、とある有名シューズブランドの靴箱を探せと言われて電話を切られた。

玄関に戻った私は、備え付けの収納扉を開いて、上から三段目にあったそのブランドの箱を手に取った。

目当ての靴が入っていたことに安堵したと同時に、脱力してしまう。

「……ちゃんと箱の中まで、全部見ておけばよかった……」

まさか律儀に靴箱に入れて隠すなんて思わないじゃないの。

てっきり、普通の人間が気付かないところに隠すと思った。だってあの男は鬼畜だもの。

でも、この部屋を見るだけであいつが実は真面目できちんとした性格だとわかる。ぶっちゃけ、私の部屋より綺麗に整理整頓されているんだけど。

「もう、余計疲れたわ……。今日は帰って仕事してよう」

嫌《いや》でも残る鬼束の気配を全身に纏《まと》わせながら、私はようやく帰路についた。

きっとこれからもあいつに翻弄《ほんろう》される日々が続くだろう。怒る事も喚《わめ》く事も多くなる。

でもそれは、一人で満足していた頃には味わえない感情だ。

何年経っても喧嘩ばかりして、本音をぶつけ合える誰かがいるのも悪くない。それが好きな人なら尚更。こんな関係がずっと続いて行くのだろうと思うと、ため息よりもくすりと小さな笑いが零《こぼ》れた。

未来への約束

樹里を家に残し出社した日——

電話を切った八尋は、重く深いため息を吐《つ》いた。目を閉じればきっと顔を真っ赤にさせて憤慨しているであろう、樹里の姿が浮かび上がる。

まさか普段なら絶対に言わない台詞《セリフ》を素直に言うとは。

「チッ、まだ昼すぎじゃねーか」

時計を見ては忌々《いまいま》しく舌打ちする。今すぐ、それこそ速攻で帰りたい。勿論帰宅先は樹里がいる場所だ。恐らく自分のマンションにはいないだろう。靴を見つけた彼女は、自宅に戻るはずだ。

そのまま樹里のマンションに邪魔するのも悪くないが……いかんせん、落ち着かない気がする。あそこが防音性に優れているかはわからない。

「さっさと仕事終わらせて、迎えに行くか」

ものの数秒で仕事の段取りを整理し、八尋は定時きっかりに必ず退社できるよう動き始めた。

樹里の部屋にたどり着き、ピンポーン、と呼び鈴を鳴らす。しばらくすると目の前のドアが開かれた。不機嫌そうな顔を見て、ついにやけそうになる。自分が来るという予想が的中してしまったことに対して、苦虫を噛み潰したような顔をしているのだ。ドアを閉められたら困る。彼女の動きが止まっている間に、八尋は一言笑顔で「ただいま」と告げた。

勢いよく閉まりかける扉のドアノブを掴み、彼女の抵抗を無効化させる。まったく、往生際《おうじょうぎわ》が悪い。

「誰が『ただいま』だ。ここはあんたの家じゃないわよ」

「声は戻ったか。よかったな。だがドアを閉めるとか、婚約者に対して随分な扱いじゃねーか。早く帰って来いと言うから急いで来てやったのに」

「あれはあんたが言わせたんでしょ！」

微妙な力加減でドアの均衡《きんこう》を保たせる。向こうは全力で引っ張っているのだろうが、こっちは半分の力も出していない。会えて嬉しいはずなのに、素直じゃない彼女が可愛くて、ついからかってしまうが、向こうの体力を考えるとそろそろいいか。

一言ぼそりと「寒い」とぼやけば、抵抗を示していた樹里が怯《ひる》んだ。一瞬の迷いに付け込んで、ドアを引っ張る。「わっ」とつられて出てきた彼女を片手で抱きとめて玄関へ入りこみ、後ろ手でドアを閉めた。

頬を撫《な》でていた冷たい風が止み、室内の暖かい空気と樹里の匂いに包まれる。正面から両腕で樹里を抱きしめれば、彼女はびくりと小さく肩を反応させた。渋々ながらも大人しくしているようだ。まったく、はじめから素直に甘えてくればいいものを。

喉の奥から苦笑めいた笑みが零《こぼ》れそうだ。一つにくくっている樹里の髪をほどき、後頭部を撫でるようにうなじに手を回す。

「ひゃっ！　冷たっ」

「ああ、冷えてるからな。お前で暖めさせろ」

そのまま唇を奪おうとしたが——今の冷たい感触から冷静さを取り戻したのであろう、彼女は甘く漂《ただよ》い始めた空気を一瞬で霧散《むさん》させて、現実的な思考に切り替えた。

「さっさと手洗いうがいをしてきて。外の菌《きん》を私に移すな」

小さく繊細な手で口を覆われる。理知的な眼差しで見上げてくる樹里の華奢《きゃしゃ》な手首を掴み、彼女の言い分に応じた。確かに、一理ある。

そんなことを言いつつも「鬼束、コーヒーでいい？」と尋ねてきた樹里に、ふっと小さく笑みが零れた。

「ああ、悪いな」

恥ずかしいからか、樹里は八尋を名前で呼ばない。婚約したというのに、今まで通りの呼び名で呼ぶ。

正直、照れて素直になれない樹里に名前呼びを強要するのも悪くない。

耳元で〝お願い〟をすれば、自分の声に弱い彼女は顔を真っ赤にさせて、陥落する。その姿は八尋の征服欲をひどく満たした。

情事中にしか特別に呼んでくれないというのも、悪くない。

コートとマフラーを適当に椅子にかけて置かせてもらい、彼女が示した洗面所で手洗いとうがいを済ませる。一人分しかない歯ブラシやコップを見て、知らず安堵感がこみ上げた。

とはいえここにもう一人分の痕跡を残すよりも、やはり自分のところに早く迎え入れるか。

匂いをつけてマーキングする動物の如く、自分の存在を残したい衝動も当然あるが、それは彼女の身体に刻めばいい。

必要最低限しか外に出ないためか、樹里の肌は白い。その首筋には、未だに昨晩の情事の跡が残っているはずだ。

だがタートルネックのシャツと白いニットのワンピースを着込んでいる今、残念ながらそれらの痕を見つけることはできない。

コーヒーを飲み終わったら、支度をさせよう。ソファに座り、仕事をしていたのであろう樹里を見やってから、忘れないうちに職場でのことを報告する。

「お前、浅沼課長に電話していたんだな。俺が言うより前に体調は大丈夫かって訊かれたぞ」

「勿論よ。年末の挨拶《あいさつ》ができないこともわびて……って、ちょっと待った。何で課長がわざわざあんたに私の体調を訊ねるの？」

「そんなの、今さらじゃねーか。十中八九、課の連中は俺たちがクリスマスを一緒に過ごしたもんだと思ってるぞ」

牽制《けんせい》を含めた発言を堂々としていたのだから、そう推理するのは当然だ。

が、どうやら樹里はそうじゃなかったらしい。

一瞬で顔を赤く染めた彼女は、叫びを上げた。

「ちょっとー!? それどういうことよ！」

そんなの冗談じゃない！　と喚《わめ》く樹里の手首と腰を抱き寄せ、自分の膝に乗せた。至近距離とこの体勢で一瞬勢いが弱まるが、すぐに離せともがく。

悪戯《いたずら》が成功した子供のように、ニヤニヤ笑いが止まらない。二人の仲が部署内で公認になるのも時間の問題だろう。

憤慨する樹里を一度横に置いて、八尋は立ち上がった。そろそろ荷造りを始めた方がいい。

「キャリーケースかボストンバッグ、どこにある？」

は？　と呟《つぶや》く樹里を置いて寝室へと向かう。そういえばクローゼットの中にでもあったか。

横に開閉するスライド式の扉を開ければ、ハンガーラックの上にある棚にボストンバッグと思しきものが見つかった。軽くて丈夫なそれを難なく引っ張り出し、ずいっと樹里に差し出す。

「必要なものだけでいいから詰めろ」

「はい？　え、何で」

「やらないなら俺がやるぞ？　それとも着の身着のままで来るか」

俺の服を着させるのも悪くない――と続ければ、意図に気付いた彼女は真っ赤になって口をパクパクさせた。ああ、面白い。

「自分で荷造りするか、俺にさせるか、このまま来るか。どうする？」

当然、行かないという選択は与えない。

憤《いきどお》りながらも、脱力気味に荷造りを始めた樹里を眺めてから、カップをキッチンに下げに行った。簡単に洗って乾かし、戸締りを確認する。

やがて必要最低限のものだけを詰めたボストンバッグを抱えて、何とも言えない苦い表情を浮かべた樹里が現れた。彼女からボストンバッグを奪い、コートを着込んだ八尋は同じく外出着に着替えた樹里を自宅へと引っ張って行った。

外で軽く夕食を済ませた後、雪でも降りそうな寒さの中、帰宅した。あと数日で年も明ける。リビングの光に、ほっと息を吐いた。クリスマス前に飼い主である父親の伊吹のもとへ戻ったため、この部屋にもうアオの姿はない。

すぐさま暖房を入れて、浴槽にお湯を張る。樹里は、コートとマフラーを脱ぎ、キッチンでお湯を沸かしているところだった。

「冷えただろ。先に——」

言いかけて、考えなおす。

振り返り不思議そうな顔をした樹里に向けて、八尋は口角を釣り上げた。そして、コンロの火を切る。

「風呂入るぞ」

手首を掴まれた樹里が慌てる。「え、ちょっと!?」と抗議の声が聞こえたが、構わずお湯が溜まり始めた浴室へ連れ込んだ。水の音が広めの脱衣所に響く。

「まさかと思うけど、一緒に入るなんて言わないわよね?」

「ああ、そのまさかだな」

ギョッとする顔が、見ていて愉快だ。

黒のハイネックのシャツの上に、ザックリ編まれたニットのセーター。コーデュロイのパンツを穿いた彼女の服を脱がせる。まずはセーターからか。

「嫌《いや》よ！　こんな明るいところで裸になるなんて無理!!」

「何今さらなこと言ってんだ。散々見られてんだから、恥ずかしがる必要もねーだろ」

「そういう問題じゃない！」

セーターに手をかければ、顔を赤らめて拒絶する樹里が八尋の手癖の悪い手をはたく。

ニヤニヤ笑いが止まらない。あんなに見られたというのに、まだ恥ずかしがるのか。

その初々しい反応が心底楽しい。

「そうか、見せるのじゃなく、見るのが恥ずかしいって言うんだな。それなら一つ案がある」

脱衣所にはタオル類のほかに、ガーゼ素材の薄い手ぬぐいが一枚置いてあった。伊吹からのお土産《みやげ》で押し付けられたそれには、どこかの温泉宿の名前が入っている。

首を傾げていた樹里の表情が、途端に曇る。微《かす》かに頬を引きつらせた彼女との距離を詰めた。

「目を塞《ふさ》げば恥ずかしさは減るよな？」

視覚を奪ってやると言えば、「冗談でしょ」と確認される。

かなり内心引いている証拠に、彼女は一歩後退《あとずさ》った。

「まさか。嫌ならこのまま入るか？」

「だから私は一緒には入らないって――」

「それは却下だ」

横暴だ！　と喚《わめ》く彼女を見据えたまま、笑みを深めた。ちなみに出口の扉は自分の背後にある。そう簡単にはこの場から逃がさない。

「わかった。なら選択肢をやろう。一人で入ることを許してもいいが、その代わり今夜は一睡もさせない。快楽の坩堝《るつぼ》に落として、我慢も手加減もせずに、俺が満足するまで付き合ってもらう」

樹里の顔がみるみる青ざめる。「最初から手加減なんてしていなかったじゃない」と小さくぼやかれたが、鼻で笑って一蹴《いっしゅう》してやった。

「手加減なしを試したいならいいぜ？」

勢いよく首を左右に振る彼女に、もう一つの選択肢を告げる。

「目隠ししてでも入るなら、睡眠時間は確保してやるよ。無茶はさせないって約束する。――さあ、選べ」

目隠しなしという手もあるが？　と耳元で囁《ささや》けば、反射的に耳を覆った彼女は恨みがましい目で睨《にら》み上げてきた。

「あ、あんたが目隠しをするって手も……」

「バカかお前は。それじゃ俺が楽しめねーだろ。男は視覚で欲情する生きものなんだよ。女は触覚だが、ああお前は聴覚の方が上か？」

くつくつと喉で笑いながら、樹里の目を数回折った薄い手ぬぐいで覆う。

待って、と抵抗したが、もうこれ以上は待ってやらない。

「自分で脱いだ方がいいなら目隠しは外すが。どうする？」

意地の悪い質問に、樹里は切れた。

「いいわよこのままで！　見たけりゃ見れば！」

ずれないようにそこそこきつく結んでいるが、痛くはないらしい。

目隠しのまま、樹里は難なくセーターとハイカットのシャツを脱ぎ捨てた。コーデュロイのパンツも豪快に脱ぐ。だが、羞恥心《しゅうちしん》が消えたわけではないようだ。現に、悲鳴をあげないよう口を真一文字に結んでいる。

下着姿になった樹里が、一瞬怯《ひる》んだ。まあ、この先は豪快に脱げないんだろう。

彼女の葛藤が可愛らしくもあり、ニヤニヤ見守っていたい気もするが、あまり時間をかけると風邪をひくかもしれない。手早く自分の衣服を脱いだ八尋は、脱衣所にバスローブが二枚あるのを確認してから樹里に近寄る。

「手伝いが必要なら脱がせるぞ？」

「っ、結構よ」

ああ、まったく素直じゃない。

躊躇《ためら》いを捨て、自ら一糸纏《まと》わぬ姿になった樹里は、両腕で自分を抱きしめていた。

「早く入って、とっとと出るわよ」

「待て、そう焦《あせ》るな」

手早くヘアクリップで髪をとめてやる。

浴室の扉を開けば、熱気が流れてくる。彼女の身体を片腕で支えながらゆっくり進んだ。いっそのこと抱き上げた方が安全な気がする。

「鬼束、やっぱ見えないのは危ない……」

「俺が支えてるだろう？　怖いならしがみつけ」

肩を抱いていた手を腰に移動させ、自分は前かがみになりながらお湯の温度を測る。

熱すぎず、温《ぬる》すぎず、丁度いい温度だ。

近くにあった桶《おけ》でお湯をすくい、足元からかけて徐々に身体を温めていった。

「熱いか？」

「ちょっと、熱いかも」

しゃがんで浴槽の縁に手を置いた樹里は、自分でも温度を確認している。パシャパシャと手でお湯をすくっては、少しずつ身体にかけ始めた。

八尋は、しゃがみこんだ樹里にその桶を渡す。樹里も何度かお湯をすくって身体にかけていた。

「入るぞ。俺に掴まっておけ」

わっ！　と悲鳴をあげる彼女の身体を抱き上げ、慎重に湯船に浸《つ》かる。大人二人は入れる大きさでよかった。樹里の背中を自分の胸板にもたれかかるようにすれば、緊張で強張《こわば》っていた彼女から徐々に力が抜けていくのがわかった。

「気持ちいいな」

「かなり冷えてたからね……この体勢は油断ならないけど」

視界が奪われてもお湯の中でなら動けると気付いたらしい。離れようとする樹里の身体を再び自分の方へ抱き寄せた。逃がすか。

「ちょっ、離せっ」

「離すわけないだろう。つまらねぇし楽しみが減る」

「何のだ！」

間髪いれず抗議される。

樹里の身体に手を這わせれば、ピクリと彼女の華奢《きゃしゃ》な身体が震える。この二日間で彼女の身体は随分自分の手を覚えた。そしてそれは八尋にも言える。彼女が感じるポイントと弱点は把握済みだ。

「俺はお前に触れていたい」

白い肌が温まったことで、薄らと赤く色づいていく。濡れないよう髪をアップにし露《あらわ》になったうなじに、肩の丸み、そしてお湯に浸《つ》かりきっていない二の腕へとお湯の雫《しずく》が落ちていく。片手で湯をすくい、彼女の肩にかけた。滴《したた》り落ちる雫を見ては、彼女の触り心地のいい肌を味わいたくなる。

「樹里、自分で目隠し外すなよ。外したら今夜は寝させない」

「なっ！」

振り返ったと同時に声を奪った。火照《ほて》り始めた彼女の身体から快楽を呼び起こし、八尋のことしか考えられなくさせるべく、さらにそれを深めていく。

抵抗は無駄だと身体に教え込むように、口腔内を舌でまさぐりながら魅惑的な身体のラインをなぞる。後ろ向きだった彼女を半回転させ、自分と向かい合わせた。

うなじから首、鎖骨、肩に二の腕と、力を入れない程度の加減で身体を触れれば、次第に官能のスイッチがオンに変わる。

「ふぅ、ん……っ」

——声に甘さが出て来たな。

意地っ張りですぐに抵抗するが、樹里は意外とキスが好きだ。キスの後、とろりとした眼差しで自分を見つめてくる。それがどれだけ男を煽《あお》っているのか、本人は考えたこともないだろう。

　まったく無自覚だから性質《たち》が悪い。

「樹里」と耳元で名前を呼びながら、耳朶《じだ》を食《は》む。濡れた舌の感触に加え、キスの余韻に浸《ひた》っている間に耳を攻めれば、感度のいい身体は反応を示す。ほら、この通り——

「やめっ、耳は……ッ」

　パシャンとお湯が跳ねた。力が入らない腕を自分の肩に乗せてくる。その手を握り、掌《てのひら》にキスを落として、ついでに水気を舌で舐《な》めとった。すぐに手を引っ込めようと抵抗される。

「どうした？　樹里。何だか感じやすくなってるな？」

　わざと低く囁《ささや》くように彼女の耳に唇を寄せる。直接声を吹き込まれた樹里は、首をふるふると振って足掻《あが》く。

「違う……、そんなことない」

「ああ、浴室だから声がよく反響するもんなぁ？　それに、目が見えない分、余計に聴力が鋭くなるだろう？　他の感覚が刺激される気分はどうだ、樹里」

　ふわりと撫《な》でるように触れていたのは、首と肩と二の腕、そして掌のみ。今は体勢が不安定だから腰にも腕を回しているが、肝心な場所には触れていない。

　肩から胸に手を滑らせる。胸の蕾《つぼみ》には触れず、外側から内側に向けてやわやわとすくうように揉んでいく。「ふぁ、っ！」と彼女は艶《つや》めいた声を上げた。

胸から脇腹、背骨に沿いながら下へ撫《な》で、腰を支えている手で形のいい臀部《でんぶ》を強弱をつけて触る。

自分の太ももに体重を預けている樹里は、時折その触れ合いから逃れる仕草を見せた。浮力を使い膝立ちするが、そうはさせない。

触れてもいない胸の先端が主張を始めるのは、見ていて楽しい。

その胸の頂きが自分の胸板にこすれる感触は、八尋の欲望を確実に高めていく。

「やだ、ダメ、ビリビリするっ……」

「自分からこすり付けてくるとは、大胆じゃねーか。触れてほしい？」

はあ、と彼女の口から零《こぼ》れる吐息は既に艶めいている。そろそろ息も上がる頃か。

樹里の太ももの内側をさすり、その秘められた秘裂に指を這わせれば、お湯とは違うぬめりを帯びた液が指に纏《まと》わりついた。

「ああ、やっぱりな。いつも以上に敏感だ。キスと耳で感じたのか？」

「ちがっ、ヤぁ……はなし」

「素直に感じるって言えば、イかせてやるよ」

声で耳を攻める。我ながら中途半端に感じてる彼女に対してえげつない。

卑猥《ひわい》な言葉で言葉攻めもいいな、なんて思ってしまう自分に苦笑が漏れた。ああ、今すぐドロドロに溶かした蜜壺に己《おのれ》の分身を突っ込みたくて仕方がない。が、流石《さすが》にそこまで獣《ケダモノ》ではない。理性は残っている。かろうじて、だが。

抵抗を続ける樹里を膝立ちさせて、自分の肩に両手を乗せバランスを取らせた。お湯の嵩《かさ》が変動する。目の前に差し出された双丘にチュッとキスを落とせば、面白い位樹里は背をのけ反らせた。

再び名を呼び催促する。素直に言えばイケるぞ？ と悪魔の囁《ささや》きを胸に口づけたまま告げれば、小さく息を呑んだ彼女はようやく堕《お》ちた。

「感じる、感じちゃうから、もう触っちゃイヤ……」

「違う。触って、だろ？」

……ああ、顔が見たい。

樹里の快楽を引き出すために自分からやっておきながら、そう思ってしまう。

きっと泣きそうな顔をしているはずだ。甘い責め苦を味わっている気分だろう。

中途半端に口を開けて、酸素を吸い込もうと口呼吸を繰り返している。目元は赤く染まり、瞳は潤《うる》んでいるに違いない。その姿を想像するだけで自分の欲望が頭を擡《もた》げた。

「……触っ、て」

数秒の葛藤の末、自分から強請《ねだ》った樹里の胸の頂きを、八尋は甘噛みするようにコリッと噛んだ。「ふぁあんっ！」と喜びに似た甘い叫びが彼女の口から漏れる。すっかり立ち上がった蕾《つぼみ》を口に含み、ちゅくりとした水音を奏でる。舐《な》めながら再び秘裂に指を這わせ、ぷっくりした花芽を少し強めに押した。

「あああやぁッ！　やひろ……っ！」

「っ！」

まさかここで名前を呼ぶとか、反則すぎるだろ！

どうやら浴室効果で声に感じるのは、彼女だけではないらしい。自分もすっかりはまっている。このままでは、少々まずい。

軽く達した樹里は、ぐったりと自分に寄りかかっている。これ以上は二人ともものぼせると判断し、八尋は彼女を抱き上げた。

脱衣所で、しとどに濡れている樹里の身体をふわふわなバスローブで包む。あの下着をプレゼントした際に、彼女専用にと一緒に購入したものだ。

「立てるか？」と尋ねると、ぼうっとした様子の彼女はかろうじて頷いた。八尋も手早く水分を拭い、バスローブを着込む。

樹里の髪を留めていたヘアクリップを外し、目隠しの結び目を確認する。未だ解けそうにない。

抱き上げて寝室へ向かい、樹里をベッドに寝かせた。水分補給が必要だ。常温で置いてあるミネラルウォーターのボトルを半分ほど飲みほし、残りの半分を樹里へ口移しした。

あの短時間で喉がこれほど渇くとは。自嘲めいた笑みが零《こぼ》れる。

空調を整えた寝室で横たわる樹里のバスローブの合わせ目を解く。八尋の火照《ほて》った身体の奥に、情欲の炎が燻《くすぶ》っている。一度達した樹里はともかく、自分の欲は昂《たかぶ》る一方だ。手加減する予定だったが、これは無理かもしれない。

首筋に唇を這わせ、昨晩の情事で色濃く残った痕を再びなぞる。しつこいくらいのマーキング。己《おのれ》の所有欲は際限がないらしい。

柔らかい肌を堪能《たんのう》し、先ほどは舐《な》めるだけだった胸の頂きへ触れる。引っ掻くように、強弱をつけて触れれば、少し放心していた樹里の意識も引き戻された。

「んあっ、はぁ……ッ」

「赤く熟れた実のようにうまそうだな？　どこもかしこも甘い」

「味なんか、しなっ、い」

「俺は感じる」

彼女と初めて抱き合ったときから今日まで、ずっと拒否されていた秘所へ顔を近づける。直接舐められるのは無理と抵抗していたが、今日は止めてあげられない。

嫌《いや》がることはできるだけしたくないが、何故か嗜虐心《しぎゃくしん》が刺激されているのも事実だ。

欲望のまま、八尋は彼女の秘所を舐め上げた。

「きゃあっ！」

「あまり可愛く啼《な》くな。加減できねぇ」

溢れ出るこの蜜を直接見るのは実に気分がいい。舌の先端で舐《な》めとれば、やはり甘く感じた。

樹里が逃げようともがき始める。だが両足を広げてがっちりと固定しているため、いくら逃れようとしても無駄だ。

「バカ、汚い、ひぁっ！」

ぷっくり膨れた花芽を舌で刺激すれば、樹里は嬌声《きょうせい》を堪《こら》えようと口許を手で覆った。

じゅるりと、わざと大きく愛液を啜《すす》る。聴覚が鋭くなった今、どこから溢れ出た水音なのかを悟《さと》った樹里は羞恥心《しゅうちしん》にもっと悶《もだ》えて、感じているはずだ。このまま快楽の階《きざはし》を駆け上がればいい。

上半身を起こし、いやいやをする子供のように首を振る樹里の耳へ、ふぅと息を吹きかける。

びくん、と震える身体に、自分も煽《あお》られるばかりだ。

とろりとした蜜を指にまぶす。

ああ、際限なくわき出る蜜に、己《おのれ》の精液を絡めたい。こすりつけて絡ませて、自分のものか彼女のものか判別できなくなるほど激しい抽挿《ちゅうそう》で泡立たせて。熱くうねる蜜壺を何の隔たりもなく、欲望のまま味わいたい。そんな獣《けもの》めいた衝動に駆られる。

だが、いくら将来を誓い合ったと言っても、許可なくそれをすることはできない。なけなしの理性を発動させ、八尋は避妊具を素早く装着した。

扇情的な姿を晒《さら》し、荒い呼吸を整える樹里の片足を抱え上げる。まだ痕をつけていない柔肌にきつく吸いついた。

小さな刺激すら、今の樹里には酷《こく》らしい。「ひあ！　も、むりっ……」と喘《あえ》ぎながら呟《つぶや》く。

力の入らない指で目隠しをとろうとする彼女の手をつかみ、「まだダメだ」と囁《ささや》く。

「取って」と懇願する樹里の熱い唇を再び塞《ふさ》いだ。

二本の指を難なく呑み込む秘所からは、ぐちゅんと大きな水音が響いた。やはり耳を攻めていたからか、感じ方が早い。下肢に零《こぼ》れ落ちる蜜をすくっては舐めるが、追いつきやしない。

ここまで蕩《とろ》けていたら十分だろう。「挿れるぞ」と告げて、奥まで一気に貫《つらぬ》く。

「ああッ！」

白い喉をのけ反らせる姿に、口から見える赤い舌に、零れる嬌声に、余裕が失われる。

昨晩も、何度も繋がったそこは、熱くぬかるんでいて自分の楔《くさび》を難なく呑み込む。痛みを訴えなくなったことに、八尋は安堵の息を漏らした。

「はぁ、おく……っ、やぁ……」

「ここがいいんだろ？」

感じる場所を攻めながら、樹里の胸に手を伸ばす。淫らに誘う赤い実を指ですりつぶし、更なる刺激を与えた。

大きく身体を震わせ、樹里は達したらしい。腕も足もぐったりシーツの上に投げ出されている。

だが、柔らかな媚肉は容赦《ようしゃ》なく自分を締めつける。少し動けばまるで逃がさないと言うように、奥へと引きずり込んでいくのだ。額から汗が滴《したた》り落ちるのも構わず、八尋は思わず眉根を寄せて呻《うめ》いた。

「くっ……、締めすぎ、だ」

「ちょっ……、まっ、ぁあッ！」

――待ってなんていられるか。もうこっちが持って行かれる。

奥をがつがつと容赦なく穿《うが》ち、膜越しに己《おのれ》の欲を吐き出す。熱い奔流がそのまま子宮を満たすことはないが、解放された精を感じ取ったのだろう。樹里の口からも艶《なま》めかしい吐息が漏れた。

手早く処理を施し、新たな避妊具を装着する。視覚が奪われぼうっとしている彼女が気付くことはないと思ったが、鋭い聴覚が袋を噛み切った音を拾ったらしい。口許が一瞬で引きつった。

「えっ、なんで」

「一度で終わらせるわけないだろう？」

加減するって言った！　と舌足らずに喚《わめ》きながら身体を何とかよじる樹里に、再び覆い被さる。

自分でも呆れるほど彼女への欲が尽きない。

すぐに回復し、硬度を持つ己の分身にも苦笑が零《こぼ》れた。いくら抱いても飽きることはないのだ。

「ちゃんと寝させてやる。が、今は無理だ。まだまだお前が足りない」

「っ！」

まったく、セックスを覚えたての高校生《ガキ》でもあるまいし。がつがつと求めて余裕を失うなんて、少し前の自分には考えられなかった姿だ。

「樹里、樹里……」

彼女の頬を撫《な》でながら耳元で囁《ささや》けば、中がキュウと締められた。

彷徨《さまよ》っていた腕が自分の首に回される。

小さく「八尋」と呼ぶ声に愛しさが増した。同時に質量も増したが。

「もう、やぁ……取って」

再び目隠しを取ろうとする樹里の手を握り、八尋は片手で結び目を解いた。数回瞬《まばた》きをした彼女は、薄暗い照明の中で自分の姿を見つけたらしい。そして、迷子になった子供が、ほっと安堵したような微笑を零《こぼ》した。その柔らかな表情に、八尋は息を呑む。

——頼むから、これ以上煽《あお》らないでくれ。

繋がったまま上半身を起こし、樹里の腕を引っ張って彼女の腰を抱き寄せる。突然体位が変わったことに加え、自らの重みで深々と奥まで銜《くわ》え込んでしまい、樹里の口から甘い悲鳴が漏れた。

「ふか、い……っ」

「だが、これなら顔がもっとよく見れるだろ？」

キスもしやすい。

潤《うる》んだ瞳を見て、顔が見える安堵感は自分の方が上かもしれないと自嘲気味に笑った。瞼《まぶた》の上にそっとキスを落とし、前髪を上げて額にも口づけた。きつく抱きしめれば、自分の胸板で彼女の胸が押しつぶされる。その感触が心地いい。

上半身も下半身も隙間なく密着し、彼女の唇も塞《ふさ》ぐ。もはや室内に響く水音は、どこから漏れるものかわからない。

適温に設定していた室内の温度が、上昇した気がする。外は凍えるほど寒いのに、汗をかいている。

だがお互いのじっとりとした肌の感触や匂いも、今では欲望を高めるものでしかない。

上下に突き上げれば、断続的な嬌声《きょうせい》が樹里の口から漏れた。

「あ、あっ！」

「好きに動け、樹里」

腰を掴んで揺さぶっていた動きを止める。ふるふると揺れる彼女の胸を鑑賞するのも楽しいが、自分から動いて感じる彼女も見てみたい。

拙《つたな》いながらも動き始めた樹里は、思考がもう快楽の色に染まっているのだろう。数回絶頂を味わった後だ、無理もない。

「やだ……動いて、やひろ」

だが望む快感が得られなかったらしく、樹里は縋《すが》るように自分の胸元へ手を伸ばしてきた。赤く色づいた目元を歪ませて懇願する。八尋は内心舌打ちした。何だこの可愛い生き物は。

「ちゃんと掴まっておけ……っ」

樹里が八尋の肩に手を乗せる。自分も彼女の腰を両手で掴み、上下へ律動させた。時折胸の先端が胸板を掠《かす》り、射精感が強まる。快楽の坩堝《るつぼ》に堕《お》ちそうなのは、彼女の方だが、自分の方が早いかもしれない。

頬は上気し目は蕩《とろ》けさせ、零れる声は艶《つや》めいた嬌声のみ。じゅぷじゅぷと音を奏でる秘所からしとどに溢れる愛液が、八尋の下肢を濡らす。

そろそろイきそうだ、と思い彼女を強く抱きしめた刹那。樹里から思わぬ反撃を食らった。

カプリッ。

「くっ、……！」

散々耳を攻められた仕返しとばかりに、樹里が八尋の耳を甘噛みしたのだ。湿った舌で噛まれた箇所を舐《な》められれば、高められた欲望が一気に膨れ上がり、解放せざるを得ない。

薄い膜越しに、八尋の熱が爆《は》ぜた。大量の汗が流れ、心拍数が上昇する。

どくどくと脈打つ分身が落ち着くまで時間がかかったが、荒い呼吸を整えながら八尋は樹里を窺《うかが》った。彼女も同時に達したらしい。

意識を失っている樹里をゆっくりとベッドに横たわらせる。少し名残惜しいが繋がりを引き抜いた。

手早く処理を済ませて、規則的な寝息を繰り返す彼女を抱き寄せる。

肌がべたついているが、まあ今は構わない。情事後、シャワーを浴びなくても不快に思わないなんて自分でも意外だ。

「起きたらまた二人で入ればいいしな」

今度こそ、目隠しはなしにして。

きっとかなり抵抗するだろうが、まだ体力も回復していないはず。その身体で一人で入るのは厳しいだろう。最終的には渋々了承する——いや、させる。

恥じらいながら「無理」と叫ぶ樹里を眺めるのもなかなかいい。

樹里が声フェチだと知ってから、そして父親のファンだと知らされてから、自分の声がここまで特別に感じた事はない。また、この声に生んでくれた両親に感謝した事も。

正直、今まで八尋は あまり己《おのれ》の声が好きではなかった。幼い頃から人気声優の息子として見られる事も少なくはなく、父親と同じ道に進ませようとする周囲の大人達も時折現れた。

声に関する事は、日常的に父親の指導のもと鍛えられた。歌も随分つき合わされ、自然と歌唱力は身についたと思う。思春期を迎え、自分の声に惹かれる異性も増えれば、この声も悪くないと思えてきたが、やはり無意識に比べてしまうのだ。多くの女性を魅了する、伊吹の声と。

似ていると言われる事を次第に重く感じ、つき合わされていたボイストレーニングにも行かなくなった。進学してからも表現者の道は歩まず、大学卒業後今の会社に就職し、声優界とは関係のない世界で生きていたのに。皮肉にも、まさか好きになった相手が自分の父親のファンだとは。運命とは時にむごい。

だが、どうしても欲しくて手に入れた彼女は、伊吹ではない八尋の声が好きだと言う。

オヤジの声は憧れで、彼女が望んだのは声を含めた八尋自身だと。その言葉がどんなに嬉しかったか、樹里は気づいていないだろう。

八尋の方から好きだ、愛している、と心の底から言ったのは、彼女が初めてかもしれない。

今までの交際相手もそれなりに好きだったが、仕草や言葉一つにも愛しさを感じるほど相手にのめり込んだことはない。

ずっと一緒にいたいと思ったからこそ、少々性急すぎる早さでプロポーズしたのだ。

「愛してる」

夢の住人と化している彼女に、この呟《つぶや》きは届かない。

けれど、まるで応えるように、彼女は小さく口許を綻ばせた。

◆◆◆

「ねえ、鬼束」

手加減はしたはずなのに、案の定やりすぎだと怒られた翌日の昼すぎ。リビングのテーブルの上にあったらしい八尋の免許証を持った樹里が、神妙な顔で眉根を寄せている。

「お前いい加減名前で呼べ」

昨夜は可愛く「八尋」と呼んでいたのに。また元通りか。

八尋が小さく嘆息した直後、樹里がくわっと目を見開いた。

「あんた、私より年下だったのか！」

「は？」

免許証を突き出して訴える樹里を、一瞥《いちべつ》する。

「何言ってんだお前。たかだか三カ月程度の差で」

「誕生日が一月一日の元旦って、うわ〜縁起がいいんだか、プレゼントをお年玉と一緒にされそうで可哀そうなんだか、って思ってたら。つまりまだ二十八ってことよね？」

「そうだが？」

しれっと答えれば、何故か憤慨していた樹里が重いため息を吐《つ》いた。脱力気味にソファに沈む。

「何だろう、自分でもよくわかんないけど、何かムカついた……」

「無茶言うな。誕生日は選べねーだろ」

コーヒーを淹《い》れて彼女の隣に腰かける。肩を抱き寄せれば、難しい顔で眉間に皺《しわ》を刻んだ。

嬉しいくせに、素直に喜べない樹里が、見ていて心底楽しい。黙ってされるがままになっていることで気持ちはバレバレなのに。

「私は年下の男に翻弄《ほんろう》されていたのか……。あ、でも、恋愛戦線は私の勝ちよね」

一瞬で機嫌が直ったように呟《つぶや》きを落とされる。思わず、「何言ってんだ?」と尋ね返した。

「最終的にはお前が俺に落ちたんだから、勝ちか負けかで言えば俺の勝ちだろ」

「何言ってるの。恋愛は先に惚れた方が負けって言うじゃない。だったらあんたの負けよ」

勝ち負けの問題じゃないんだが、そういえば樹里はもともと恋愛を戦いにたとえていたか。

自分と勝負しなければ、敵前逃亡と見なしてお前の負けだ、と脅したこともあった気がする。

彼女は自分の敵は同性だと思っていたようだが、正直他の人間なんて関係ない。周りを気にせず、自分だけを気にすればいい。

あの妙な攻防戦は、彼女が自分を好きだと認めたときに終結した。意地を張って頑《かたく》なに自分の気持ちと向き合わなかった樹里は、ようやく戦いの前線から離脱し、自分の胸に落ちた。

普段クールなくせに、こういう子供っぽいところも面白い。

喉でくつりと笑った八尋は、樹里の肩を一層強く抱きしめた。

「いいぜ? それなら俺の負けでも。お前が一生俺から離れないと誓うなら、俺はずっと負けのままでも構わない。先に惚れたのは確かに俺だ」

自分の武器でもあり、彼女にとっては甘い凶器でもある声を低めて、直接耳元で囁《ささや》く。

八尋の声に対する感度のよさは相変わらずだ。身体を直接刺激されたように、樹里がぴくりと震えたのを感じた。

「だが、ベッドでの主導権は渡さない」

追加を呟くと、樹里は頬を引きつらせる。

「別に主導権なんて欲しくないけど！　ただ、あんたはちょっと遠慮や我慢を知るべきだと思うの！」

「あ？　必要ねーなぁ。俺は本能のまま、お前を貪《むさぼ》り食いたいだけだ」

「っ!?　ちょっ、あんなのを毎晩されたら、身体がもたない……！」

昨晩の痴態《ちたい》を思い出したらしい。彼女は顔を真っ赤にさせて、八尋から逃れようと腕を突っぱねる。

当然、そんな思惑通りにはさせないが。

腰に腕を回して抱き寄せて、宥《なだ》めるように頭と背中を撫《な》でる。

やがて樹里の身体から力が抜けた。

「～もう、引き分けでいいわよ。だって私も、好きだもの。……八尋が」

最後の言葉は、消え入りそうなほど小さい。が、確実に八尋の耳に届いた。

耳を赤く染めて俯《うつむ》く樹里が愛おしい。顔を上げさせて、目を合わせたいと思う自分は、やはり彼女が言うように鬼畜かもしれない。

「ああ、愛してる、樹里」

視線を逸らせたまま照れる彼女の額に口づける。

まるで誓いのキスのように、樹里がはめた婚約指輪の上にも、優しいキスを落とした。

「だからここで一緒に暮らそう」

「……はい？」

鳩が豆鉄砲を食らったような表情だと思った。

「聞けばお前、マンションの契約を更新するか迷っているそうだな？　それに部屋の購入も考えているとか」

「ちょ、それ誰情報！　どうしてそれを……」

「俺と結婚するなら、老後用のマンション購入なんて必要ねーよな？　オヤジから連絡があってな、この部屋の持ち主である伯母夫婦がハワイに移住することに決まったんだ。元から海外赴任中だったが、定年後はハワイに住むらしい。だからこの部屋は俺が譲《ゆず》り受けることになった」

「は……はあ!?」

書類手続きやらの面倒なことはまた後で考えればいい。今はまず、樹里に同棲を認めさせることだ。

「お前もここに越してこい。部屋ならあるし、通勤も近くなるぞ」

「い、いきなり言われても、……って、もう決定事項なんでしょ？　あんたの中では」

「ああ、ご名答」

呆れた眼差しでため息を吐《つ》く樹里の髪を梳《す》く。

「結婚相手と住むなら譲るって言われたからな、もうもらっておいた」

いろいろと諦めたように、「同棲って、マジで……」とぼやく樹里を宥《なだ》める。

が、次の瞬間。勢いよく顔を上げた樹里は、不敵に微笑む八尋の声を奪った。

「っ！」

「いいわよ。望むところよ。結婚前に同棲した方が、お互いの欠点にも気付けて、うまく対処できるもの。目覚まし代わりに本物の声で起こされるなら、悪くないわ」

「てめ……対処できないと判断しても逃げるなよ？　結婚はする。朝の目覚めは、俺が直々《じきじき》に起こしてやるよ。贅沢《ぜいたく》だろ？」

不意打ちのキスに若干驚きつつも、八尋は挑発的に見上げる樹里の唇を塞《ふさ》いだ。

「あんたの声の成長が楽しみだって言ったじゃない。忘れてなんかいないんだから」

頬を少し染めた彼女に、八尋は一言「任せろ」と宣言した。

やわらかく微笑む樹里の頬をなでる。甘い空気が流れこんだとき、何かに気付いた彼女が顔を上げた。

「プレゼント……何か欲しいもの、ある？」

「は？　何のだ」

「だから、誕生日のプレゼント！」

どこかそわそわした様子で気恥ずかしさを滲《にじ》ませるのは、きっと今まで特別な誰かにプレゼントをしたことなどなかったからだろう。

ふっと目元をやわらげた八尋は一言、「もうもらった」と伝えた。

怪訝《けげん》な顔で疑問符を浮かべる彼女を、見つめる。

「お前自身と、未来への約束。それで十分だ」

みるみる顔を赤らめる樹里が愛しくて。

八尋は再び、そっと彼女の唇を奪った。

書き下ろし番外編

二人の一歩

プロポーズを受けた年末から瞬《またた》く間に時は流れ、両家の顔合わせや結納、結婚式の準備などを経て、気づけば式当日を迎えていた。

結婚式はもちろん六月のジューンブライドで！　という夢は持ち合わせていないどころか、八尋も私も現実主義のため、梅雨《つゆ》で結婚ラッシュの時期は早々に除外。夏は暑いけど、室内だから快適だという話を伊吹様から聞いたので、七月の大安吉日を選んだ。

結婚式までの数カ月は本当に大変だった。

ドレスや引き出物選びなどは、私より八尋のこだわりが強い。私だけに負担がかかることはなく、八尋が協力的だったから助かった。結婚式の準備でマリッジブルーになるカップルも少なくはないそう。俺様な男だが頼り甲斐があり、私の意見も尊重してくれるおかげで、喧嘩は最小限に留められた。

しかし当初二人で予定していた式は、ほぼ身内だけで済ませようとこぢんまりしたものだったのだが……気づけば出席者の数が余裕で三桁を超えている。名簿を眺めると、冷や汗が出そう。

私と八尋の職場が同じだから、仕事関係で呼ぶ人が被《かぶ》っていたのはよかったけれど。断り切れない関係者――主に鬼束家の――は、そうそうたるメンバーだ。

私、一生分の運を結婚式で使い果たす気なんじゃ!? と不安を覚えるほど、伊吹様のお知り合いの方々は私の憧れの方たちばかり。すなわち、長年の付き合いがある声優界の大御所や芸能関係者に映画監督などなど。出席者名を見たときは、くらりと眩暈《めまい》がした。

正直、式の本番よりも、お会いできる方たちとの挨拶《あいさつ》が気になる。どうしよう、今から緊張するわ。

なにせ主役で、鬼束家の嫁になるんだもの。家族ぐるみで付き合いがあるとすれば、今後もお会いする機会が来るわけだ。その素敵な美声を生で聞いても取り乱さないよう、免疫を付けておかないと……！

などと自分の世界に没頭していたら――いつの間にか扉が開いていたらしい。

ノック音など全く聞こえていなかった私に、夫になる男が声をかける。

「……り、樹里」

「え？　あ、八尋。ごめん、気づかなかっ、……」

がばっと顔を上げた先には、フロックコート姿の八尋がいた。

丈の長い黒のジャケットをすらりと着こなし、格調高く洗練された雰囲気を醸《かも》し出す。慣れていなければ衣装に着られてしまうのに、この男は見事なスタイルと自信に満ちた眼差しで、着慣れないはずの正装を自分のものにしていた。

……ヤバい、かっこいい。

はっきり言って、めちゃくちゃ似合っている。すっきりセットされた髪型もいつも見るビジネス用ではなく、美容師役のお姉ちゃんにいじられてオシャレだ。服装はきっちり着こなしているのにどこか禁欲的な色香が漂《ただよ》う。視線が引きつけられて離せない。

そして八尋も椅子に座ったままの私にじっと視線を注いでいた。

花嫁衣裳のウェディングドレスは、試着を繰り返して一番私にピッタリだと八尋が選んだもの。Aラインで、レースやフリルは控えめ。身体のラインが美しく見えて、とってもエレガント。生地もさりげないレースも一級品で、他に比べてお値段も張ったけど、八尋も私もとても気に入ったのだ。

お世辞じゃなく綺麗だと言う彼の言葉を信じたんだけど……あれ、まさか似合ってない？　今更、「あのドレスの方が良かったな」とか言うつもりじゃないでしょうね？

無表情で見つめられると不安が生まれて、ざわざわと落ち着かなくなる。

「……八尋？　あの、どこか変かしら。それともまさか具合悪いんじゃ」

微動だにしていないため少々心配になれば、まるで夢から覚めたような声で彼はぽつりと呟《つぶや》いた。

「いや、綺麗すぎて見惚れてた」

「え」

一拍後。顔に熱が集まる。お互い同じことを思って見惚れていたなんて、とんだバカップルだわ。

すごくわかりにくいけれど、よく見れば彼の耳がほんのりと赤い。その照れた様子が可愛くて、ふわりと自然な笑みが零《こぼ》れた。

「っ……、そこでそんな風に笑うのは反則だ。今すぐそのルージュを乱したくなる」

「ダーメ。お姉ちゃんに怒られるわよ。丁寧にヘアメイクしてくれたんだから」

今回ヘアメイクはプロの方に頼まず、姉にお願いした。彼女の腕はプロ並みなのだ。快《こころよ》く引き受けてくれた姉は、自身が勤めていた化粧品会社の商品をごっそり持参して私を華やかに変身させた。

その会社の社長令息の義兄にも感謝している。ブライダル用にと、私にいろいろプレゼントしてくれたのだ。

椅子から立ち上がり、差し出された八尋の掌《てのひら》に自分の手を重ねる。いつも履くより高めのヒールが、彼との身長差を縮めた。

「このくらい近い方が、キスするとき首が楽ね」

「お前はまたそういうことを……ったく、式が終わったら覚えておけよ。散々焦《じ》らされた後だからな。覚悟しろ」

「きっとお互いくたくたになってて、爆睡よ。初夜なんてないんじゃない？」

それはそれでちょっとだけ残念だけど、恐らくその予想図は間違っていない。

「あんまり緊張して疲れるな。適度に力抜いて体力温存しておくように」

「無理。多分興奮してアドレナリン出まくってると思う」

ぴらり、と持っていた名簿を見せれば、八尋の頬が若干引きつった。

はあ〜、と脱力する彼の肩を景気づけにバンッ！　と叩いて、エスコート付きで控室を出た。

◆◆◆

「うわぁ……、主任、本当に美しいです……！　惚れ直します！」

「ありがとう、遥ちゃん」

可愛くドレスアップした部下が、えぐえぐと泣きながら祝ってくれる。感動しすぎて涙が止まらないと言われて、苦笑が零《こぼ》れた。

「鬼束係長も、素敵です。美男美女です。このたびはおめでとうございます！」

「ありがとう」

営業用じゃない八尋の微笑みはなかなかにレアだ。彼も若干苦笑気味だが、遥ちゃんは私たち二人の恋のキューピッド。私も八尋も、彼女には感謝している。

ワイン一杯で少し酔っている彼女が心配だが、数名ずつで写真を撮って無事に席に戻った。

結婚式の披露宴会場は、当初予定していたより大規模になったため、かなりの広さだ。四百人は収容できるとか。

花嫁はご飯を食べられなくても、美味しいと満足してくれるものを出したい。舌が肥えて情報通の兄姉たちに相談して、創作フランス料理にした。フランス料理で有名なシェフがいるのも、このホテルを選んだ理由のひとつだ。和と仏のフュージョンに、皆満足そうに舌鼓《したつづみ》を打っている。

席ごとのグループ写真ラッシュが終われば、ふと会場の照明が落ちた。ぽわっとした優しいキャンドルの光が各テーブルを柔らかく包む。

これからメインディッシュを食べながら、ちょっとした余興が行われる予定。進行はプロに任せているから安心だ。

確か定番の、主役二人の半生を流すはず……子供の頃などの写真を編集して。正直、嫌だと言ったのに家族から猛反発を受けた。結婚式を祝いに来た人は、知りたいに決まっているんだとか。

馴れ初めまでを第三者に語られるのも恥ずかしいのに、昔の話なんていいじゃない。来てくれた学生時代の友人と集まっている写真ならともかく。

「始まるみたいだな」

水を飲んで喉を潤《うるお》す隣の男は余裕だ。見られちゃ困る写真がなければ、恥ずかしいという概念もないに違いない。

カラリとグラスの中で氷が涼やかな音を奏《かな》で、司会者にスポットライトが当たった――

「って、は？　一樹兄さん？」

プロの司会者ではなく、何故かスクリーンの横にマイクを持って立つのは、朝霧家長男の一樹兄さん。クラシックで上品なスーツ姿は見慣れているはずなのに、この場の空気が彼をより華やかに見せる。

「相変わらず朝霧家の兄姉は地味な装いでも派手だな」と言った八尋に同意した。あんたもその一員だけどね、とは心の中で呟《つぶや》いておく。

「レディース＆ジェントルメン、ボーイズ＆ガールズ。このたび若い二人の門出を祝いに来てくださった皆様、ありがとうございます。朝霧家長男の朝霧一樹です」

お前はどこのエンターテイナーだよ、という始め方をした一樹兄さんは、一瞬で女性陣の視線を釘付けにした。テレビに出て来るイケメン俳優より、煌《きら》びやかでカリスマ性のある美形はどこにいても注目の的になる。

何故か私が把握している進行とは異なる展開で、ハラハラしているとスライドショーが始まる。

「――我が家の末っ子として、198X年に誕生した樹里は、それはそれは愛らしく可愛い赤ちゃんでした」

パッとスクリーンに写った写真は、私が選んでいないもの。子供の頃の写真なんて一枚あれば十分だと、中学生から高校生くらいの写真を主に吟味して選んだのだが……ちょっと待って。これってまさか、性質《たち》の悪いドッキリじゃないでしょうね？

「キャー可愛い～！」という声につられてハッと思考を戻せば、二歳くらいの私が両側のほっぺたにキスをされて無邪気に笑っていた。キスをしているのは、小学生の一樹兄さんと、幼稚園児の直樹兄さん。

その頃から美少年の名をほしいままにしていた二人は、納得のいく可愛さだが……なにこの羞恥《しゅうち》プレイ。ちょっと誰か止めて……！

「幼稚園に入る頃までは子供らしく笑っている写真も多いんですが、これから徐々にすまし顔が増えていくので、ここから先は僕個人が隠し撮りした妹のレアな写真をお見せします」

「なに言ってんだこのバカ!!」

思わずガタッと立ち上がりそうになった私に、落ち着けと八尋が宥《なだ》める。

「こういう場にアクシデントはつきものだ」

「そういうあんたもアクシデント扱いじゃないのよ……」

あいにく音楽もかかっているため、私の叫びは身近にいた親族にしか聞こえなかった。

姉の「諦めなさい」という口パクが憎い。

「これは中学生の頃のセーラー服姿ですね〜。初々《ういうい》しい姿が可愛くて可愛くて。通学中に攫《さら》われたら大変！　という兄心から、後をつけて激写した一枚になります」

段々とこの場がバカ兄の独り舞台になりつつあった。花嫁の顔が引きつる結婚式ってどうなの。

中学、高校、大学時代の写真（どれもカメラ目線はなし）を披露し、社会人になったスーツ姿の写真に変わった。

「上の三人は幼稚園児の頃から恋人が絶えなかったのですが、末っ子はとっても奥手で。いつまで経っても彼氏を紹介してこない。一生独身宣言なんてしちゃう始末で、老後用のマンション購入まで考え始めた樹里に僕たちも心配していたら……ジャジャーン！　ヒーロー登場！」

どこかの飲み会で余裕綽々《よゆうしゃくしゃく》の笑顔を向ける八尋と、不機嫌そうに食ってかかっている私の写真。睨《にら》み合っている二人を、見つめあっていると変換するには少々無理がないか。

ってていうか、これを提供したのは誰だ。会社の人間に裏切り者がいる。

ぎろりと目を光らせれば、兄の悪友で私の上司の浅沼課長と目が合った。にっこり微笑まれて察する。犯人はあなたか……。

「いや～、こんなイケメンが我が家の頑《かたく》ななお姫様をどうやって落とすのかと陰から見守っていたら、なかなかに直球勝負の体当たりで。鈍い妹も流石《さすが》にごまかすことができず、紆余曲折《うよきょくせつ》の末ついにゴールイン！　クリスマスに二人は晴れて恋人期間をすっ飛ばして婚約したのでした」

詳しくは本編をご覧ください、と一樹兄さんはウィンク付きで意味不明な発言をした。

「お嫁に行っても、名前が朝霧から鬼束に変わっても。樹里はずっと僕たちの妹です。これからよろしくねー、八尋くん！」

八尋に向かって手を振る兄に、私の旦那になった男は柔らかく眦《まなじり》を下げて、「はい、お任せください」と兄と姉たちに向かって頭を下げた。

テーブルの下でギュッと手を握られて、鼻の奥がツンとする。じわりと視界が滲むが、悔しいから泣いてなんかやらない。

「妹想いのいい兄貴たちだな」と囁《ささや》いた八尋に、小さく頷いた。

その後のことは、興奮しすぎて記憶が途切れ途切れになっている。

八尋の半生を振り返るナレーションは伊吹様と、役者で新人声優でもある八尋の弟の伊織《いおり》くんが担当した。

やんちゃ坊主で激カワな八尋少年の幼少期から高校生までを伊吹様が。そして大学生から最近のことまでを伊織くんが、素敵な美声を響かせて語る。

プロの語りはとにかく面白くて、そして貴重すぎて私もファンの一人としてうっとり聞き惚れていた。隣に座る八尋が「おい、なんだその蕩《とろ》けた目は」と、面白くなさげな呟《つぶや》きを漏らしていたが、完全スルー。

「――父親の私が息子の狩り能力を心配するほど、当初の八尋は樹里さんに相手にされていなくって……こうしてこの場を迎えられたのが夢みたいですよ。樹里さん、不甲斐ない息子をどうぞよろしくお願いします。また、私のことはパパでもお義父《とう》さんでも、遠慮なく好きに呼んでやってください」

「はい、伊吹様……！」

ドッと会場が沸いた。

こほんと小さく咳払いをして、はにかみながら、「伊吹お義父様」と呼べば、イケ渋な伊吹様は満足げに頷いて喜んでいる。親族席に座る八尋のお母様（キャリアウーマンで一年の半分は各国を飛び回っている）は、しょうもないわねぇ、と呆れつつも笑っていた。

その後デザートタイムには、以前カラオケでご一緒した声優の皆様がサプライズ企画でそれぞれの声でお祝いを述べてくれたり、盛り上がった会場にギターやヴァイオリンなどの楽器を持って来たプロの演奏家が結婚式定番の曲を披露してくれたり。

八尋が子供の頃からお世話になっていた大御所の皆様が演奏に合わせて歌うなど、私が把握していた予定表にはないイベントが起きたが、どうやら八尋も一枚噛んでいたらしい。全て計画通りだったと知ったのは、式が終わった後のこと。

涙を誘う感動的な式ではなく、始終笑いが絶えない結婚式になったが、しんみりした空気は苦手なのでとても思い出深いものになった。

——余談だが、結局新婚初夜はお互いエネルギー切れですぐに爆睡してしまったため、清い一夜を明かしたのは言うまでもない。

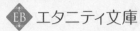

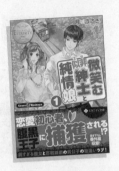

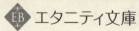

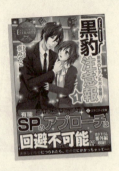

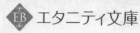

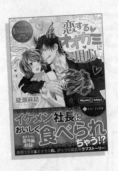

一級建築士を目指し、建築会社で働く櫻井《さくらい》穂乃《ほの》香《か》。ある日彼女はコンペ会場で、ライバル視している建築士の黒崎《くろさき》隼《はや》人《と》とぶつかりそうになる。その拍子に階段から落ち、穂乃香は足を骨折――。すると隼人が「ケガの責任をとる」と言い出し、強引に同居を決めてきた！　よくない噂もある隼人に戸惑う穂乃香だけど、いざ一緒に暮らしてみると甘やかされっぱなしの毎日で……!?

B6判　定価：640円＋税　ISBN 978-4-434-21764-7

竹若和馬
cv.上田貴紀
篠竹相良
cv.藤原翔大
紅原円
cv.高坂篤志
守崎啓也
cv.増田俊樹
ヴィンセント・ジェン・シルベル
cv.沢城千春
桂木鏡矢
cv.村上喜紀
三宮穂高
cv.中澤まさとも
バジル
cv.ランズベリー・アーサー

本書は、2014年9月当社より単行本として刊行されたものに書き下ろしを加えて文庫化したものです。

エタニティ文庫

恋愛戦線離脱宣言《れんあいせんせんりだつせんげん》

月城《つきしろ》うさぎ

2016年5月15日初版発行

文庫編集－橋本奈美子・羽藤瞳
編集長－塙綾子
発行者－梶本雄介
発行所－株式会社アルファポリス
〒150-6005 東京都渋谷区恵比寿4-20-3 恵比寿ガーデンプレイスタワー5階
TEL 03-6277-1601（営業） 03-6277-1602（編集）
URL http://www.alphapolis.co.jp/
発売元－株式会社星雲社
〒112-0012東京都文京区大塚3-21-10
TEL 03-3947-1021
装丁イラスト－おんつ
装丁デザイン－ansyyqdesign
印刷－株式会社廣済堂

価格はカバーに表示されてあります。
落丁乱丁の場合はアルファポリスまでご連絡ください。
送料は小社負担でお取り替えします。

ISBN978-4-434-21870-5 C0193